玄韵流芳

《世说新语》的审美精神

杨星映　江　南　管才君 ◎ 著

中国社会科学出版社

图书在版编目（CIP）数据

玄韵流芳：《世说新语》的审美精神/杨星映，江南，管才君著. —北京：
中国社会科学出版社，2019.7
ISBN 978 - 7 - 5203 - 4438 - 8

Ⅰ.①玄…　Ⅱ.①杨…②江…③管…　Ⅲ.①《世说新语》—小说美学—研究
Ⅳ.①I207.419

中国版本图书馆 CIP 数据核字（2019）第 094514 号

出 版 人	赵剑英
责任编辑	郭晓鸿
特约编辑	张金涛
责任校对	杨　林
责任印制	戴　宽

出　　　版	中国社会科学出版社
社　　　址	北京鼓楼西大街甲 158 号
邮　　　编	100720
网　　　址	http://www.csspw.cn
发 行 部	010 - 84083685
门 市 部	010 - 84029450
经　　　销	新华书店及其他书店

印　　　刷	北京明恒达印务有限公司
装　　　订	廊坊市广阳区广增装订厂
版　　　次	2019 年 7 月第 1 版
印　　　次	2019 年 7 月第 1 次印刷

开　　　本	710 × 1000　1/16
印　　　张	15.5
插　　　页	2
字　　　数	221 千字
定　　　价	66.00 元

流星划过夜空之美

——《玄韵流芳》序

胡晓明

当我们回望中国蜿蜒起伏的悠久历史，历数中国史上那些动荡黑暗的时期，魏晋必以党锢祸端、黔首恫瘝而位在前列；然而当我们历数中国文化史上那些灿烂夺目的阶段时，魏晋人的卓然超逸、风神远韵，无疑也攫取了后人的目光。《世说新语》这本名著，最可贵之处，即在于，它非常唯美，却又非常真诚。"唯美"，是说魏晋时期严酷的社会环境，非但没有夷平世人的精神活力，没有使人的灵魂自由向死亡与灾难的威胁屈膝，反倒在其中孕育了优美精妙的文章，超远淡泊的人格，孕育了山水自然的欣趣，深邃博奥的玄理；然而"真诚"，是说《世说新语》里面没有回避苟全性命、发明一种学说为自己辩护、作为处世策略的清谈政治，没有回避纵情越礼、放任形躯的颓败士风，没有回避"自然与名教不同，本不能合一"的时代难题，没有回避那些"既享朝廷的富贵，仍存林下的风流，名利双收而无所惭忌"的达官真相，尤其是没有回避崇尚虚无、不以国事为务，最终导致了一个时代一个王朝倾覆的历史后果。那么，美与真，又如何完整地结合在一本书中呢？以对清谈领袖王衍（夷甫）的评价为例，《世说新语·轻诋类》桓公入洛条云刘注引《八王故事》：

夷甫虽居台司，不以事物自婴，当世化之，羞言名教，自台郎以下，皆雅崇拱默，以遗事为高，四海尚宁，而识者知其将乱。

同书同类同条刘注引《晋阳秋》云：

> 夷甫将为石勒所杀，谓人曰："吾等若不祖尚浮虚，不至于此。"

即是真实、真诚记录了魏晋风度的后果，当事人也有临死前的悔悟。同类同条又云：

> 桓公入洛，过淮泗，践北境，与诸僚属登平乘楼，眺瞩中原，慨然曰："遂使神州陆沉，百年丘墟，王夷甫（王衍）诸人不得不任其责。"袁虎率尔对曰："运自有废兴，岂必诸人之过？"

袁虎"率尔"之对，表明魏晋士人风流传统对历史不承担责任；而接下来桓温用一头只会吃东西不会做事的千斤重的大牛，终被宰杀的命运，讽喻王衍与袁虎之辈，正是对这一传统的"轻诋"；而对王衍辈的"轻诋"，恰恰表明《世说新语》之"新"，并非全新的，《世说新语》的真诚正在于它承认历史自有真实的一面，这一面必然是对魏晋风度所代表的美的否定。所以，《世说新语》一方面津津乐道地发明一种新的话语即"语言的桃花源"，这是《世说新语》"新"之所在，另一方面又非常清醒地知道，这帮子士人在历史上输得很惨。这是我们在读《世说新语》时最要注意的，它并不只给我们看人生与世道的一个面，而是整个地给我们看。刘义庆以及他的朋友们，把他们的趣味、追求、玩赏、标榜、批评、嘲笑，以及他们的犹豫、怀疑，甚至暧昧，全部展示给我们看。让后人有欣悦与感动，也有警惕与反省。历史本来就是在美与真的二元悖论中前行的。

当然这本"名士教科书"，对于中国士人传统影响最大的，不是它的历史省察的一面，而是它的美感精神的一面，俨然为中国美感与抒情传统的一个源头。杨星映教授等三位学者将这本书命名为《玄韵流芳》，正是着眼于"流芳"后世的审美精神传统，而略去了不堪回首的当年本事。而"玄韵"是怎样的美？

是相坐谈玄、忘乎昼夜的精神欢悦之美，它见于一场场的名士集会，见于一次次的月旦之评。是清虚真率、不惮生死的人格之美，它见于嵇中散于东市的《广陵》一曲，见于王右军东床坦腹之举。那是山水之美，它见于陶渊明笔下的南山田园，见于谢灵运诗中的山桃野蕨。那是艺术之美，它见于《洛神赋图》的轻云蔽月，见于《兰亭集序》的健秀遒美。魏晋的精神美充贯于《世说新语》一千余则故事里，渗透在其中一千五百余名人物的生命里。鲁迅这样评价《世说新语》：记言"玄远冷隽"，记行"高简瑰奇"。"高简"是与名教相对的"自然"，是真心、真情、真性的随处流露，是精神的解脱和自由；"瑰奇"是"独立人格"，是人能摆脱外在的束缚，发挥生命的自主性，既不臣服于外在的精神权威，也不依附于政治强权，而显露于外的智慧美与人格美、精神美。"玄远"是以老庄思想为骨架，企图调和儒道的玄学之思，是澄怀味道，玄对山水的虚静心境，也是形神超越、宠辱皆忘、独与天地相往还的形上之美；"冷隽"是心境之澄澈空明，是语言的写意简约，更是藏在一切美的事物背后，刘义庆和他的朋友们那一双双冷隽的眼睛。无论从内容上还是形式上，《世说新语》都不仅向我们传达了属于那个时代的、灿烂的、别样的美，而且，若要品味华夏文化的"简约玄澹，尔雅有韵"，若要想走进吾国士人心灵之幽胜处，则《世说新语》不可不读。

战乱四起、神州陆沉，清谈亡国、虚无害道，面对美的绽放与美的毁灭，刘义庆和他的朋友们，究竟是如何想的？为何在这般不稳定的环境中对人的本体进行再发现、对人的天性进行再肯定呢？在杨星映教授等三位作者看来，至少有两点值得考虑的思路：一是大的历史逻辑：人物品藻的标准由"德行"向"风度气韵"的转变，标志着中国历史上对人的认识，由政治性的人物品藻向审美性的人物品藻的转变，这体现出魏晋时期"个人"的醒觉。一种新的认知倾向：人们开始发现自身的美，开始在大自然中发现与自己人格相通的风神远韵。一部伟大的书，正是能够敏锐地捕捉到历史嬗变的新信息新走向而加以收集记录的著述。另外一点，三位作者意识到了，却没有加以特别强调。我愿意更进一解，即"由生命之有限而翻转上来的无限性"。当初曹丕撰写《典论论文》的初衷，即直接面对死亡之痛与怕，因瘟疫流行，友朋伤逝而生的感叹：

> 生有七尺之形，死唯一棺之土，唯立德扬名，可以不朽，其次莫如著篇籍。疫疠数起，士人雕落，余独何人，能全其寿？

越是乱世，越是生命短暂有限，而越是珍惜如流星般划过夜空的生命之美，特别在一个美的精灵已经在民族心灵中醒过来的世纪，因为懂得，所以珍惜。从幽渺无边的宇宙时光中，魏晋人有幸分得了那么一瞬，却将它变成一段闪闪发光的、可以永恒的一瞬。牟宗三先生曾语：儒家所悟，一言以蔽之，人生虽有限而可以无限。我们可以接着说，历史虽无情而可以有情，生命虽幽渺而可以灿烂。是为玄韵，是为流芳，是为序。

二〇一八年十二月十六日

前　言

20世纪80年代初我在北大读研，读到宗白华先生的《美学散步》，旋即被深深打动。先生以深邃的哲理情思，"以诗人的锐敏，近代人的感受，直观式地牢牢把握和强调了这个灵魂（特别是其中的前三者）"——"'天行健，君子以自强不息'的儒家精神、以对待人生的审美态度为特色的庄子哲学，以及并不否弃生命的中国佛学——禅宗，加上屈骚传统"，这就是"中国美学的精英和灵魂"。① 先生的哲理情思如同一串钥匙为我打开中国古代美学宝库的一扇扇大门。先生的"美学散步"引领我深入中国古代美学、古代文论的堂奥，甚至，先生在未名湖边游走的自由、飘逸之精神，先生言谈文字的潇洒、灵动，都令我不胜仰慕。我多么想像先生那样在美学之湖边潇洒散步呵！

在《美学散步》中宗白华先生对魏晋六朝文学艺术的审美精神是极为推崇的。先生曾说："汉末魏晋六朝是中国政治上最混乱、社会上最苦痛的时代，然而却是精神史上极自由、极解放，最富于智慧、最浓于热情的一个时代。因此也就是最富有艺术精神的一个时代。王羲之父子的字，顾恺之和陆探微的画，戴逵和戴颙的雕塑，嵇康的广陵散（琴曲），曹植、阮籍、陶潜、谢灵运、鲍照、谢朓的诗，郦道元、杨衒之的写景文，云岗、龙门壮伟的造

---

① 李泽厚：《走自己的路》，生活·读书·新知三联书店1986年版，第122页。

像，洛阳和南朝的闳丽的寺院，无不是光芒万丈，前无古人，奠定了后代文学艺术的根基与趋向。"① 受宗白华先生影响，后来我在研究和讲授中国古代美学、古代文论的时候，对魏晋六朝也情有独钟，对于体现魏晋士人生命之美的《世说新语》更是赞赏有加。研究生们常常觉得我在讲魏晋六朝文论时神采飞扬、激情澎湃。

牟宗三先生说："中国文化之开端，哲学观念之呈现，着眼点在生命，故中国文化关心的是'生命'，而西方文化的重点，其所关心的是'自然'或'外在的对象'（nature or external object），这是领导线索。"② 他将"生命"与"自然"作为中西哲学观念的根本差异。我认为牟宗三先生这一论断一针见血，提纲挈领地抓住了中西文化的根本差异！正是"生命"与"自然"导致了中西文艺不同的走向：古希腊文艺侧重对外在物象、事件的模仿，重结构的和谐，无论雕塑、史诗还是悲剧，均是如此，并由此产生了文艺理论的"模仿说"，形成西方文艺及文论注重审美客体、以美与真的统一为审美标准的传统；中国文艺从《诗经》开始就着重表现主体的心灵，形成以抒情为主导，以物象的自由呈现、浑然天成来表现心灵化的对象世界，以美与善的统一为标准的审美传统。中国古代辩证统一的直观整体把握思维方式③所形成的天人合一、万物类情观念导致古代文艺批评常常以人体、生命喻文艺作品，以心物交融、心灵体验来表达对文艺对象的把握，形成中国古代文艺理论批评生命之喻的美学传统。因此，中国古代美学往往以生命为美，以人体为喻。其突出表现有三个阶段：先秦、魏晋六朝、明代末期。先秦阶段，儒家以道德生命为美，道家以自然（无为而无不为）生命为美，特别是庄子突出了个体生命的人格独立和精神自由之美，对后世文艺创作产生了巨大影响，闻一

① 宗白华：《美学散步》，上海人民出版社1981年版，第177页。
② 牟宗三：《中西哲学之会通十四讲》，上海古籍出版社1997年版，第11页。
③ 杨星映：《中国古代思维方式与中国古代文学理论批评》，《南阳师范学院学报》2008年第10期。

多先生就曾说"中国文艺出于道家"①。魏晋六朝战乱频仍、瘟疫丛生、政治险恶、朝代更迭频繁，剧烈动荡的社会现实造成人的生命短暂，促使个体生命意识觉醒。人的觉醒造就文的自觉，体味感悟个体生命情调之美成为时代风尚，纵情抒写表现个体生命意绪情感成为魏晋六朝的创作潮流。魏晋玄学企图建构"富有情感而独立自足、绝对自由和无限超越的人格本体"②，禅宗"顿悟"及其"空观"则引领魏晋六朝的士人精神和文艺创作翱翔于更加高远的生命之美的境界。明代末期，由于资本主义萌芽、新的社会经济因素出现和市民阶层的日益壮大，客观上产生了人的解放的社会要求，反映到思想文化上，便是出现了泰州学派的自然人性论和以李贽、徐渭、汤显祖、公安三袁等为代表的以情反理文学新思潮，以个性自由、个性解放为根底的人的率性而为、真情之美得到充分张扬。

宗白华先生指出魏晋六朝是"强烈、矛盾、热情、浓于生命彩色的一个时代"，"这晋人的美，是这全时代的最高峰。《世说新语》一书记述得挺生动，能以简劲的笔墨画出它的精神面貌、若干人物的性格、时代的色彩和空气。"③ 先生又说："要研究中国人的美感和艺术精神的特性，《世说新语》一书里有不少重要的资料和启示，是不可忽略的。"④ 《世说新语》是南朝刘义庆主持编撰的主要记载汉末三国两晋士人言谈行止和逸闻逸事的志人小说，具有鲜明的史料性，真实地记载和反映了魏晋时期的时代风貌和审美精神。虽然前贤研究《世说新语》的著述颇多，但"有同乎旧谈者，非雷同也，势自不可异也。有异乎前论者，非苟异也，理自不可同也"。⑤ 研究《世说新语》可从种种不同角度切入，另辟蹊径，或当自出新意。受宗先生的启迪和召唤，我们立足于中国美学史，选择《世说新语》以生命为美的审美精神进

① 刘烜：《闻一多评传》，北京大学出版社 1983 年版，第 282 页。
② 李泽厚：《中国古代思想史论》，人民出版社 1986 年版，第 196 页。
③ 宗白华：《美学散步》，上海人民出版社 1981 年版，第 177—178 页。
④ 同上书，第 178 页。
⑤ 范文澜：《文心雕龙注》（下），人民文学出版社 1958 年版，第 727 页。

行研究，以一斑而窥全豹，去感悟和领略魏晋六朝美学的生命之美，去体悟和把握魏晋六朝文学艺术的审美精神，并进而探讨它对中国人的审美意识和文艺创作的影响。追随宗先生，我们力求将哲理与情思相结合，理论阐释的深入与文字表述的灵动相结合，但时感力不从心，只能尽力而为。

鉴于《世说新语》以生命为美的审美精神的哲学基础是以企图建构"富有情感而独立自足、绝对自由和无限超越的人格本体"的魏晋玄学，故我们将之命名为《玄韵流芳——〈世说新语〉的审美精神》。

目　　录

第一章　个体生命意识的觉醒

"这是中国人生活史里点缀着最多的悲剧，富于命运的罗曼司的一个时期，八王之乱、五胡乱华、南北朝分裂，酿成社会秩序的大解体，旧礼教的总崩溃、思想和信仰的自由、艺术创造精神的勃发，使我们联想到西欧十六世纪的'文艺复兴'。"①

第一节　剧烈动荡的社会现实

东汉后期，皇帝纵情享乐，宦官、权贵竞修第宅，夺人宅田。如宦官侯览"贪侈奢纵，前后请夺人宅三百八十一所，田百一十八顷。起立第宅十有六区，皆有高楼池苑，堂阁相望，饰以绮画丹漆之属，制度重深，僭类宫省。又豫作寿冢，石椁双阙，高庑百尺，破人居室，发掘坟墓。"② 宦官外戚争权夺利，迭起专政擅权，互相残杀。而朝廷不修水利，逢连年灾荒，民陷饥馑，饿殍遍野，全国各地农民起义此起彼伏。从此，中国历史上最动荡、最苦痛

---

① 宗白华：《美学散步》，上海人民出版社 1981 年版，第 177 页。
② 范晔：《后汉书》卷 78《宦官列传》，中华书局 2000 年点校本，第 1704 页。

的时代开始了。

一 农民起义与军阀混战

公元 184 年，张角等领导的黄巾起义爆发，《后汉书·皇甫嵩朱儁列传》记载："所在燔烧官府，劫略聚邑；州郡失据，长吏多逃亡。旬日之间，天下向应，京师震动。"[①] 起义军遭到东汉统治阶级残酷镇压，派卢植、皇甫嵩、朱儁率军疯狂反攻，仅皇甫嵩一支便屠杀农民二十余万，其中下曲阳（河北晋县）一役便杀死农民军十余万，尸首堆积如山。虽然起义军惨遭杀戮者不计其数，黄巾起义当年就被镇压下去了，但东汉王朝大厦却已摇摇欲坠。而此后复有黑山、黄龙、白波等大大小小农民起义几十起层出不穷，虽遭残酷镇压，陈尸无数，仍此伏彼起，不断发难。

在汉末镇压农民起义的过程中，地方势力风起，董卓、曹操、袁绍、公孙瓒、刘表、孙策、刘备等各路军阀混战数十年，于公元 219 年形成三国鼎立局面。混战中百姓被大量屠杀，"白骨露于野，千里无鸡鸣。"（曹操《蒿里行》）"如董卓破朱儁于中牟（今河南中牟），屠杀陈留、颍川（均在今河南）二郡的人民几尽。董卓挟汉献帝迁都长安，临行前烧洛阳周围二百里内城市村落，又烧城内宫殿宗庙府库民家，后以步骑驱迫数百万人西迁关中，人民饥饿困顿，积尸满路，繁华的东都，变成一片焦土。其后董卓被王允、吕布杀死，卓部将李傕、郭汜，攻破长安，纵兵掳掠，杀人略尽，长安城空四十余天。二三年间关中没有人烟（李傕、郭汜后为曹操所灭）。曹操破陶谦，屠徐州五县，杀男女数十万，尸投泗水，水塞不流。"[②]

公元 220 年，曹丕废汉自立为帝，国号魏，都洛阳，自此开始了三国鼎立（公元 220—280 年）。三国时期，眼见民亡田荒，军队缺乏粮草，无力支

---

① 范晔：《后汉书》卷 71《皇甫嵩朱儁列传》，中华书局 2000 年点校本，第 1553 页。
② 尚钺编著：《中国历史纲要》，人民出版社 1980 年版，第 85 页。

持争战，统治阶级不得不休养生息。魏、吴、蜀先后采取军士屯田之策，以图恢复国力。但是，三国之间长期频繁的攻城略地，仍然造成大量兵士和百姓的死伤，如"催等放兵略长安老少，杀之悉尽，死者狼籍。"① "时三辅民尚数十万户，催等放兵劫略，攻剽城邑，人民饥困，二年间相啖食略尽。"② 陆逊于白帝城马鞍山攻打刘备，"逊督促诸军四面蹙之，土崩瓦解，死者万数"。刘备"其舟船器械，水步军资，一时略尽，尸骸漂流，塞江而下"。"江"者，长江也，兵尸"塞江"，何其多也！又如许靖与曹操书所陈："经历东瓯、闽、越之国，行经万里……绝粮茹草，饥殍荐臻，死者大半。"到达交州，此郡"计为兵害及病亡者，十遗一二"③。陈群谏少修宫室疏也言："况今丧乱之后，人民至少，比汉文、景之时，不过一大郡。"④ 种种惨象，当时诗歌中也多有描绘，典型的如曹操的《蒿里行》："铠甲生虮虱，万姓以死亡。白骨露于野，千里无鸡鸣。生民百遗一，念之断人肠。"曹植的《送应氏》："步登北邙阪，遥望洛阳山。洛阳何寂寞，宫室尽烧焚。垣墙皆顿擗，荆棘上参天。不见旧耆老，但睹新少年。侧足无行径，荒畴不复田。游子久不归，不识陌与阡。中野何萧条，千里无人烟。念我平常居，气结不能言。"

长期的战乱导致尸横遍野，白骨委积，臭秽满路，不断引发大大小小的瘟疫，又造成更多的死亡。即以汉末与三国时期而论，史籍便记载有诸多大疫：汉中平二年（公元185年）"春正月，大疫。"⑤ 汉建安十三年（公元208年）曹操与刘备战于赤壁，"于是大疫，吏士多死者，乃引军还。"⑥（《三国志·蜀书·先主传》关于赤壁之战的记载也说："时又疾疫，北军多死，曹公引归。"）建安二十二年（公元217年）曹操派司马朗等征吴，"到居巢，军

① 陈寿：《三国志》卷6《董二袁刘传》，中华书局2011年点校本，第136页。
② 同上书，第137页。
③ 陈寿：《三国志》卷38《许麋孙简伊秦传》，中华书局2011年点校本，第716页。
④ 陈寿：《三国志》卷22《桓二陈徐卫卢传》，中华书局2011年点校本，第474页。
⑤ 范晔：《后汉书》卷8《孝灵帝纪》，中华书局2000年点校本，第232页。
⑥ 陈寿：《三国志》卷1《魏书·武帝纪》，中华书局2011年点校本，第22页。

士大疫，朗躬巡视，致医药。"结果自己也染上疬疫，"遇疾卒，时年四十七。"① 魏文帝黄初三年派夏侯尚围江陵，"城未拔，会大疫，诏敕尚引诸军还。"② 黄初四年（公元223年）"丁未，大司马曹仁薨。是月大疫"。③ 魏明帝青龙二年（公元234年）"夏四月，大疫"④。赤乌五年（公元242年），吴地"是岁大疫"⑤。频繁发生的疫情不仅导致兵卒、百姓大批死亡，也造成皇室贵胄的短寿。《三国志》中时有记载达官贵人或统帅将领"病笃"而殁，例如著名的建安七子王粲、徐幹、陈琳、阮瑀、应玚、刘桢、孔融，其中王粲"二十二年春，道病卒，时年四十一"⑥。"瑀以十七年卒。幹、琳、玚、桢二十二年卒。"⑦ 以至于"文帝书与元城令吴质曰：'昔年疾疫，亲故多离其灾，徐、陈、应、刘，一时俱逝。'"⑧ 而曹丕自己，也因病只活了四十岁。⑨

二　八王之乱与五胡乱华

公元265年，司马炎废曹奂，以晋代魏。公元279年，吴亡。公元280年，改年号为太康，西晋统一中国。但是好景不长，统治阶级内部争权夺利引发的战火，又给百姓带来深重的灾难。太熙元年（公元290年），晋武帝死，其子晋惠帝司马衷的皇后贾南风为了掌权，召都督荆州诸军事的楚王司马玮入京杀掉辅政的外祖杨骏。这便是"八王之乱"的开端。杨骏死后朝廷推举汝南王司马亮和元老卫瓘辅政，贾后未能掌权，又让惠帝密令楚王司马玮杀掉汝南王司马亮和卫瓘，然后以"擅杀"之名除掉司马玮，从而夺得大权。之后赵王司马伦捕杀贾后，废惠帝而自立。而齐王司马冏在许昌、成都

① 陈寿：《三国志》卷15《刘司马梁张温贾传》，中华书局2011年点校本，第352页。
② 陈寿：《三国志》卷9《诸夏侯曹传》，中华书局2011年点校本，第220页。
③ 陈寿：《三国志》卷2《文帝纪》，中华书局2011年点校本，第61页。
④ 陈寿：《三国志》卷3《明帝纪》，中华书局2011年点校本，第77页。
⑤ 陈寿：《三国志》卷47《吴主传第二》，中华书局2011年点校本，第846页。
⑥ 陈寿：《三国志》卷21《王卫二刘傅传》，中华书局2011年点校本，第446页。
⑦ 同上书，第448页。
⑧ 同上。
⑨ 同上书，第63页。

王司马颖在邺（今河北临漳）、河间王司马颙在关中相继起兵讨伐司马伦，战火从洛阳燃遍黄河南北和关中地区。战争中赵王司马伦、齐王司马冏、长沙王司马乂、河间王司马颙、成都王司马颖先后被杀。东海王司马越于永兴二年（公元305年）毒死惠帝，立皇太弟司马炽为帝，即晋怀帝。至此，前后混战十六年的"八王之乱"终于结束。"八王之乱"虽然是皇室内部的争斗，但不仅统治阶级内部征战杀伐，而且由于波及地域广大，导致百姓也在战火中流离失所，死伤无数，并引发瘟疫流行，更如雪上加霜。

魏、晋时期，北方少数民族不断内迁至黄河中下游，四川、甘肃的少数民族也在川、甘、陕间流移。内迁的少数民族主要有匈奴、羯、氐、羌、鲜卑，史称"五胡"。内迁的少数民族饱受汉官、地主的剥削压迫，在"八王之乱"时，又多被利用，死伤很多，因而不断发动武力反抗，并与晋朝官兵长期拉锯争战。

惠帝元康四年至六年（公元294—296年），匈奴人在谷远（今山西沁源）、氐和羌族在关中先后起义，聚众至数十万人。永康二年（公元301年），賨人（古代巴人）在李特的领导下起义，大败晋军，攻占广汉，进围成都。"太安元年，特自称益州牧、都督梁益二州诸军事、大将军、大都督"，"寇成都"①。太安二年，李特战死，其弟李流率部继续战斗。李流病死，诸将立李特之子李雄为首领，晋永兴元年（公元304年）攻下成都，自称成都王。永兴三年（公元306年），称皇帝，改元晏平，国号大成。李氏政权延续了43年，后为东晋所灭。

晋惠帝永兴元年（公元304年），匈奴贵族刘渊在汾河流域起兵，自称汉王。晋怀帝永嘉二年（公元308年），刘渊称帝，建都平阳（今山西临汾），国号汉。永嘉四年，刘渊死，其子刘聪立。次年，派其族弟刘曜攻破洛阳，俘晋怀帝。晋在关中的官僚又拥立秦王司马邺为帝，是为愍帝，都于长安。

---

① 房玄龄：《晋书》卷120《载记第二十》，中华书局1996年版，第2033—2034页。

建兴四年（公元316年），刘曜攻入长安，俘愍帝，西晋灭亡。

西晋时少数民族的这种不断反抗和进攻，史称"五胡乱华"。在这种频繁的征战中，受其祸害、灾难深重的，不外乎汉族和少数民族广大人民，如刘曜攻破洛阳，杀人三万余，洛阳成瓦砾；羯人石勒在东郡击败晋军后杀王公以下十万余人。

三 南北朝的分裂与斗争

晋怀帝司马炽永嘉（公元307—313年）期间，内迁少数民族匈奴、羯、氐、羌、鲜卑等不断起兵，匈奴贵族刘渊、刘聪相继称帝并攻破洛阳、长安，灭亡西晋。残酷的民族仇杀迫使汉族官民纷纷南逃，史称"永嘉南渡"。不仅贵族、官僚、大地主携家带口南逃，其宗族、部曲、宾客、同乡同里居民也随之南迁至广陵（今江苏扬州）、京口（今江苏镇江）等地，《晋书·王导传》曰："俄而洛京倾覆，中州士女避乱江左者十六七。"①

建兴四年（公元316年），西晋灭亡，次年南方官僚和南逃的北方士族首领们拥立琅琊王司马睿为晋王，又次年改立为帝，是为元帝，建都建康（今南京市），史称东晋，从此形成南北分治、不断南侵与不断北伐的局面。

东晋前期多次出兵北伐，其中最重要的是祖逖和桓温的北伐。元帝初年，祖逖上书请求北伐。由于司马睿不愿分兵北伐，不仅让祖逖自行募兵，自己打造兵器，而且当祖逖出兵河南，大破羯人石虎（石勒之侄）军五万余人，又连破石勒军，使"黄河以南尽为晋土"，并准备"推锋越河"北上，"扫清冀朔"②之时，司马睿却派戴渊任都督兖豫幽冀雍并六州诸军事、征西将军，掣肘祖逖，使祖逖忧愤成疾，病死于雍丘（今河南杞县），北伐中止。原本可以收复北方的希望破灭了，甚至祖逖收复的土地后来又先后失去。

---

① 房玄龄：《晋书》卷65《王导列传》，中华书局1996年版，第1157页。
② 房玄龄：《晋书》卷62《祖逖列传》，中华书局1996年版，第1122—1123页。

祖逖之后，桓温北伐。明帝时桓温任都督荆梁四州诸军事、荆州刺史，曾于永和三年（公元347年）率军入蜀灭了賨人李氏的汉国，后来又三次北伐。第一次在永和十年（公元354年），连败氐族前秦，直抵坝上（今西安东），却因军粮不继，退返襄阳，未能攻克长安。第二次在永和十二年（公元356年），击败羌族贵族姚襄，收复洛阳。桓温向晋穆帝建议还都洛阳，并建议南迁士庶返回故乡，可是皇帝与达官贵人宁可偏安江南，不愿北还。待桓温返回江南，收复的失地又相继失去。第三次在太和四年（公元369年），桓温率步骑五万人大破鲜卑前燕军，但前燕得到氐族前秦的支援，截断晋军粮道，桓温只好退兵。在祖逖和桓温的北伐中，晋军与北方少数民族均大量伤亡，仅第三次北伐桓温退兵途中，晋军被前燕骑兵追杀便死了三万多人。而旱灾与战乱引发的瘟疫则导致更大的灾难，如永昌元年（公元322年）"冬十月，大疫，死者十二三"①。

从公元300年前后开始，匈奴、羯、氐、羌、鲜卑等少数民族先后建立了成（汉）、前赵、后赵、前燕、后燕、前秦、后秦等十六个国家，史称五胡十六国。一百多年间他们在黄河流域的广大地区互相攻击争夺并不断南下侵犯，而其统治阶级内部的争夺也极其惨烈，王朝更迭时间十分短暂。鲜卑族拓跋部曾建代国，后为前秦所灭，淝水之战后前秦瓦解，拓跋珪于公元386年乘机复国。

前秦于公元382年基本统一了中国北方，第二年前秦皇帝苻坚决定调士卒九十万灭东晋。《晋书·苻坚载记》："坚发长安，戎卒六十余万，骑二十七万，前后千里，旗鼓相望。"② 前秦派苻坚之弟苻融率二十五万兵卒为前锋，一举攻下寿阳（今安徽寿县）。东晋以谢石为征讨大都督，以谢玄为前锋都督，率北府兵（谢玄招募的来自徐、兖二州并经过长期训练的兵卒）八万人

---

① 房玄龄：《晋书》卷6《元帝》，中华书局1996年版，第99页。
② 房玄龄：《晋书》卷14《苻坚》，中华书局1996年版，第1954页。

迎击前秦军。谢玄军屯淝水东岸，与淝水西岸的苻融军对峙。谢玄与苻融相约决战于淝水西岸，苻融企图趁晋军半渡之时全歼其于淝水中，下令前秦军稍退。前秦军士卒中氐人很少，十有八九是汉族和其他少数民族，他们是被迫前来，汉人且心向南方，不愿作战。一旦叫退却，便以为前方被击败，于是奔逃溃散，自相践踏，死伤遍地皆是。晋军趁机猛攻，前秦军大败，苻融被杀，苻坚中流矢，单骑北逃。苻坚逃回洛阳，收集残兵败将，仅剩十余万人。后来各族首领趁机反秦自立，两年后（公元385年），苻坚为羌族首领姚苌所杀。淝水之战后东晋收复了徐、兖、青、司、豫、梁六州，进一步稳定了东晋在南方的统治，形成南北对峙的局面。

东晋北府兵将领刘裕于义熙五年（公元409年）率军北伐，次年二月灭南燕。义熙十二年（公元416年），刘裕又兵出两路北进，于次年八月攻破长安，灭掉后秦。刘裕以功高封宋公，任相国。元熙二年（公元420年）六月，晋恭帝禅位，刘裕称帝，改国号宋，建立了刘宋王朝。之后由于统治阶级内部不断争斗，南方王朝不断更替，至公元589年隋朝统一中国，经历了宋、齐、梁、陈四个朝代。

魏晋南北朝长期分裂，北方南方各个王朝不断争斗与混战，北方民族的南侵与南方王朝的北伐时有发生，战争不断。民族矛盾、阶级矛盾、统治阶级内部矛盾互相交织，尖锐复杂，争斗惨烈，百姓生活如蹈水火，生离死别乃家常便饭，是中国历史上最苦痛最悲惨的时代。

第二节　生命情调的品味体悟

一　生命短暂与人的觉醒

魏晋南北朝时期，国家陷于长期的分裂与动乱。民族纷争和此起彼伏的农民起义不断发生，统治阶级内部不断自相残杀，王朝频繁更替，政治险恶，变幻不定。特别是汉末农民起义与军阀混战及三国时期战乱区域广大，百姓生灵涂炭，道殣相望，瘟疫丛生。在这样的生存境况下人的生命极其短暂，即使侥幸免于兵燹，也往往难逃时疫之灾。不仅生民为艰，就是达官贵人也难免于战乱与疾疫。史载"天子入洛阳，宫室烧尽，街陌荒芜，百官披荆棘，依丘墙间。州郡各拥兵自卫，莫有至者，饥穷稍甚，尚书郎以下，自出樵采，或饥死墙壁间"。① 由于战乱丛生，瘟疫频发，生命短暂，三四十岁病逝的比比皆是。曹丕《与吴质书》感叹："昔年疾疫，亲故多离其灾，徐陈应刘，一时俱逝，痛何可言邪！"② 而曹丕病逝时也仅四十岁，王粲病卒时年四十一。更甚者，王弼"遇疠疾亡，时年二十四"③。而在频繁更替的王朝变动中，政治斗争极其险恶，不仅皇室贵胄争斗残酷，名士们也无可避免地被卷进政治旋涡，往往命丧黄泉。何晏、嵇康、陆机、张华、潘岳、郭璞、刘琨、谢灵运、范晔、裴颁……众多哲学家、诗人、作家也被杀戮残害，常令人深感朝不保夕，忧惧交加。

在长期的战争、瘟疫和社会动乱中，人生无常，生离死别便成为家常便饭。对死的悲哀、忧惧，促成对生的觉醒。唯其生命特别短暂，人们便倍加珍惜。从建安到晋宋，从中下层文人到皇室贵胄，对生死存亡的关怀、哀伤，对人生短促的感慨、喟叹，对生命意义价值的追寻、探究，成为整个时代的典型思绪。不仅出自下层文人的《古诗十九首》反复咏叹："生年不满百，常怀千岁忧。""人生寄一世，奄忽若飙尘。""人生忽如寄，寿无金石固。""出郭门直视，但见丘与坟。""征夫怀往路，起视夜何其。参辰皆已没，去去从此辞。行役在战场，相见未有期。握手一长叹，泪为生别滋。努力爱春华，莫忘欢乐时。生当复来归，死当长相思。……"上至三曹父子也这样喟叹：

---

① 陈寿：《三国志》卷6《董二袁刘传》，中华书局2011年点校本，第140页。
② 陈寿：《三国志》卷21《王卫二刘傅传》，中华书局2011年点校本，第453页。
③ 陈寿：《三国志》卷28《王毌丘诸葛邓钟传》，中华书局2011年点校本，第591页。

"对酒当歌，人生几何？譬如朝露，去日苦多。"（曹操《短歌行》）"人亦有言：'忧令人老'。嗟我白发，生一何早？"（曹丕《短歌行》）"人生处一世，去若朝露晞。……自顾非金石，咄喀令心悲。"（曹植《赠白马王彪》）① 如何把握苦难而短促的一生，使其更有意义？此时个体生命存在的意义和价值的问题便突显出来了，于是，人的觉醒的时代到来了。从建安的慷慨悲歌到正始的不拘礼法到陶潜的悠然南山……人们对自己的个体生命、生存的意义与价值重新发现、思索、把握和追求，人们对自己个体本真生命的存在状貌细细地品味、咀嚼。其中的最强音是建安诗歌所抒发的人生哀伤与建功立业的慷慨多气，所以，建安风骨震撼与激励千古。

先秦阶段，儒家以道德生命为美，道家以自然（无为而无不为）生命为美，特别是庄子突出了人格独立和精神自由之美。但是，从总体上说，儒家对人的价值和人的生命的思考、把握是从人们的群体人伦关系、人在群体中的地位作用来认识和把握的，突出的是人作为人的"类"价值，是对人之为人的人的"类"本质的认识，将道德生命本体论凌驾于个体感性生命价值论上。道家虽然主张超越污浊黑暗而翱翔于自由自在的境界，但让个体生命回归不可能实现的自然天道的本性，不现实的"无为"并不能达到现实的"无不为"，究其实质，自然天道生命本性论屏蔽了个体感性生命的存生。而在灾难深重的魏晋南北朝，血雨腥风激发了个体生命意识的觉醒，生离死别更令人回味珍惜个体生命的宝贵。特别是在魏晋，随着个体生命意识的觉醒，体味感悟个体生命情调之美成为时代风尚，纵情表达个体生命意绪情感成为社会潮流，对人的价值的品评由外在的事功、道德、操守、儒学等转向个体自身内在的气质、才情、格调、风度等，即对个体生命存在风貌、情调的肯定。魏晋玄学企图建构"富有情感而独立自足、绝对自由和无限超越的人格本

---

① 余冠英：《三曹诗选》，人民文学出版社 1979 年版，第 7、17、88 页。

体"①，佛学的"般若""空观"则引领士人的精神世界和文艺创作翱翔于更加高远的个体生命之美的境界。

二　生命情调的品味体悟

当我们回溯魏晋时代的社会生活和人们的言行举止，最具代表性的当是《三国志》《晋书》等历史典籍与志人小说《世说新语》。历史记载更多的是事件始末的陈述，志人小说则多描绘人们的言谈举止，历史记载与小说描述交相辉映而又各有侧重，共同勾勒出那个灾难深重时代人们的生命轨迹——刀光剑影、权谋倾轧、生离死别中个体生命的沉沦、抗争、逃遁、悲慨、洒脱、隐逸……作为时代的印痕，《世说新语》并不全面详尽地反映时代的风云变幻、王朝的频繁更替、军政的残酷斗争、百姓的苦难生死。《世说新语》对人物、故事的选取重在个体生命情调的品味体悟，对任诞旷达的魏晋风流的颂美张扬。在《世说新语》中，历史事件往往只是背景，着重描述的是人物机智的谈吐、脱俗的品行、漂亮的外表、高雅的风度、旷达的情怀、自由的精神。特别是重点勾勒名人名士的风度神貌、心灵脉动，从而展现其精神气质、人格魅力。明代胡应麟赞曰："读其语言，晋人面目气韵恍惚生动，而简约玄澹，真致不穷，古今绝唱也。"可谓一语中的。

从《世说新语》的记述中，我们看到魏晋时代人们对个体生命情调的品味体悟主要体现在以下几个方面：

一是以自然物比拟人体，欣赏体味个体人物的形貌美和个人生命之精神美，自然美与人格美相互映衬：

> 时人目夏侯太初"朗朗如日月之入怀"，李安国"颓唐如玉山之将崩"。②（《容止》四）

---

① 李泽厚：《中国古代思想史论》，人民出版社 1986 年版，第 196 页。
② 张万起、刘尚慈：《世说新语译注》，中华书局 1998 年版，第 588 页。

时人目王右军："飘如游云，矫若惊龙。"① （《容止》三十）

海西时，诸公每朝，朝堂犹暗，唯会稽王来"轩轩如朝霞举"。② （《容止》三十五）

有人叹王恭形茂者，云"濯濯如春月柳"。③ （《容止》三十九）

嵇康身长七尺八寸，风姿特秀。见者叹曰："萧萧肃肃，爽朗清举。"或云："肃肃如松下风，高而徐引。"山公曰："嵇叔夜之为人也，岩岩若孤松之独立；其醉也，傀俄若玉山之将崩。"④ （《容止》五）

对人物形貌美的描绘古已有之，《诗经》、楚辞中比比皆是。对人格美的肯定和颂扬也不自魏晋始，但先秦对人格美的赞扬，"人"的意涵乃为群体的人"类"。儒家的人格美建立在德行基础上，以合礼仪为美，克己以复礼，杀身以成仁；道家的理想人格则以自然无为为准则，遗世独立如庄子的"藐姑射仙人，绰约若处子，肌肤若冰雪"等。在先秦两汉时期，对形体美的赞颂主要依附和体现伦理道德准则，个体生命的形体美并没有获得真正的独立与自觉意识。而魏晋形体美的基础是人的感性的个体生命、个体生命独特的精神个性，所以与大自然的山川草木的形象化生命相比拟，自然美与人格美相互映衬。正如宗白华先生所言："拿自然界的美来形容人物品格的美……这两方面的美——自然美和人格美——同时被魏晋人发现。"⑤ 自然物不再仅仅是

---

① 张万起、刘尚慈：《世说新语译注》，中华书局 1998 年版，第 604 页。
② 同上书，第 607 页。
③ 同上书，第 609 页。
④ 同上书，第 588 页。
⑤ 宗白华：《美学散步》，上海人民出版社 1981 年版，第 186 页。

诗文中观念意识的喻体，自然物本身成为独立的审美对象，自然界的美成为独立的美——自然美。而魏晋时代人的个体生命、形体之美也成为独立的审美对象，是人的个体生命意识觉醒的体现。所以对人的形貌举止和才情格调之美的称颂赞扬在《世说新语》中被置于至高无上的地位，在《言语》《雅量》《容止》《赏誉》《品藻》等诸多篇目中大量予以记述褒扬：

> 王羲之见杜弘治，叹曰："面如凝脂，眼如点漆，此神仙中人。"①（《容止》二十六）

> 潘安仁、夏侯湛并有美容，喜同行，时人谓之连璧。②（《容止》九）

书中记载时人对形体美的嗜好甚至走向极端：

> 潘岳妙有姿容，好神情。少时挟弹出洛阳道，妇人遇者，莫不连手共萦之。左太冲绝丑，亦复效岳游遨，于是群妪齐共乱唾之，委顿而返。③（《容止》七）

卫玠因貌美而被看杀：

> 卫玠从豫章至下都，人久闻其名，观者如堵墙。玠先有羸疾，体不堪劳，遂成病而死。时人谓看杀卫玠。④（《容止》十九）

同时，人的精神个性也成为独立的审美对象，成为人格美的标志之一，人格美的衡量标准从外在的道德、事功、儒学转移到个体生命自身的气质、格调、神韵等。当人的内在精神：气势、神韵、才情、格调等充盈，也可以

---

① 张万起、刘尚慈：《世说新语译注》，中华书局1998年版，第601页。
② 同上书，第591页。
③ 同上书，第589—590页。
④ 同上书，第596页。

超越形陋而散发出精神之美、人格的美:"魏武将见匈奴使,自以形陋,不足雄远国,使崔季珪代,帝自捉刀立床头。"(《容止》一)(刘孝标注引《魏氏春秋》:"武王姿貌短小,而神明英发。"又引《魏志》注曰:"崔琰字季珪,清河东武城人。声姿高畅,眉目疏朗,须长四尺,甚有威重。")可是使者却认为虽然"魏王雅望非常",有美好的仪容,"然床头捉刀人,此乃英雄也"。可见魏王的威武气势超越其形体的短小而显示出英雄气概,散发出精神之美、人格之美。

魏晋时人不仅欣赏人体外在的形貌之美,也同样赞赏人的内在的神韵之美。《品藻》四十二则载:"刘丹阳、王长史在瓦官寺集,桓护军亦在坐,共商略西朝及江左人物。或问:'杜弘治何如卫虎?'桓答曰:'弘治肤清,卫虎弈弈神令。'王、刘善其言。"虽然弘治、卫玠均貌美,但此处更强调的是卫玠精神焕发,神采奕奕。《世说新语》里常用"神情散朗""风韵""双目闪闪若岩下电,精神挺动"等来描绘晋人的神韵之美。宗白华先生曾说:"晋人之美,美在神韵(人称王羲之的字韵高千古)。神韵可以说是'事外有远致',不沾滞于物的自由精神。这是一种心灵的美,或哲学的美。"① 其实,晋人的神韵之美,正在于谈玄论道之浇灌,造就出了一种神超形越的风貌姿容。《世说新语》在描绘士人谈玄论道,论辩争执时充分展现了这种神韵之美。

甚至,个体生命的精神美、人格美还可以生发出征服嫉妒、消解敌意等力量:

> 桓宣武平蜀,以李势妹为妾,甚有宠,藏著斋后。主(温尚明帝女南康长公主)始不知,既闻,与数十婢拔白刃袭之。正值李梳头,发委藉地,肤色玉曜,不为动容,徐徐结发,敛手向主,神色闲正,辞甚凄

---

① 宗白华:《美学散步》,上海人民出版社1981年版,第185页。

愧，曰："国破家亡，无心至此，今日若能见杀，乃是本怀！"主惭而退。① （《贤媛》二十一）

李势妹临危不惧、镇定自若、从容不迫的态度竟折服了南康公主！又如荀巨伯远道而去探望生病的友人，正巧碰上胡人来攻打，友人劝其赶快离开，他却说："远来相视，子令吾去，败义以求生，岂荀巨伯所行邪！"贼至，谓巨伯曰："大军至，一郡尽空，汝何男子，而敢独止？"巨伯曰："友人有疾，不忍委之，宁以我身代友人命。"于是"贼相谓曰：'我辈无义之人，而入有义之国。'遂班军而还，一郡并获全。"② （《德行》九）进犯的胡人竟因敬仰荀巨伯舍己为友的重义行为而退兵，人格美的力量消解了敌意。

魏晋人伦品鉴的这种注重个人形貌之美、风神之美的风尚颠覆解构了先秦两汉的伦理道德生命意识，张扬了个体的人作为肉身存在者的本真生命力，是人的感性生命意识的觉醒。《世说新语》记述描绘这种感性生命之美，张扬这种审美风尚，是对先秦以来中华民族审美意识和文化心理的重构，开启了中华民族文化心理和人格美内涵的转换，对后代世风特别是后世的文人文学影响巨大。

二是丧亲失友的极度哀恸，对生死存亡的体味咀嚼，对亲情、友情、爱情的弘扬，体现出对个人情感的极度张扬和强烈的生存意识、死亡意识、时空意识。儒家对人的自然情性的客观存在是充分肯定的，儒家美学甚至具有重情倾向，但同时又主张"发乎情止乎礼"，"乐而不淫，哀而不伤"，以理、礼节情，用伦理道德对情欲进行节制和压抑，要求人的情感表达控制在礼法的范围之内。道家则从天道自然本体论出发，对人的情欲情感从根本上予以否定："有人之形，无人之情。有人之形，故群于人；无人之情，故是非不得

---

① 张万起、刘尚慈：《世说新语译注》，中华书局1998年版，第677页。
② 同上书，第9页。

于身。眇乎小哉，所以属于人也；謷乎大哉，独成其天。"（《庄子·德充符》)[1] 庄子认为有形有情的人是渺小的，只有绝情去欲才能同于大化，为此他主张通过"心斋""坐化"，绝情去欲，以达到"天地与我并生，万物与我为一"的化境。汉末魏晋之际，伴随着经学的崩塌，面临生命短暂人生苦难的折磨，"越名教而任自然"的洪水决堤而来，士人挣脱既往的精神枷锁，回归感性生命的本真形态：情与欲。他们痛斥与摒弃虚伪的礼教，体味、咀嚼、张扬着亲情、友情、爱情……

《世说新语》记述描绘了许多士人重情越礼的言行，浓厚而炽热的真情使他们的生命光彩夺目，显示出情感之美。

阮籍丧母痛彻心扉，昏厥良久：

> 阮籍当葬母，蒸一肥豚，饮酒二斗，然后临诀，直言："穷矣！"都得一号，因吐血，废顿良久。[2]（《任诞》九）

王子猷、子敬兄弟之情至哀至深：

> 王子猷、子敬俱病笃，而子敬先亡。子猷问左右："何以都不闻消息？此已丧矣！"语时了不悲。便索舆来奔丧，都不哭。子敬素好琴，便径入坐灵床上，取子敬琴弹，弦既不调，掷地云："子敬，子敬，人琴俱亡！"因恸绝良久。月余亦卒。[3]（《伤逝》十六）

支道林与法虔皆为东晋高僧，情谊如子期伯牙，法虔亡后支道林也追随而去：

> 支道林丧法虔之后，精神霣丧，风味转坠。常谓人曰："昔匠石废斤

---

① 曹础基：《庄子浅注》，中华书局 2000 年版，第 84 页。
② 张万起、刘尚慈：《世说新语译注》，中华书局 1998 年版，第 721 页。
③ 同上书，第 632 页。

于郢人，牙生辍弦于钟子，推己外求，良不虚也。冥契既逝，发言莫赏，中心蕴结，余其亡矣！"却后一年，支遂殒。① （《伤逝》十一）

支道林在法虔死后精神颓废沮丧，发言风采大减。曾对人说知音既逝，我的发言无人能欣赏，我将要死了！果然一年后追随法虔而去。

甚至皇帝也不惜破格悼念文人之丧：

王仲宣好驴鸣，既葬，文帝临其丧，顾语同游曰："王好驴鸣，可各作一声以送之。"赴客皆一作驴鸣。② （《伤逝》一）

《世说新语》专列《伤逝》篇记载对生命流逝的哀悼之意，体现了强烈的生命意识和至真至纯的亲情友情：

王戎、和峤同时遭大丧，具以孝称。王鸡骨支床，和哭泣备礼。③ （《德行》十七）

王戎丧儿万子，山简往省之，王悲不自胜。简曰："孩抱中物，何至于此！"王曰："圣人忘情，最下不及情。情之所钟，正在我辈。"简服其言，更为之恸。④ （《伤逝》四）

对真挚爱情的肯定和不懈追求，也是《世说新语》乐于记载的：

荀奉倩与妇至笃，冬月妇病热，乃出中庭自取冷，还以身熨之。妇亡，奉倩少时亦卒。⑤ （《惑溺》二）

---

① 张万起、刘尚慈：《世说新语译注》，中华书局1998年版，第628页。
② 同上书，第621页。
③ 同上书，第15页。
④ 同上书，第623页。
⑤ 同上书，第936页。

温公丧妇。从姑刘氏家值乱离散，唯有一女，颇有姿慧。姑以属公觅婚。公密有自婚意，答曰："佳婿难得，但如峤比，云何？"姑云："丧败之余，乞粗存活，更足慰吾余年，何敢希汝比？"却后少日，公报姑云："已觅得婚处，门第粗可，婿身名宦尽不减峤。"因下玉镜台一枚。姑大喜。既婚，交礼，女以手披纱扇，抚掌大笑曰："我固疑是老奴，果如所卜。"玉镜台，是公为刘越石长史，北征刘聪所得。①（《假谲》九）

王安丰妇，常卿安丰。安丰曰："妇人卿婿，于礼为不敬，后勿复尔。"妇曰："亲卿爱卿，是以卿卿；我不卿卿，谁当卿卿？"遂恒听之。②（《惑溺》六）

温峤表妹为能与表兄喜结良缘而"抚掌大笑"，奉倩因妇亡而"少时亦卒"，无论为爱而婚，还是为爱而亡，皆是出自纯真之情。更甚者，安丰妇公然挑战礼法，直接宣示爱情："我不卿卿，谁当卿卿？"

对死亡的深切焦虑激发了魏晋士人对个体生命存在的自觉意识和体悟，脆弱易逝的生命尽情感受宣泄超越一切礼法羁绊的个人情感，面对灾难丛生的时代，魏晋士人的情感悲怆深沉而浓郁。《世说新语》大量记载了魏晋士人对亲情、友情、爱情的执着和宣泄，"情之所钟，正在我辈"，这正是魏晋士人生命境况的写照。冯友兰先生说魏晋风流有四个特征："必有玄心"，"须有洞见"，"须有妙赏"，"必有深情"。③"真风流底人，必有深情。"李泽厚先生认为这种"生死——人生感怀的情感"即是"魏晋整个意识形态具有的'智慧兼深情'的根本特征"。④由于魏晋士人的这种深情是植根于个体感性

---

① 张万起、刘尚慈：《世说新语译注》，中华书局1998年版，第863—864页。
② 同上书，第941页。
③ 冯友兰：《三松堂学术文集·论风流》，转引自李泽厚《美学三书》，安徽文艺出版社1999年版，第345页。
④ 李泽厚：《美学三书·华夏美学》，安徽文艺出版社1999年版，第345页。

生命的土壤，加之玄学的浇灌，所以体现出强烈的生命意识，也就是建立在强烈的生存意识、死亡意识、时空意识基础之上，因为生命意识就是对死生诸问题的自觉体认与把握：包括死亡意识、时空意识、生命的意义等。《世说新语》中屡见关于这种深情的记载：

> 桓公北征，经金城，见前为琅琊时种柳，皆已十围，慨然曰："木犹如此，人何以堪！"攀枝执条，泫然流泪。① （《言语》五十五）

> 卫洗马初欲渡江，形神惨悴，语左右云："见此茫茫，不觉百端交集。苟未免有情，亦复谁能遣此！"② （《言语》三十二）

> 谢太傅语王右军曰："中年伤于哀乐，与亲友别，辄作数日恶。"③ （《言语》六十二）

> 桓子野每闻清歌，辄唤"奈何！"谢公闻之，曰："子野可谓一往有深情。"④ （《任诞》四十二）

"一切存在的基本形式是空间和时间"，人与自然在时空中共存。于是触目触景便生情伤情，既是对自我生命的体味，也是与自然生命的共振，与造化流衍的共鸣，这使得魏晋士人个体情感的抒发不仅深沉而且深刻，带有了对人与自然的本体探询和体味，所以这种深情是"智慧兼深情"的。

王弼曾论证说"圣人茂于人者神明也，同于人者五情也"，"五情同，故不能无哀乐以应物"，塑造了一个体悟又多情的圣人，充分肯定了个体情感发

---

① 张万起、刘尚慈：《世说新语译注》，中华书局1998年版，第96页。
② 同上书，第76页。
③ 同上书，第102页。
④ 同上书，第750页。

抒体味的合理性。圣人尚且如此，凡人更可伤情，所以"埋玉树著土中，使人情何能已已"，"不胜其恸"，"一恸几绝"。魏晋士人挣脱了经学牢笼，回归本真的生命形态，喷涌而出的深情张扬着生命的自由和解放。

三是无视礼教束缚任意挥洒性情张扬个性，体现出一种率真任性洒脱不羁的生命态度，形成优游从容的风度神貌：

> 刘伶恒纵酒放达，或脱衣裸形在屋中。人见讥之，伶曰："我以天地为栋宇，屋室为裈衣，诸君何为入我裈中？"[1]（《任诞》六）

> 阮公邻家妇有美色，当垆酤酒。阮与王安丰常从妇饮酒，阮醉，便眠其妇侧。夫始殊疑之，伺察，终无他意。[2]（《任诞》八）

> 王子猷居山阴，夜大雪，眠觉，开室命酌酒，四望皎然。因起彷徨。咏左思《招隐》诗，忽忆戴安道。时戴在剡，即便夜乘小船就之。经宿方至，造门不前而返。人问其故，王曰："吾本乘兴而行，兴尽而返，何必见戴！"[3]（《任诞》四十七）

虽然刘义庆在《世说新语》中开篇即以《德行》《言语》《政事》《文学》四门呼应着孔子"文、行、忠、信"四科，但其极力弘扬的是魏晋的名士风流，也就是后人所说的魏晋风度，它是最具魏晋时代特色的，是魏晋名士对自己个体生命的品咂，是魏晋名士对自己个体生命的放达。什么是魏晋的名士风流？魏晋时期"名士"不仅指善谈《老》《庄》和《周易》的文人、士大夫，有时"名士"的称呼也不单用在文士身上。譬如："诸葛亮与司马懿治军渭滨，克日交战。懿戎服莅事。使人视亮：独乘素舆，葛巾羽扇，指挥

---

① 张万起、刘尚慈：《世说新语译注》，中华书局1998年版，第720页。
② 同上书，第721页。
③ 同上书，第753页。

三军，随其进止。司马叹曰：诸葛君可谓名士矣。"（《世说补》）诸葛亮是一位政治家、军事家，司马懿指的是他有清逸之风神气度，清逸之气即一种"名士"的"风度"。清逸之气是超越俗务礼法的精神风貌，所以牟宗三先生说；"清逸、风流、自在、清言、清谈、玄思、玄智，皆名士一格之特征。"①

竹林七贤可谓名士风流的典型代表。"竹林七贤"，指的是魏晋之际七位清流名士，《世说新语·任诞》中简介："陈留阮籍、谯国嵇康、河内山涛，三人年皆相比，康年少亚之。预此契者，沛国刘伶、陈留阮咸、河内向秀、琅琊王戎。七人常集于竹林之下，肆意酣畅，故世谓竹林七贤。"② 世人尊为"七贤"，说明七人各自都有一种特立独行的风范。但其实这七位名士的才情、品性和风度实在是大有参差。"竹林"者，上面引文明确说"集于竹林之下"，《三国志·魏书·王粲传》注引《魏氏春秋》也记载说："康寓居河内之山阳县，与之交游者，未尝见其喜愠之色。与陈留阮籍、河内山涛、河内向秀、籍兄子咸、琅琊王戎、沛人刘伶，相与友善，游于竹林，号为七贤。"但现代学者汤用彤、陈寅恪认为出自佛书、是比附佛典中的天竺迦兰陀之竹园。迄今为止，多数人还是相信郦道元《水经·清水》注引郭缘生《述征记》的说法，认为"山阳县城东北二十里，魏中散大夫嵇康园宅，今悉为田墟，而父老犹谓嵇公竹林地，以时有遗竹也"（《艺文类聚》六十四）。

由"竹林七贤"倡导的生命格调，被称作"名士风流"，不断引起后人的仰慕之情，乃至魏晋以降，历朝历代不乏文人士子起而仿效。不过，按照《世说新语》和《晋阳秋》的说法，"七贤"之中，当以嵇康、阮籍和山涛为主，向秀、刘伶、阮咸和王戎就稍微差一些。"竹林七贤"的真正领袖是嵇康和阮籍，牟宗三先生有过一个简要的甄别："竹林名士之特点，世称之为任放或旷达。然阮籍有奇特之性情，而嵇康'善谈理'。余者皆无足取焉。"③

---

① 牟宗三：《才性与玄理》，吉林出版集团有限责任公司 2010 年版，第 68 页。
② 张万起、刘尚慈：《世说新语译注》，中华书局 1998 年版，第 716 页。
③ 牟宗三：《才性与玄理》，吉林出版集团有限责任公司 2010 年版，第 286 页。

　　阮籍，字嗣宗，生于汉献帝建安十五年（公元210年），卒于魏元帝景元四年（公元263年）。父亲阮瑀为著名的"建安七子"之一，与曹丕交往甚密。竹林名士阮籍的行止，在《晋书·阮籍传》的记载中是这样的："籍容貌环杰，志气宏放，傲然独得，任性不羁，而喜怒不形于色。或闭户视书，累月不出；或登临山水，经日忘归。博览群籍，尤好庄老。嗜酒能啸，善弹琴。当其得意，忽忘形骸。时人多谓之痴，惟族兄文业每叹服之，以为胜己，由是咸共称异。"阮籍出身名门望族，年少时饱读儒家经典，立志高远："昔年十四五，志尚好《书》《诗》。被褐怀珠玉，颜闵相与期"。（《咏怀诗》）但是，魏晋之际险恶的政治环境使其无法实现壮志，便以酣饮为排遣为掩饰。正如《晋书·阮籍传》所载："本有济世志，属魏晋之际，天下多故，名士少有全者，籍由是不与世事，遂酣饮为常。"阮籍之酣饮，除《任诞》一所言"七人常集于竹林之下，肆意酣畅"。《晋书·阮籍传》载有："文帝初欲为武帝求婚于籍，籍醉六十日，不得言而止。钟会数以时事问之，欲因其可否而致之罪，皆因其酣醉获免。"阮籍之酣饮还多显露其真性情："性至孝，母终，正与人围棋，对者求止，籍留与决赌。既而饮酒二斗，举声一号，吐血数升。及将葬，食一蒸豚，饮二斗酒，然后临诀，直言穷矣，举声一号，因又吐血数升。毁瘠骨立，殆致灭性。""籍虽不拘礼教，然发言玄远，口不臧否人物。"阮籍行为坦荡，蔑视礼法，"籍嫂尝归宁，籍相见与别，或讥之，籍曰：'礼岂为我设邪！'""邻家少妇有美色，当垆酤酒。籍常诣饮，醉，便卧其侧。籍既不自嫌，其夫察之，亦不疑也。兵家女有才色，未嫁而死。籍不识其父兄，径往哭之，尽哀而还。其外坦荡而内淳至，皆此类也。时率意独驾，不由径路，车迹所穷，辄恸哭而返。"阮籍性情孤傲，举止怪诞，最为出奇的是能为青白眼。据《晋书·阮籍传》记载："籍又能为青白眼，见礼俗之士，以白眼对之。及嵇喜来吊，籍作白眼，喜不怿而退。喜弟康闻之，乃赍酒挟琴造焉，籍大悦，乃见青眼。由是礼法之士疾之若仇，而帝每保护之。"（以上均见《晋书·阮籍传》①）后来鲁迅先生曾以幽默的口吻谈及此事："阮年青时，对于访他的人有加以青眼和白眼的分别。白眼大概是全然看不见眸子的，恐怕要练习很久才能够"，并自叹"青眼我会装，白眼我却装不好"（《而已集·魏晋风度及文章与药及酒之关系》②）。

　　嵇康，字叔夜，生于魏文帝黄初四年（公元 223 年），景元三年（公元 262 年）因钟会之谮，司马昭知道让嵇康归附自己已不可能，借吕安事件杀了嵇康。据《晋书·嵇康传》载，嵇康的祖先原是会稽上虞（今浙江绍兴）人，因为避怨迁徙至谯国铚县（今安徽宿县），"铚县有嵇山，家于其侧，因而命氏"。《晋书·嵇康传》这样描述嵇康："康早孤，有奇才，远迈不群。身长七尺八寸，美词气，有风仪，而土木形骸，不自藻饰。人以为龙章风姿，天质自然。恬静寡欲，含垢匿瑕，宽简有大量。学不师受，博览无不该通。长好老庄。与魏宗室婚，拜中散大夫。常修养生服食之事。弹琴咏诗，自足于怀。"③ 而嵇康自述，由于幼年丧父，"母兄见骄，不涉经学。性复疏懒，筋驽肉缓，头面常一月十五日不洗，不大闷痒，不能沐也。……又纵逸来久，情意傲散，简与礼相背，懒与慢相成，而为侪类见宽，不攻其过。又读《庄》《老》，重增其放，故使荣进之心日颓，任实之情转笃"（《嵇康集·与山巨源绝交书》）。可见他自幼养成了懒散任性的习气，背越礼法，托好老庄，优游世外。不过，他又有狷介、耿直的一面，如撰《管蔡论》为镇东将军毋丘俭辩诬，冷淡司马氏一系的钟会，拒绝山涛推荐的职务并为此撰《与山巨源绝交书》与之断交。牟宗三先生认为康之被害，"固由于钟会之谮，《与山巨三源绝交书》亦是遭忌之重大表露，而主要是在其婚于魏之宗室，对于曹魏不能无情，而对于司马氏则不能敷衍"。④ 嵇康临刑东市，有太学生三千人请以

---

① 房玄龄：《晋书》，中华书局 1996 年版，第 899—900 页。
② 《鲁迅全集》第 3 卷，人民文学出版社 2005 年版，第 532 页。
③ 房玄龄：《晋书》，中华书局 1996 年版，第 906 页。
④ 牟宗三：《才性与玄理》，吉林出版集团有限责任公司 2010 年版，第 317 页。

为师。嵇康眼看时光将尽，便索琴弹奏了一曲《广陵散》，叹息道："昔袁孝尼尝从吾学《广陵散》，吾每靳固之。《广陵散》于今绝矣。"当时"海内之士，莫不痛之"（《晋书·嵇康传》，又见《世说新语·雅量》）。

嵇康的著作以诗文为主，但在历代流传中多有佚失。其幽愤诗中言："托好庄老，贱物贵身，志在守朴，养素全真。"① 今之《嵇康集》中，除诗作外，以《养生论》《声无哀乐论》《释私论》《难自然好学论》《与山巨源绝交书》《太师箴》诸篇最为重要，《晋书·嵇康传》称"康善谈理，又能属文，其高情远趣，率然玄远"。② "竹林七贤"中嵇康不仅好喝酒，而且"善谈理"。

山涛，字巨源，生于汉献帝建安十年（公元205年），卒于晋武帝太康四年（公元283年）。据《晋书》记载，山涛出身寒微，"少有器量，介然不群"（《晋书·山涛传》），直到40岁以后才谋到几个地位不高的小官位。由于曹爽和司马懿的矛盾日趋激烈，山涛"遂隐身不交世务"（《晋书·山涛传》），与嵇康、阮籍等人共游竹林，结世外之交。但山涛虽然也"性好《老》《庄》"，却心向庙堂。《晋书·山涛传》中的记载很能反映山涛的品性："初，涛布衣家贫，谓妻韩氏曰：'忍饥寒，我后当作三公，但不知卿堪公夫人不耳！'"后因与宣穆后有中表亲得见景帝而仕进，山涛凭着他的机敏、谨慎，历任尚书吏部郎、大将军从事中郎等官职，直到太康四年（公元283年），已经卧床不起的山涛还被司马炎拜为司徒。平心而论，山涛热衷仕进，就"竹林风度"来说，是当不起"风流"二字的。但他内儒外道，也未尝不是一种名士特色。

向秀，字子期，其生卒史载不详。在"竹林七贤"中，向秀是"雅好读书"而又善解《庄子》，大畅玄风的人物。《世说新语·文学》注引《向秀别传》称："秀与嵇康、吕安为友，趣舍不同。嵇康傲世不羁，安放逸迈俗，而秀雅好读书，二子颇以此嗤之。后秀将注《庄子》，先以告康、安，康、安咸

---

① 房玄龄：《晋书》，中华书局1996年版，第908页。
② 同上书，第909页。

曰：'此书讵复须注？徒弃人作乐事耳！'及成，以示二子，康曰：'尔故复胜不？'安乃惊曰：'庄周不死矣！'"[①] 曾经"康善锻，秀为之佐，相对欣然，傍若无人。"[②] 及嵇康被害，向秀见势不妙，赴京师拜谒司马昭，以洗刷自己与嵇康的关系。此后，向秀开始了他的仕宦生涯。最终"游托数贤，萧屑卒岁"（《世说新语·文学》刘孝标注）[③]。向秀的著作，史载有《庄子注》。《世说新语·文学》称："初，注《庄子》者数十家，莫能究其旨要。向秀于旧注外为解义，妙析奇致，大畅玄风。"[④] 但这部《庄子注》今已不传，只能从各家转述称引的只言片语中略窥一斑。此外，据说向秀还注解过《周易》，可惜也已佚失了。

刘伶，字伯伦，生卒年月不详。虽然"身长六尺，容貌甚陋"，却别具风神："放情肆志，常以细宇宙齐万物为心。澹默少言，不妄交游，与阮籍、嵇康相遇，欣然神解，携手入林。"他的得享盛名，大半与饮酒有关："常乘鹿车，携一壶酒，使人荷锸而随之，谓曰：'死便埋我。'"他妻子曾苦苦哀求："君酒太过，非摄生之道，必宜断之。"刘伶不但不听，还欺骗她，说是管不住自己，需要用酒肉在鬼神前发誓，才能断除饮酒的嗜好。当他妻子备好酒肉，他却跪在地上祷告说："天生刘伶，以酒为名。一饮一斛，五斗解酲。妇儿之言，慎不可听。"随后又大吃大喝一番，直醉得不省人事。[⑤] 刘伶不擅言谈，也不屑意文翰，惟著《酒德颂》一篇，讥讽当时一些礼法之士。

阮咸，字仲容，是阮籍之兄阮熙之子。"咸任达不拘，与叔父籍为竹林之游，当世礼法者讥其所为。"据《晋书·阮咸传》[⑥] 记载，阮咸性好嗜饮。一次，阮氏子弟相聚饮酒，直接以大盆盛酒，"大酌更饮"。这时，"有群豕来饮

① 张万起、刘尚慈：《世说新语译注》，中华书局1998年版，第176页。
② 房玄龄：《晋书》，中华书局1996年版，第909页。
③ 张万起、刘尚慈：《世说新语译注》，中华书局1998年版，第176页。
④ 同上。
⑤ 房玄龄：《晋书》，中华书局1996年版，第910页。
⑥ 同上书，第901页。

其酒"，"便共饮之"。与豕共饮其酒，足见阮咸之放达。不仅如此，阮咸还与姑母的婢女相好，生了个儿子。所以，颇遭非议。

王戎，字濬冲，生于魏明帝青龙二年（公元234年），卒于晋惠帝永兴二年（公元305年）。王戎"幼而颖悟，神彩秀彻"，聪慧过人。因父亲王浑与阮籍为友而与籍相识，并得到阮籍的赏识，后加入竹林聚会。王戎官运亨通，曾历任吏部黄门郎、散骑常侍、河东太守、荆州刺史等职。年轻的王戎在他父亲死时，"故吏赙赠数百万，戎辞不受"（《晋书·王戎传》），因而扬名于世。但做了官之后，却钻到钱眼里去了。据《晋书·王戎传》记载，王戎"性好兴利，广收八方园田水碓，周遍天下，积实聚钱，不知纪极，每自执牙筹，昼夜算计，恒若不足"。他"又俭啬"，"女适裴頠，贷钱数万，久而未还。女后归宁，戎色不悦，女遽还直，然后乃欢。从子将婚，戎遗其一单衣，婚讫而更责取。"甚至，"家有好李，常出贷之，恐人得种，恒钻其核。以此获讥于世"。王戎品位不高，能跻身竹林，源于其与阮籍的交往及"善发谈端"和"有人伦鉴识"，论人断事，颇为准确。遇大事镇定自若，如随帝北伐、西迁，"在危难之间，亲接锋刃，谈笑自若，未尝有惧容。"[1]

竹林名士之特点，世称之为任放或旷达。按以上史载，七人才情、品性和风度参差不一，但其成为魏晋风度标志的共同特点首先在于：任性嗜饮，纵酒放达，愤世嫉俗，不拘礼法。酒是名士风流的核心，《世说新语·任诞》篇54则中记载名士饮酒、醉酒、论酒的内容多达近30则，认为饮酒醉酒可以隐身避祸，超越荣辱和生死，物我两忘，"使人人自远"[2]（使人远离自己），"自引人著胜地"[3]（把人带到美妙的境地），"三日不饮酒，觉形神不复相亲。"[4] 其次，是好《老》《庄》，好谈善述。正是源于老庄，宅心玄远，崇

---

① 房玄龄：《晋书》，中华书局1996年版，第810—813页。
② 张万起、刘尚慈：《世说新语译注》，中华书局1998年版，第742页。
③ 同上书，第754页。
④ 张万起、刘尚慈：《世说新语译注》，中华书局1998年版，第757页。

尚自然，所以超然物外，悖越礼法，任情达性，优游从容，形成一种旷达任诞的风度神采。这是对个性的张扬，对生命自由的追求，是对洒脱不羁的生命情调的展示和欣赏。时人仰慕他们的神采俊逸、风流倜傥，称其为名士风流。

三　才性生命的体认与展示

汉魏两晋承继先秦精气说和汉代元气说，认为人禀气生，情性各异，自非圣人，才能有偏。如陈群立九品，评人才之高下；刘邵列才为三等：至德、兼才、偏才；傅玄品才有九；荀粲善谈才性之理；钟会善论才性而为《四本论》；等等。魏晋时期的才性论对于人的才能、情性异同的分辨客观上影响了对士人个性才情的认识，对士人风神仪态的赞赏成为社会风尚，《世说新语》的《言语》《文学》《识鉴》《赏誉》《品藻》《捷悟》《夙惠》《容止》《贤媛》等篇章中多姿多彩地描述了魏晋士人的才性，显现了那个时代对个性才情的体认与展示。

牟宗三先生进而将个性才情即才性看作人之个体的自然生命。"'才性'者自然生命之事也。"① 按牟宗三先生的说法，才性指人之个体的自然生命之质。他以先秦与汉代的气化宇宙论为根基："'生之谓性'之'气性'一路而开出。"② 他引王充曰："人禀元气于天，各受寿夭之命，以立长短之形。""用气为性，性成命定，体气与形骸相抱，生死与期节相须。"（《论衡·无形篇》）并将人的"气性"即性命界定为有三义："自然而如此"，"材质"，"自然生命凝结而成个体时所呈现之自然之质"。③ "气性"有"材质"义，因而"性是才质之性"，有强度之等级性："圣人之才质之性是上上者，斗筲下

---

① 牟宗三：《才性与玄理》，吉林出版集团有限责任公司 2010 年版，第 2 页。
② 同上。
③ 同上书，第 4 页。

愚之才质之性是下下者。"① 牟宗三先生以"生之谓性",即从个体成其为个体时所具有之"自然之质"以言性,并言其有智愚、才不才之分,认为这即是才性。他说:"《人物志》是关于人的才性或体别、性格或风格的论述。""每一个'个体的人'皆是生命的创造品,结晶品。他存在于世间里,有种种生动活泼的表现形态或姿态。直接就这种表现形态或姿态而品鉴其源委,这便是《人物志》的工作。"② 可见牟宗三先生之谓才性,指个体的人之自然生命的各种生动活泼的表现形态或姿态,尤其是其天生的"自然之质"有智愚之分。然而他也指出才性根于天然之性质而"诱发于染习",③ 是先天之质与后天染习的结晶。以牟宗三先生所言之"才性"即个体的人之自然生命来审视,《世说新语》的描述包括:

一是关于言辞应对的记载。《世说新语》中专设有《言语》篇,共收录108 则,记述魏晋士人敏捷机智,善于辞令,巧于应对的种种故事。其精彩处如:

> 诸葛靓在吴,于朝堂大会,孙皓问:"卿字仲思,为何所思?"对曰:"在家思孝,事君思忠,朋友思信。如斯而已!"④ (《言语》二十一)

> 蔡洪赴洛,洛中人问曰:"幕府初开,群公辟命,求英奇于仄陋,采贤俊于岩穴。君吴楚之士,亡国之余,有何异才而应斯举?"蔡答曰:"夜光之珠,不必出于孟津之河;盈握之璧,不必采于昆仑之山。大禹生于东夷,文王生于西羌。圣贤所出,何必常处。昔武王伐纣,迁顽民于洛邑,得无诸君是其苗裔乎?"⑤ (《言语》二十二)

---

① 牟宗三:《才性与玄理》,吉林出版集团有限责任公司 2010 年版,第 17 页。
② 同上书,第 40 页。
③ 同上书,第 43 页。
④ 张万起、刘尚慈:《世说新语译注》,中华书局 1998 年版,第 67 页。
⑤ 同上书,第 67—68 页。

谢太傅寒雪日内集，与儿女讲论文义，俄而雪骤，公欣然曰："白雪纷纷何所似？"兄子胡儿曰："撒盐空中差可拟。"兄女曰："未若柳絮因风起。"公大笑乐。（《言语》七十一）①

顾长康从会稽还，人问山川之美，顾云："千岩竞秀，万壑争流，草木蒙笼其上，若云兴霞蔚。"（《言语》八十八）②

《言语》篇所收录的种种故事中，人物语言或简洁巧妙，或意味深长，或文采斐然，表现了魏晋人的睿智和才情。

二是对天生聪慧的赞扬。《世说新语·夙惠》篇收录了七则故事，都是关于儿童聪慧的记载。此外，在《言语》《政事》《排调》等篇中也有早慧少年的记述。这些记载中尤以这些篇章精彩：

何晏七岁，明慧若神，魏武奇爱之，以晏在宫内，因欲以为子。晏乃画地令方，自处其中。人问其故，答曰："何氏其庐也。"魏武知之，即遣还。（《夙惠》二）③

晋明帝数岁，坐元帝膝上。有人从长安来，元帝问洛下消息，潸然流涕。明帝问何以致泣，具以东渡意告之。因问明帝："汝意谓长安何如日远？"答曰："日远。不闻人从日边来，居然可知。"元帝异之。明日，集群臣宴会，告以此意，更重问之。乃答曰："日近。"元帝失色，曰："尔何故异昨日之言邪？"答曰："举目见日，不见长安。"（《夙惠》

① 张万起、刘尚慈：《世说新语译注》，中华书局1998年版，第109页。
② 同上书，第122页。
③ 同上书，第567页。

· 29 ·

三）①

钟毓、钟会少有令誉，年十三，魏文帝闻之，语其父钟繇曰："可令二子来！"于是敕见。毓面有汗，帝问："卿面何以汗？"毓对曰："战战惶惶，汗出如浆。"复问会："卿何以不汗？"对曰："战战慄慄，汗不敢出。"（《言语》十一）②

陈元方年十一时，候袁公。袁公问曰："贤家君在太丘，远近称之，何所履行？"元方曰："老父在太丘，强者绥之以德，弱者抚之以仁，恣其所安，久而益敬。"袁公曰："孤往者尝为邺令，正行此事。不知卿家君法孤，孤法卿父？"元方曰："周公、孔子，异世而出，周旋动静，万里如一。周公不师孔子，孔子亦不师周公。"（《政事》三）③

这些早慧少年才华横溢，言辞机警，巧于应对。《世说新语》多方收录，足见其对人的才情智慧的高度肯定。甚至，《世说新语》专设《排调》篇章，记述人们在相互嘲戏之中显示出来的才华学识和机智幽默，而其中也不乏早慧少年的机敏、才情：

张无兴年八岁，亏齿，先达知其不常，故戏之曰："君口中何为开狗窦？"张应声答曰："正使君辈从此中出入。"（《排调》三十）④

八岁少年言辞机锋如此犀利，足见其思维之敏捷。

三是对人物的才华才智、鉴赏力的肯定。《世说新语》中《识鉴》篇记述了魏晋士人审时度势，料事如神，机智决断的洞察力：

---

① 张万起、刘尚慈：《世说新语译注》，中华书局 1998 年版，第 567—568 页。
② 同上书，第 57—58 页。
③ 同上书，第 142 页。
④ 同上书，第 801 页。

曹公少时见乔玄，玄谓曰："天下方乱，群雄虎争，拨而理之，非君乎！然君实乱世之英雄，治世之奸贼。恨吾老矣，不见君富贵，当以子孙相累。"（《识鉴》一）①

曹公问裴潜曰："卿昔与刘备共在荆州，卿以备才如何？"潜曰："使居中国，能乱人，不能为治；若乘边守险，足为一方之主。"（《识鉴》二）②

王恭随父在会稽，王大自都来拜墓，恭暂往墓下看之。二人素善，遂十余日方还。父问恭："何故多日？"对曰："与阿大语，蝉连不得归。"因语之曰："恐阿大非尔之友，终乖爱好。"果如其言。（《识鉴》二十六）③

《世说新语》的《赏誉》篇，记述的是对人物的称赞，颂美士人的才能、内在气质、精神境界。《赏誉》篇156则集中表现了魏晋士人在玄学影响下观察世界的思辨方式、评价人物由德向才的转变、赞赏人物时人格美与自然美的融合，并常常突出人物的个性特征。

世目李元礼："谡谡如劲松下风。"（《赏誉》二）④

王濬冲、裴叔则二人总角诣钟士季，须臾去，后客问钟："向二童何如？"钟曰："裴楷清通，王戎简要。后二十年，此二贤当为吏部尚书，冀尔时天下无滞才。"（《赏誉》六）⑤

---

① 张万起、刘尚慈：《世说新语译注》，中华书局1998年版，第352页。
② 同上书，第352—353页。
③ 同上书，第374页。
④ 同上书，第379页。
⑤ 同上书，第382页。

　　林下诸贤，各有俊才子：籍子浑，器量弘旷；康子绍，清远雅正；涛子简，疏通高素；咸子瞻，虚夷有远志；瞻弟孚，爽朗多所遗；秀子纯、悌，并令淑有清流；戎子万子，有大成之风，苗而不秀；唯伶子无闻。凡此诸子，唯瞻为冠，绍、简亦见重当世。（《赏誉》二十九）①

　　谢镇西道敬仁："文学镞镞，无能不新。"（《赏誉》一百三十四）②

　　许掾尝诣简文，尔夜风恬月朗，乃共作曲室中语。襟情之咏，偏是许之所长，辞寄清婉，有逾平日。简文虽契素，此遇尤相咨嗟，不觉造膝，共叉手语，达于将旦。既而曰："玄度才情，故未易多有许。"③（《赏誉》一百四十四）

《世说新语》的《品藻》篇常以相关相似人物才性的类比来品评人物的长短高下，其中特别注重的是士人的才智、才华：

　　王夷甫云："闾丘冲优于满奋、郝隆。此三人并是高才，冲最先达。"④（《品藻》九）

　　会稽虞骙，元皇时与桓宣武同侠，其人有才理胜望。王丞相尝谓骙曰："孔愉有公才而无公望，丁潭有公望而无公才，兼之者其在卿乎?"骙未达而丧。⑤（《品藻》十三）

---

① 张万起、刘尚慈：《世说新语译注》，中华书局1998年版，第400—401页。
② 同上书，第454页。
③ 同上书，第459页。
④ 同上书，第477页。
⑤ 同上书，第479页。

刘尹至王长史许清言，时苟子年十三，倚床边听。既去，问父曰："刘尹语何如尊？"长史曰："韶音令辞不如我，往辄破的胜我。"①（《品藻》四十八）

王中郎尝问刘长沙曰："我何如苟子？"刘答曰："卿才乃当不胜苟子，然会名处多。"王笑曰："痴。"②（《品藻》五十三）

《世说新语·赏誉》中也频评人的才情才智：

许玄度送母始出都，人问刘尹："玄度定称所闻不？"刘曰："才情过于所闻。"（《赏誉》九十五）③

孙兴公、许玄度共在白楼亭，共商略先往名达。林公既非所关，听讫，云："二贤故自有才情。"④（《赏誉》一百一十九）

林公云："王敬仁是超悟人"。⑤（《赏誉》一百二十三）

在《世说新语》的鉴赏评论中少有对人物德行、儒学的称道，多的是对人的聪明才智、才情才华的赞赏钦佩。

四是对风度气质、精神境界、格调神韵的赞美：

王戎云："太尉神姿高彻，如瑶林琼树，自然是风尘外物。"（《赏誉》十六）⑥

---

① 张万起、刘尚慈：《世说新语译注》，中华书局1998年版，第502页。
② 同上书，第505页。
③ 同上书，第437页。
④ 同上书，第449页。
⑤ 同上书，第450页。
⑥ 同上书，第388页。

　　王平子目太尉："阿兄形似道，而神锋太俊。"太尉答曰："诚不如卿落落穆穆。"（《赏誉》二十七）①

　　王公目太尉："岩岩清峙，壁立千仞。"（《赏誉》三十七）②

　　谢幼舆曰："友人王眉子清通简畅，嵇延祖弘雅劭长，董仲道卓荦有致度。"（《赏誉》三十六）③

　　庾公目中郎："神气融散，差如得上。"（《赏誉》四十二）④

　　王平子与人书，称其儿"风气日上，足散人怀。"（《赏誉》五十二）⑤

　　以上诸则都是说人的风度气质、风神格调。例如对于王衍，王戎说太尉（王衍）"神姿高彻"，即神情仪态高雅澄澈，就像瑶林琼树般澄洁；王平子（澄）评其"神锋太俊"指其风神气概非常俊秀；王公（导）赞其"岩岩清峙，壁立千仞"，则是说他的格调神韵"高峻秀拔，如巍然屹立的千仞崖壁"。⑥

　　神姿、神锋、神气、风气等，都是指人物的风度气质、精神境界、气韵格调，其风格则是多种多样的：

---

① 张万起、刘尚慈：《世说新语译注》，中华书局1998年版，第399页。
② 同上书，第406页。
③ 同上书，第405—406页。
④ 同上书，第409页。
⑤ 同上书，第415页。
⑥ 同上书，第406页。

抚军问孙兴公："刘真长何如？"曰："清蔚简令。""王仲祖何如？"曰："温润恬和。""桓温何如？"曰："高爽迈出。""谢仁祖何如？"曰："清易令达。""阮思旷何如？"曰："弘润通长。""袁羊何如？"曰："洮洮清便。""殷洪远何如？"曰："远有致思。""卿自谓何如？"曰："下官才能所经，悉不如诸贤；至于斟酌时宜，笼罩当世，亦多所不及。然以不才，时复托怀玄胜，远咏《老》《庄》，萧条高寄，不与时务经怀，自谓此心无所与让也。"①（《品藻》三十六）

无论是简约美好、温和恬淡，还是高傲豪爽、大度宽和，……魏晋时人赞叹的风神格调多姿多彩。

从《世说新语》的大量记载、多方描述中，我们可以看到，由于儒学衰颓和人的觉醒，社会风尚尊崇、宝贵的是个体人的自身生命情态。死亡阴影，政治高压导致向死而生，活出自我。魏晋士人由外在的事功、道德、经学等转向欣赏个体生命内在的气质、才情、格调、风神、个性等，即对个体生命存在情态风貌的肯定、追求。这种对自然生命的情调、个性、才情即才性的展示与弘扬，是对自我价值的肯定，是对个体生命自由的欣赏，是一种执着于生的强烈的生命意识。

这种对才性生命的神采风姿的体认欣赏常常以自然物的美的姿态来比拟，实际达到了美感美趣的境界，所以魏晋的人物才性品鉴实是审美的，是审美的才性生命体认欣赏。

第三节　静思玄想的本体探询

魏晋时期对生命的体悟和思索是从形而下和形而上两个方面展开的。形

---

① 张万起、刘尚慈：《世说新语译注》，中华书局1998年版，第493页。

而下是在日常生活行止中体察和感悟个体生命的情调与风貌，品评鉴赏不同的才性与格调；形而上则是对个体生命的本体探询，充分体现出玄理的深邃与缜密。

一 本末有无的本体探询

两汉经学随着汉帝国的崩溃而衰落了，自魏晋始，随着儒学的衰落和人的觉醒，注《老》注《庄》成风，谈《易》、谈《老》、谈《庄》成为时尚，这就是所谓谈三玄的魏晋玄学。魏晋玄学的总体特征是："指魏晋时期以老庄思想为骨架企图调和儒道，会通'自然'与'名教'的一种特定的哲学思潮，它所讨论的中心为'本末有无'问题，即用思辨的方法来讨论有关天地万物存在的根据的问题，也就是说表现为远离'世务'和'事物'形而上学本体论的问题。"[1]

魏晋玄学其代表是何晏、王弼、阮籍、嵇康、向秀、裴頠、郭象等人，他们代表了魏晋玄学的三个阶段：正始、竹林、中朝（主要指晋元康时期）。《世说新语·文学》九十四则"袁伯彦作《名士传》成"的注曾云："宏以夏侯太初、何平叔、王辅嗣为正始名士，阮嗣宗、嵇叔夜、山巨源、向子期、刘伯伦、阮仲容、王濬仲为竹林名士，裴叔则、乐彦辅、王夷甫、庾子嵩、王安期、阮千里、魏叔宝、谢幼舆为中朝名士。"他们论证了本末、有无、言意、体用等问题，把玄学上升到纯粹思辨的高度。他们认为自然是"本"（本体），伦理教化是"末"（功用）；认为"有"是有名有形的具体存在物，包括天地万物、政治人伦（名教），"无"是无名无形的超时空的本体（"道""自然"）；"本""末""有""无"是体用不二，体用合一。他们对本末有无及其相互关系的探讨实际上是从天地万物的存在依据入手，"试图为具体的政

---

① 汤一介：《郭象与魏晋玄学》（增订本），北京大学出版社2000年版，第13页。

治人伦和人性自然寻找一个抽象的形而上的依据"①。他们以道释儒，合名教于自然，但又主张"无为而治"，强调个体人格的自由和独立。他们所推崇的圣人既是"能体冲和以通无"，又"不能无哀乐以应物"，是"应万物而不为物所累"，无为而无不为，达到了有限（个体生命）与无限（宇宙自然）的统一。玄学顺应并极大地推动了魏晋时代个体生命自我意识的觉醒，谈玄论道使得老庄哲学的范畴广播于文坛。

先秦的精气论，汉代的元气论主要探讨的是世界、宇宙的本原和构成，玄学颠覆了先秦两汉的宇宙生成论，形成了独具特色的本体论，这鲜明地体现在其"体用如一""本末不二"的思想之中。作为玄学代表人物的王弼注《老子》而阐释贵无之学，以"无"（本体）为"本"，以"有"（功用、现象）为"末"，认为"无"是根本性的"体"，而"有"则是它的种种表现，是由"无"所派生出来的，"无"并不离开"有"，而是在"有"之中，作为"有"的本体，二者是不可分的。他以《老子·第十一章》"三十辐，共一毂，当其无，有车之用"来说明正是因为有辐条之间的空无，才形成车轮，才有车之用处。所以他说："守母以存其子，崇本以举其末，则形名俱有，而邪不生。"（《〈老子〉第三十八章注》）王弼言"必有之用极，而无之功显"（《周易注·系辞上》）。无即道，是本体、体，有即用、功用，是道的体现、表现。不应该在"有""末""用"之外去寻找另一本体，而是在"有"之中把握"无"，通过"有""末""用"来把握"无"、把握本体。玄学的代表人物向秀、郭象与王弼不同，他们通过释《庄子》而主崇有之论。例如郭象认为"有"是唯一的存在，是世界的根本，"有之为物，虽千变万化而不得为无"，它不可能变成"无"，即变成"不存在"。"有"在郭象的思想体系中实际具有两重含义：一是抽象的"存在"，一是具体的"存在物"，这两者又是同一的，"'具体存在物'与'抽象存在'自身同一。这实际上是另一种形式

---

① 高峰、戴洪才、雷海燕：《魏晋玄学十日谈》，安徽文艺出版社1997年版，第3页。

的'体用如一'"。① 郭象与王弼实际上殊途同归，都主张"无"与"有""本"与"末"的同一，体用如一。

玄学关于本末有无的本体探询，其现实意义在于援道释儒，为政治人伦的存在找到合理的依据，合"名教"于"自然"；也为个体人格的自由和独立，个体生命情感意绪的自由挥洒找到了存在的理由。王弼、郭象等人认为名教与自然是一致的。王弼认为名教是由"道"自然生成的，"自然亲爱为孝，推爱及物为仁也。"② 郭象则认为名教与自然是一致的，仁义自是人之情性，率性自然，也就是符合礼义。这样，就可以"举本统末"，无为而治。因为"圣人茂于人者神明也，同于人者五情也。神明茂，故能体冲和以通无；五情同，故不能无哀乐以应物。然则圣人之情，应物而无累于物者也"。③ 这个既通无又兼具五情的圣人，具有超越常人的智慧而又具有常人的情感，应物而又不累于物，也是"举本统末"，体用如一。王弼认为"万物以自然为性"（《〈老子〉第二十九章注》），"夫喜、惧、哀、乐，民之自然，应感而动，则发乎声歌。"④ "圣人达自然之至〔性〕，畅万物之情，故因而不为，顺而不施。"⑤ 从圣人有情，到圣人与常人的情感合乎自然，个体生命情感意绪的自由抒发具有了存在的合理性。

魏晋士人执着于辨名析理，即思辨性的论证和说理，对提升抽象思维方式起了很大作用。冯友兰先生说："玄学的辨名析理完全是抽象思维，从这一方面说，魏晋玄学是对两汉哲学的一种革命。……在中国哲学史中，魏晋玄学是中华民族抽象思维的空前的发展。"⑥ 而玄学在认识论上以寄言出意、得意忘言为基本方法，强调必须超越象与言的局限和规范而领悟"道"的境界，

---

① 汤一介：《郭象与魏晋玄学》，湖北人民出版社1983年版，第69页。
② 楼宇烈校释：《王弼集校释》，中华书局1980年版，第621页。
③ 何劭：《王弼传》，转引自《汤用彤选集》，天津人民出版社1995年版，第253页。
④ 楼宇烈校释：《王弼集校释》，中华书局1980年版，第625页。
⑤ 王弼：《老子注》，《诸子集成》第3册，中华书局1954年版。
⑥ 冯友兰：《中国哲学史新编》第4册，人民出版社1986年版，第44页。

也启示魏晋南北朝诗人文士超越语言的局限，追求"象外之象""味外之旨"的无限美的意境，并搭建起哲学范畴转化为文论范畴的桥梁。

二　谈玄论道的社会风尚

魏晋时期玄学兴盛，学风转变，人们谈玄论道，乐此不疲。同时，由于佛教东来，借助玄学辨析佛理也成为清谈的内容之一，玄佛合流。魏晋文人、名士、士大夫甚至中外名僧挥麈清谈，辨析义理，争锋诘难，成为风靡社会的时代风尚。《世说新语》的诸多篇章中记载了许多有趣的故事。单是《世说新语·文学》篇便有近百则之多。

一是谈玄论道，竞为时尚。

《言语》二十三载：

> 诸名士共至洛水戏。还，乐令问王夷甫曰："今日戏，乐乎？"王曰："裴仆射善谈名理，混混有雅致；张茂先论《史》《汉》，靡靡可听；我与王安丰说延陵、子房，亦超超玄著。"①

《文学》十九载：

> 裴散骑娶王太尉女，婚后三日，诸婿大会，当时名士、王裴子弟悉集。郭子玄在坐，挑与裴谈。子玄才甚丰赡，始数交，未快；郭陈张甚盛，裴徐理前语，理致甚微，四坐咨嗟称快，王亦以为奇，谓诸人曰："君辈勿为尔，将受困寡人女婿。"②

《文学》五十五载：

> 支道林、许、谢盛德共集王家，谢顾谓诸人："今日可谓彦会。时既

---

① 张万起、刘尚慈：《世说新语译注》，中华书局1998年版，第69页。
② 同上书，第178页。

不可留，此集固亦难常，当共言咏，以写其怀。"许便问主人："有《庄子》不?"正得《渔父》一篇。谢看题，便各使四坐通。支道林先通，作七百许语，叙致精丽，才藻奇拔，众咸称善。于是四坐各言怀毕，谢问曰："卿等尽不?"①

可见无论外出游玩，还是嫁娶宴集，谈玄论道，讲论义理，争锋诘难，成为社会风尚。

二是挥麈清谈，辨析义理。

《文学》十六载：

客问乐令"旨不至"者，乐亦不复剖析文句，直以麈尾柄确几曰："至不?"客曰："至。"乐因又举麈尾曰："若至者那得去?"于是客乃悟服。乐辞约而旨达，皆此类。②

《文学》二十二载：

殷中军为庾公长史，下都，王丞相为之集，桓公、王长史、王蓝田、谢镇西并在。丞相自起解帐带麈尾，语殷曰："身今日当与君共谈析理。"既共清言，遂达三更。丞相与殷共相往反，其余诸贤略无所关。既彼我相尽，丞相乃叹曰："向来语乃竟未知理源所归。至于辞喻不相负，正始之音，正当尔耳。"明旦，桓宣武语人曰："昨夜听殷、王清言，甚佳。仁祖亦不寂寞，我亦时复造心；顾看两王掾，辄翣如生母狗馨。"③

《文学》三十一载：

孙安国往殷中军许共论，往反精苦，客主无间。左右进食，冷而复

---

① 张万起、刘尚慈：《世说新语译注》，中华书局1998年版，第211页。
② 同上书，第175页。
③ 同上书，第182页。

暖者数四。彼我奋掷麈尾，悉脱落满餐饭中，宾主遂至莫忘食。殷乃语孙曰："卿莫作强口马，我当穿卿鼻！"孙曰："卿不见决鼻牛，人当穿卿颊！"①

麈，大鹿。麈尾，多柄的一种器具，柄上镶嵌白玉、象牙等饰物，缚有麈之尾毫，形如羽扇。其作用有拂秽清暑、助阵谈锋、衬托风度等作用，实为表现潇洒玄远的名士风采气度的一种雅器。② 常为有名望、有地位的政客名士使用，清谈时挥洒，行散时拂风。如《世说新语·容止》八曾记载："王夷甫容貌整丽，妙于谈玄，恒捉白玉柄麈尾，与手都无分别。"③ 从以上诸则，可以见到，清谈时麈尾的运用，确有助阵谈锋，表现自尊自信、潇洒玄远的名士风度的作用。

《文学》二十八载：

谢镇西少时，闻殷浩能清言，故往造之。殷未过有所通，为谢标榜诸义，作数百语，既有佳致，兼辞条丰蔚，甚足以动心骇听。谢注神倾意，不觉流汗交面。殷徐语左右："取手巾与谢郎拭面。"④

《文学》五十一载：

支道林、殷渊源俱在相王许，相王谓二人："可试一交言。而才性殆是渊源崤函之固，君其慎焉！"支初作，改辙远之；数四交，不觉入其玄中。相王抚肩笑曰："此自是其胜场，安可争锋！"⑤

《文学》五十六载：

① 张万起、刘尚慈：《世说新语译注》，中华书局1998年版，第190页。
② 骆玉明：《世说新语精读》，复旦大学出版社2008年版，第98—99页。
③ 同上书，第590页。
④ 同上书，第187页。
⑤ 张万起、刘尚慈：《世说新语译注》，中华书局1998年版，第207页。

殷中军、孙安国、王、谢能言诸贤，悉在会稽王许，殷与孙共论《易象妙于见形》，孙语道合，意气干云，一坐咸不安孙理，而辞不能屈。会稽王慨然叹曰："使真长来，故应有以制彼。"即迎真长，孙意已不如。真长既至，先令孙自叙本理，孙粗说己语，亦觉殊不及向。刘便作二百许语，辞难简切，孙理遂屈。一坐同时抚掌而笑，称美良久。①

《世说新语》描绘名士们辨析义理、反复论辩的音容笑貌、风采气度，栩栩如生，妙趣横生，由《世说新语》的大量记述足见清谈之风遍布士林，谈玄论道遂成家常便饭。

三是玄佛合流，争锋诘难。两汉之际，佛教东来，魏晋之后日渐繁荣，至南此朝佛风大炽，上至皇室贵胄，下至士人百姓，莫不顶礼膜拜。佛经的翻译、传播常借助玄学的概念、术语，以至于走向玄佛合流。佛教为了自身的生存吸收了部分中华传统文化思想，但为了传经布道、弘扬佛教精义，又与儒、道产生了激烈的争辩。《世说新语》中常有名僧出入清谈场所与名士争辩论战的记载：

如《文学》三十载：

有北来道人好才理，与林公相遇于瓦官寺，讲小品。于时竺法深、孙兴公悉共听。此道人语，屡设疑难，林公辩答清晰，辞气俱爽。此道人每辄摧屈。孙问深公："上人当是逆风家，向来何以都不言？"深公笑而不答。林公曰："白旃檀非不馥，焉能逆风？"深公得此义，夷然不屑。②

《文学》三十九载：

① 张万起、刘尚慈：《世说新语译注》，中华书局1998年版，第212—213页。
② 同上书，第189页。

　　林道人诣谢公，东阳时始总角，新病起，体未堪劳，与林公讲论，遂至相苦。①

　　林道人，东晋名僧支道林（遁），不仅精通佛理，而且深究玄学义理。王濛就认为他可与王弼比肩："王长史叹林公：'寻微之功，不减辅嗣。'"（《世说新语·赏誉》九十八）② 他去拜访谢公（安），谢公兄子东阳（谢朗）与林清谈论辩，以至于激烈诘难。《高僧传·支遁传》说他"常在白马寺，与刘系之等谈《庄子·逍遥篇》"，而《文学》三十二载：

　　　　《庄子·逍遥篇》，旧是难处，诸名贤所可钻味，而不能拔理于郭、向之外。支道林在白马寺中，将冯太常共语，因及《逍遥》。支卓然标新理于二家之表，立异义于众贤之外，皆是诸名贤寻味之所不得。后遂用支理。③

　　足见名僧精通玄理，其清谈、论战对士林影响之大。

　　佛教的基本教义，大体上包含相互关联的两个方面："一是关于人生方面，阐述人生现象的本质，指出解脱人生苦难的途径和人生应当追求的理想境界，这是关于伦理宗教理想的学说，是整个佛教教义的基础，最为重要；二是从探索人生问题出发，继之探索人与宇宙交涉的问题，由此而开展寻求宇宙的'真实'，形成了'缘起'、'无常'、'无我'（'空'）的世界观，这是最富有哲学色彩的宗教理论，也是伦理宗教理想的哲学基础。"④ 佛教借玄学的本末有无问题得以传播，使魏晋南北朝文人之接受佛教，"从一开始就是

---

① 张万起、刘尚慈：《世说新语译注》，中华书局1998年版，第198页。
② 同上书，第438页。
③ 同上书，第191页。
④ 方立天：《中国佛教与传统文化》（下），上海人民出版社1988年版，第117页。

重理性，重思辨的。"① 但两晋南北朝名僧又因"格义"② 之法并不能准确弘扬佛学"空"观而不断加以阐释。玄学的本末有无论是"以无为本"的，从"无"产生"有"，"无"是"有"的本体；而佛学的"缘起性空"论消解了对本体的预设，没有本体，只有现象，"色不自有，虽色而空"，"色即是空，色复异空"③。佛学的"空"观智慧奥妙深邃，推动了玄学"体用如一""本末不二"思想的形成，启迪魏晋南北朝士人将思维提升到更抽象、更深刻、更空灵的层面。

三 人格本体的审美建构

汤用彤先生认为玄学讨论的重要问题之一是"最理想的圣人的人格应该是如何的"。④ 王弼关于本末有无的本体探询，既体现为宇宙万物的本末同一，体用如一；也体现为圣人的体冲和以通无又兼具五情，应物而又不累于物，也是"举本统末"，体用如一。王弼认为"万物以自然为性"（《〈老子〉第二十九章注》），"圣人达自然之至〔性〕，畅万物之情，故因而不为，顺而不施。"⑤ 这就是最理想的圣人的人格，这其实就是对圣人人格的本体探询。王弼之后，阮籍的《达庄论》《大人先生传》通过阐发庄子思想，进一步探讨了人的本体、自然本性。

在《达庄论》中阮籍以万物皆为一气所生即"元气论"来解释万物与人同生于自然："天地生于自然，万物生于天地。自然者无外，故天地名焉。天地者有内，故明生焉。当其无外，谁谓异乎？当其有内，谁谓殊乎？"而"人生天地之中，体自然之形。身者阴阳之精气，性者五行之正性也，情者游魂

---

① 孙昌武：《佛教与中国文学》，上海人民出版社 1988 年版，第 63 页。
② "格义"，汤用彤释为："格义者，即格量也。盖以中国思想，比拟配合，以使人易于了解佛书之方法也。"《汤用彤选集》，天津人民出版社 1995 年版，第 136 页。
③ 张万起、刘尚慈：《世说新语译注》，中华书局 1998 年版，第 194 页。
④ 《汤用彤学术论文集》，中华书局 1983 年版，第 300 页。
⑤ 王弼：《老子注》，《诸子集成》第 3 册，中华书局 1954 年版。

之变欲也，神者天地之所以驭者也"。从而说明"万物一体"，所以人与天地万物一体，都是本于"自然"。阮籍所言之"自然"，其意与庄子之意一样，都是指自然而然。阮籍实际上承继和发挥了《庄子》的"齐物论"，阮籍"万物一体"的思想也就是庄子"天地与我并生，而万物与我为一"之意，这其实就是说人的本体、本性与天地万物一样，都是本于"自然"。阮籍指出，儒家六经讨论的是社会政治问题，重在分辨事理建立规则，使人民有礼法可循，故强调事物之间的差别。而《庄子》则以宇宙眼光从事物最根本的统一性看问题："彼六经之言，分处之教也；庄周之云，致意之辞也。大而临之，则至极无外；小而理之，则物有其制。夫守什伍之数，审左右之名，一曲之说也；循自然，小天地者，寥廓之谈也。"① 世俗社会将局部从整体中割裂出来，忽略了事物之间的整体联系，片面夸大纲常名节的功能，忽视自然本性的根本作用，残生害性，造成了诸多社会弊端。《庄子》正是为了纠正世俗社会片面的认识方法："庄周见其若此，故述道德之妙，叙无为之本，寓言以广之，假物以延之，聊以娱无为之心，而逍遥于一世。"就是说，如果人类能将世界视为一个不可分割的生命整体，回到太古那样的混沌一体的齐物状态，恢复人们的自然本性，必将消除竞争之心，使社会回归淳朴："形神在我而道德成，忠信不离而上下平。"② 《达庄论》融合道家人性自然与儒家社会伦理，在"名教""入世"与"自然""出世"之间搭建起了桥梁。

《大人先生传》借虚拟的"大人"愤怒批判黑暗的社会现实，鞭挞"坐制礼法，束缚下民""假廉而成贪，内险而外仁"的当权者，并通过大人先生反观人生，对人们在现实中追求自由却无法得到完全自由的深刻思考，反省人的自然本性，探索人的永恒本质，可以说是作者的精神化身。《大人先生传》曰："大人者，乃与造物同体，天地并生，逍遥浮世，与道俱成，变化散

---

① 陈伯君校注：《阮籍集校注》，中华书局1987年版，第142页。
② 同上书，第156页。

聚，不常其形。天地制域于内，而浮明开达于外，天地之永固，非世俗之所及也。"阮籍的这个大人先生"飘摇于天地之外，与造化为友，朝飧汤谷，夕饮西海，将变化迁易，与道周始。"[1] 其实就是《庄子》中的与道冥合的"至人""真人""神人"，他们"物物而不为物所物"，在宇宙中作逍遥游，"大泽焚而不能热，河汉冱而不能寒，疾雷破山而不能伤，飘风振海而不能惊。若然者，乘云气，骑日月，而游乎四海之外，死生无变于己，而况利害之端乎！"[2] 庄子的"道"是"天不得不高，地不得不广，日月不得不行，万物不得不昌，此其道与"！[3] 即万物的自生自化，它也就在其中。也就是本末有无的统一。"至人""真人""神人"与"道"同一，即人的本体与宇宙自然的同一。阮籍的这个大人先生"与道周始"，人的本体存在获得了绝对的自由。

从《达庄论》到《大人先生传》，阮籍从"齐物"思想过渡到"逍遥"思想。阮籍通过"齐物"的方法抹除万物之间的差别和对立，达到精神上的超脱。又通过大人先生强调越名教而任自然，主张无为之治，追求逍遥，追求"至人"的理想人格。齐物与逍遥是阮籍玄学理论的两个中心点，齐物是抹杀万物之间的差别及矛盾，以达致精神上的绝对自由的途径，逍遥是回归人的本体、人的自然本性的理想人格境界。由此我们看到，阮籍从融合"自然"与"名教"到强调越"名教"而任"自然"，都是在探询人的自然本体，追求人的理想人格。

同为竹林中人的向秀却与阮籍嵇康的越名教而任自然不同，而是"以儒道为一"。《世说新语·文学》十七："初，注《庄子》者数十家，莫能究其旨要。向秀于旧注外为《解义》，妙析奇致，大畅玄风。"[4] 向秀注《庄子》的一个重要观点是提出了万物"自生""自化"的概念，他说："吾之生也，

① 马积高编著：《历代词赋总汇》，湖南文艺出版社2014年版，第524页。
② 曹础基：《庄子浅注》，中华书局2000年版，第34页。
③ 同上书，第324页。
④ 张万起、刘尚慈：《世说新语译注》，中华书局1998年版，第176页。

非吾之所生，则生自生耳。生生者岂有物哉？（无物也）故不生也。吾之化也，非物之所化，则化自化耳。……若使生物者亦生，化物者亦化，则与物俱化，亦奚异于物？明夫不生不化者，然后能为生化之本。"① 向秀承认在天地万物之前有"生化之本"，但又认为天地万物是自生自化的。向秀的这一观点对裴頠、郭象产生了很大影响，裴頠的"崇有"论和郭象的"独化"论都把自生自化作为反对"以无为本"的重要依据。作为元康玄学代表的郭象，其《庄子注》与向秀之注不管是"窃以为己注"，还是"述而广之"②，关于天地万物是自生自化的这一观点是一致的，但郭象的"独化"论进一步发展了向秀的自生自化论。郭象认为"无既无矣，则不能生有。有之未生，又不能为生，然则生生者谁哉？块然自生耳"。"有之为物，虽千变万化而不得为无。"（郭象《庄子注·齐物论注》）郭象的"有"既是具体存在的万物，又是抽象的"存在"。天地万物的存在在于其本身"物各有性，性各有极"。这样，事物的存在根据在于其"自性"，而"自性"是自生的。郭象又进一步提出"独化"的论点：任何事物的自生自化都是独立自足的，如果不断去追求事物生化的原因和根据，最后只能得出"无待"的结果："若责其所待，而寻其所由，则寻责无极，卒至于无待，而独化之理明矣。"（郭象《庄子注·齐物论注》）因而"人之生也，形虽七尺，而五常必具，故虽区区之身，乃举天地而奉之。故天地万物，凡所有者，不可一日而相无也。一物不具，则生者无由得生；一理不至，则天年无缘得终。"（郭象《庄子注·大宗师注》）这样，凡是存在的都是合理的、必然的，且不能互相排斥。于是，"神人"就是"圣人"，"圣人虽在庙堂之上，然其心无异于山林之中"（郭象《庄子注·逍遥游注》），他能"终日挥形而神气无变"，能"俯仰万机而淡然自若"

---

① 向秀：《庄子注》，转引自汤一介《郭象与魏晋玄学》（增订本），北京大学出版社 2000 年版，第 54 页。

② 关于郭象的《庄子注》是剽窃向秀《庄子注》，还是继承向秀之注并述而广之，汤一介先生的《郭象与魏晋玄学》第六章"郭象与向秀"中有详细的论证辨析，认为郭注与向注有同有异。见《郭象与魏晋玄学》（增订本），北京大学出版社 2000 年版。

（郭象《庄子注·大宗师注》），他可以"戴黄屋，佩玉玺""历山川，同民事"，而不失为"至圣者"（郭象《庄子注·逍遥游注》）。即实行"内圣外王之道"。于是，"名教"与"自然"合二为一了。

从何晏、王弼的"名教"出于"自然"，到阮籍、嵇康的越"名教"而任"自然"，到郭象的"名教"即"自然"，对待"名教"的态度各异，而对天地万物与人的自然本性则都是肯定的。无论人的本性是"无"中生"有"，还是"独化"自生，总之人的自然本性都是合理的存在，应当充分肯定。这是对人格本体的探询，这种对人格本体的探询打碎了束缚士人的礼教枷锁，极大地解放了魏晋士人的身心，使他们傲然屹立于天地之间，超凡脱俗，与道冥合，从而实现了"人"的自觉。李泽厚先生指出："人（我）的自觉成为魏晋思想的独特精神，而对人格作本体建构，正是玄学的主要成就。"[①]"从总体来看，魏晋思潮及玄学的精神实质是庄而非老，因为它所追求和企图树立的是一种富有情感而独立自足、绝对自由和无限超越的人格本体。"[②] 冯友兰先生说："'玄的混沌'提高了人的精神境界，它所讲的超越感，解放感，构成了一代人的精神面貌，所谓晋人风流。"[③]

正是玄学对人格本体的探询促使魏晋的人物品评由外在的事功、儒学、道德、操守转向内在的气质、才情、格调、风神等，即由人的自然本性所导致的个体生命独立自由的存在风貌，于是，谈玄论道的辨析义理，感怀宇宙人生的触目生悲，智慧兼深情既是魏晋士人对宇宙万物存在的本体探询，也成为理想人格建构的途径。魏晋士人把自然本性作为人格本体的玄学渗透和转化为热烈深沉的情绪、对天地万物的敏锐感受和对个体生命的顽强执着，将有限（个体生命）与无限（无垠宇宙）融为一体，从而使得情感闪烁着智慧的光辉，变成了本体的感受，"即本体不只是在思辨中，而且还在审美中，

---

① 李泽厚：《中国古代思想史论》，人民出版社 1985 年版，第 193 页。
② 同上书，第 196 页。
③ 冯友兰：《中国哲学史新编》第 4 册，人民出版社 1986 年版，第 207 页。

为他们所直接感受着、嗟叹着、咏味着。"① 于是，智慧兼深情成为理想的人格，即与"道"同一，又具有强烈个人情感的、内在精神自由的理想人格。于是，高远、俊逸、洒脱、优雅的风度神貌成为理想人格美的显现：

王戎云："太尉神姿高彻，如瑶林琼树，自然是风尘外物。"②（《赏誉》十六）

王公目太尉："岩岩清峙，壁立千仞。"（《赏誉》三十七）③

时人目王右军："飘如游云，矫若惊龙。"（《容止》三十）④

① 李泽厚：《美学三书·华夏美学》，安徽文艺出版社 1999 年版，第 347 页。
② 张万起、刘尚慈：《世说新语译注》，中华书局 1998 年版，第 388 页。
③ 同上书，第 406 页。
④ 同上书，第 604 页。

第二章　人物品藻趋向的转变

魏晋时期人物品藻对生命意识的兴发，自我价值的肯定，个性才情的张扬，风神仪容的赞美等，都促成了那个时代审美意识的觉醒。以至于宗白华先生感叹说："中国美学竟是出发于'人物品藻'之美学，美的概念、范畴、形容词，发源于人格美的评赏。"①

第一节　"名教"式微与"自然"兴盛

人物品藻是汉魏两晋盛行的一种社会活动，人物品藻亦称品题、品鉴、品目、题目或人伦识鉴，是对人物的德行、才华、能力、智慧、风神、体貌、品性等进行鉴赏、品评。"品藻"一词，出自汉代扬雄《法言·重黎》："或曰：《周官》？曰：言事。左氏？曰：品藻。太史迁？曰：实录。"又《汉书·扬雄传》中"尊卑之条，称述品藻"引颜师古注曰："品藻者，定其差品及文质。"可见，人物品藻就是对人物的品行优劣、才德与风貌等的鉴别判断。刘邵《人物志》与刘义庆《世说新语》对人物品藻活动有比较集中的记录、描绘。

① 宗白华：《美学散步》，上海人民出版社1981年版，第178页。

一　"名教"式微与品鉴转向

人物品评，古已有之，但到汉末魏初与人才的选拔任用直接关联。汉代征官取士一般为地方察举，公府征辟。"察举"是通过地方考察评议人物，自下而上推荐人才，"征辟"是由官府自上而下地发现和任用人才，也要考察评议，因此人物品鉴极为重要。"有名者入青云，无名者委沟渠。朝廷以名为治（顾亭林语），士风亦竞以名行相高。声名出于乡里之臧否，故民间清议乃隐操士人进退之权。于是月旦人物，流成俗尚；讲目成名（《人物志》语），具有定格，乃成社会中不成文之法度。"①

汉代之察举清议，其品鉴标准经历了由重德轻才向重才轻德的转变。汉代许多帝王都下诏书要求各地荐举"贤良方正"之人，虽然要求有才能，但德行是放在第一位的。东汉末年，此起彼伏的农民起义与风云际会的军阀混战所造成的社会大动乱摧毁了旧有的传统观念和社会秩序，经学崩塌，名教式微，适应社会的新的思想观念萌生。这首先表现在曹操"唯才是举"的提出，曹操先后下了四次求贤令（均见《三国志·魏志·武帝纪》），其中心思想"唯才是举"变东汉的重德轻才为重才轻德。曹操求贤令中"突出地强调了'德'和'才'之间存在的差别和矛盾，指出了'有行之士未必能进取，进取之士未必能有行'，赋予了'才'以独立于'德'的意义和价值。"② 这是对个体生命个性才能的肯定，具有冲破儒家名教的意义。可以说，从重德轻才转向重才轻德，是动乱时代的需求，是魏晋思想解放的先声，并进而影响到人物品藻重视才性生命，把人物的才能放在第一位。至汉末曹氏父子基本统一北方之后，在民间清议察举基础上形成了"九品中正制"，州郡对辖区内人物按九品向吏部推荐，以便按品之高低任命为官。而曹操"唯才是举"

---

① 汤一介编选：《汤用彤选集》，天津人民出版社1995年版，第220页。
② 李泽厚、刘纲纪：《中国美学史》（第二卷上），中国社会科学出版社1987年版，第69—70页。

的思想则直接影响清议察举和"九品中正制"选拔原则转变为重才轻德。

作为汉魏品鉴成果的刘邵（《汉书》为刘劭）《人物志》充分显示出这一特色。《汉书》载：刘劭，字孔才，广平邯郸人，曾在曹魏集团担任尚书郎、散骑侍郎、陈留太守等多种官职，撰有《法论》《人物志》等著作。《人物志》分上中下三卷，九征、体别、流业、材理、材能、利害、接识、英雄、八观、七谬、效难、释争共十二篇，讲述了如何识别人才、量能用人的方法，并对人性作了深入的剖析。汤用彤指出《人物志》一书大义有八：一曰品人物则由形所显现心所蕴。二曰分别才性而详其所宜。三曰验之行为以正其名目。四曰重人伦则尚谈论。五曰察人物常失于奇尤。六曰致太平必赖圣人。七曰创大业则尚英雄。八曰美君德则主中庸无为。[①] 可见，从形神、骨相、才性、行为、人伦、奇尤、德性等方面对人进行品评是《人物志》的重要内容，而其中则贯彻了曹操"唯才是举"的思想。例如他认为英雄并不是由于伦理道德的崇高而在于"聪明秀出"与"胆力过人"的统一，甚至说"智者德之帅也"，"圣之为称，明智之极名也"，"夫圣贤之所美，莫美乎聪明"。儒家讲仁、义、礼、智、信，刘劭却将智放在第一位，并作为德的统帅和根基，这种对智慧才能的高度肯定，开启了对个体生命个性、气质、才能的研究。

二　才性探讨与人物品藻

对才性的探讨是人物品藻中的重要议题。才性论重在分辨才能的大小同异，其作用在于"知人善任，治平之基"[②]。因为"能出于材，材不同量，材能既殊，任政各异"（《人物志》）。才性论虽然出于政治需要，但对于人的才能、情性异同的分辨客观上影响了对士人风神仪态的赞赏，成为人物品藻的基础和判别标准。刘劭《人物志》作为汉魏品鉴成果，充分显示出汉魏才性

---

① 汤一介编选：《汤用彤选集》，天津人民出版社1995年版，第213—218页。
② 同上书，第229页。

探讨的深度和广度。牟宗三先生指出："《人物志》是关于人的才性或体别、性格或风格的论述。""每一个'个体的人'皆是生命的创造品，结晶品。他存在于世间里，有种种生动活泼的表现形态或姿态。直接就这种表现形态或姿态而品鉴其原委，这便是《人物志》的工作。这是直接就个体的生命人格，整全地、如其为人地而品鉴之。"① 所以，我们以对《人物志》的剖析来检视魏晋的才性探讨。

《人物志》包括序言与上中下三卷共十二篇。其序一开始就提出："夫圣贤之所美，莫美乎聪明；聪明之所贵，莫贵乎知人。知人诚智，则众材得其序，而庶绩之业兴矣。是以圣人著爻象，则立君子小人之辞；叙诗志，则别风俗雅正之业；制礼乐，则考六艺只庸之德；躬南面，则援俊逸辅相之材。皆所以达众善而成天功也。"② 刘劭开宗明义地将人的天赋（天功）、聪明才智而不是德行，放到了至高无上的地位，作为社会政治、文化的根基和衡量、评论人的标准——"知人诚智，则众材得其序，而庶绩之业兴矣"。由此可见，天赋才智是《人物志》的根本指导思想。

刘劭在序中还说尧、舜、成汤、（周）文王的功业、美德"孰不劳聪明于求人，获安逸于任使者哉"！即无不是因自己用聪明才智发现人才、任用人才的结果。所以孔子用四种科目教育门人，将弟子才能分为三等，又提出"察其所安，观其所由，以知居止之行"的识人方法来考察人的心思和行动。并说自己是依照圣人的教诲记述人物，"惟博识君子裁览其义焉"，即希望有学问的君子来浏览和裁定本书的意义。可见刘劭多么希望他的天赋才性论能得到肯定与推广。

《人物志》卷上包括九征、体别、流业、材理共四篇。《九征》开篇曰："盖人物之本，出乎情性。情性之理，甚微而玄，非圣人之察，其孰能究之

---

① 牟宗三：《才性与玄理》，吉林出版集团有限责任公司2010年版，第40页。
② 鹿群译注：《人物志译注》，上海三联书店2014年版，第1页。

哉!"提出了一个基本观点:人之根本的资质,是出于其情感和本性。这里的"情性",鹿群释为"性情和思想"。我以为应为"情感和本性"。先秦时以"性"为人之天生的本性,"情"则为其外在表现。《荀子·正名》:"生之所以然者谓之性。……性之好、恶、喜、怒、哀、乐谓之情。"①《礼记·乐记》继承并进一步生发荀子关于音乐的论述,认为音乐是人的情感的表达,而情感则是人的本性本心受到外物的感发而产生的,并明确指出情感非人之本性:"乐者,音之所由生也,其本在人心之感于物也。是故其哀心感者,其声焦以杀;其乐心感者,其声啴以缓;其喜心感者,其声发以散;其怒心感者,其声粗以厉;其敬心感者,其声直以廉;其爱心感者,其声和以柔。六者非性也,感于物而后动。"所以,性乃人天然的本性,情感则是人受到客观外在事物的感发而产生的不同情绪,情是性的外在表现。刘劭认为人之根本的资质,是出于其情性。而情性之规律很微妙幽深,如果不是圣人的考察,谁能探究清楚呢!他又说:"凡有血气者,莫不含元一以为质,禀阴阳以立性,体五行而著形。苟有形质,犹可即而求之。"刘劭秉持元气论,指出人作为有血气的物体,莫不含有元一之气,即秉持阴气阳气之和形成天然本性,以金木水火土五种元素构成形体。② 如果具有这样的形体和本质,就可以按照阴阳五行来探求他的情性之规律。足见刘劭《人物志》正文开篇即指出了人之根本的资质,在于其情感和本性。而研究其规律则在于运用阴阳五行。

刘劭又以精气论来审视人的资质,认为"聪明者阴阳之精,阴阳清和则中睿外明","故明白之士,达动之机而暗于玄虑;玄虑之人,识静之源而困于速捷,犹火日外照不能内见,金水内映不能外光。二者之义,盖阴阳之别也"。即聪明人具有阴阳之精气,阴阳清和让人内心睿智、外表敏锐,所以反

---

① (清)王先谦:《荀子集解》(下),中华书局 1988 年版,第 412 页。
② 关于先秦的精气论和汉代元气论,参见杨星映、肖锋、邓心强《中国古代文论元范畴论析——气、象、味的生成与泛化》第一章第一节"'气'哲学范畴的产生与发展",上海古籍出版社 2015 年版,第 30—38 页。

应敏锐之人，能抓住机会却不能深思熟虑；深思熟虑之人，能静思事物根源却不擅于迅速行动，正如火焰和太阳的光芒能照耀万物，却不能洞察自身内在，金属和水面能映照事物却无法放射光芒。二者之本质，就在于阴阳之气的区别。刘劭又说："若量其材质，稽诸五物，五物之征亦各著于厥体矣。"即如果衡量人的才智资质，对照金木水火土五种物质，五种物质的特征也就明显存在于他的身上。刘劭认为对于人体来说，木与骨骼，金与筋腱，火与气息，土与肌肉，水与血脉都是相对应的物象，这五种相对应的物象各自有成就人的品格品德的作用，而这些品格品德本来的特征会附着于人的形体和容貌，从声音神貌显现出来，从情感趣味散发出来，各如相对应的物象。"故心质亮直，其仪劲固；心质休决，其仪劲猛；心质平理，其仪安闲。夫仪动成容，各有态度：直容之动，矫矫行行；休容之动，业业跄跄；德容之动，颙颙卬卬。"所以内在本质诚实正直，外表仪容就坚毅刚强；内在本质美善果断，外表仪容就奋发勇猛；内在本质平和有理，外表仪容就闲适安逸。风度仪表的形成，各有姿态：正直的仪容表现出英勇的姿态；和善的仪容表现出小心谨慎的姿态；品德高尚的仪容表现出庄重轩昂的姿态。刘劭分析了人的内在资质与外表仪容的关系，为品评人物的仪表姿态与内在品格提供了有力的依据。

刘劭进一步分析了人外在的种种声音、神色等的表现，是不同心气的体现，认为"物生有形，形有神精。能知精神，则穷理尽性"。即万物生来有形体，形体有精神，能够了解精神，就能把本性和外在表现的规律研究透彻。所以，他认为人的本性的全部表现有神、精、筋、骨、气、色、仪、容、言九个方面资质的特征："性之所尽，九质之征也。""平陂之质在于神，明暗之实在于精，勇怯之势在于筋，强弱之植在于骨，躁静之决在于气，惨怿之情在于色，衰正之形在于仪，态度之动在于容，缓急之状在于言。"如果一个人"质素平淡，中睿外朗，筋劲植固，声清色怿，仪正容直，则九征皆至，则纯粹之德也"。一个人具有九种资质的特征，德行就完美了。而对九征有所违背的人则是偏杂之才。偏杂之才三种人的德才比例不同，对他们的称呼也就不同。"偏至之材，以材自名；兼材之人，以德为目；兼德之人，更为美号。"

刘劭推崇兼具所有品德并达到极高程度（"兼德而至"），称之为中庸，认为这是对圣人的称呼。在《体别》篇中刘劭分析了中庸之道和具有各类才性之人的种种具体表现，即汤用彤所说"分别才性而详其所宜"。在《流业》篇中刘劭列举大量历史人物，以三才来衡量十二类人才的功业："有清节家，有法家，有术家，有国体，有器能，有臧否，有伎俩，有智意，有文章，有儒学，有口辩，有雄杰。"说明这十二类人才都是可以担任人臣的。而主德者（其实就是指国君）"聪明平淡，总达众材，而不以事自任者也"。国君善用众才，使各得其任，"是谓主道得而臣道序，官不易方，而太平用成"。如果偏好某种才能，使具备这种才能的人当权，其他人就不会被重用。《材理》篇中刘劭梳理了通晓天下规律的八种才能。刘劭认为道理种类很多，而人的才能各不一样，"理有四部，明有四家，情有九偏，流有七似，说有三失，难有六构，通有八能"。刘劭说天地根据阴阳之气的加减化生万物，这是天地规律的道理。用法律治理政事，这是人事的道理。用礼教化百姓，使其行为得当，这是义的道理。观察人们的言行，这是情性的道理。四种道理相异，对于人才来说，必须由外部表现彰显出来，外部表现依靠本性表现出来，人才的本性和道理相合，相合便会有外部表现，外部表现足以显露道理，道理充分就能自成一家。四家的外部表现不同，而人有九种偏颇的情性，使四家道理各有得失："刚略之人，不能理微，故其论大体，则弘博而高远；历纤理，则宕往而疏越。抗厉之人，不能回挠，论法直，则括处而公正；说变通，则否戾而不入。坚劲之人，好攻其事实，指机理，则颖灼而彻尽；涉大道，则径露而单持。辩给之人，辞烦而意锐，推人事，则精识而穷理；即大义，则恢愕而不周。浮沉之人，不能沉思，序疏数，则豁达而傲博；立事要，则滥炎而不定。浅解之人，不能深难，听辩说，则拟锷而愉悦；审精理，则掉转而无根。宽恕之人，不能速捷，论仁义，则弘详而长雅；趋时务，则迟缓而不及。

温柔之人，力不休强，昧道理，则顺适而和畅；拟疑难，则濡懦而不尽。好奇之人，横逸而求异，造权谲，则倜傥而瑰壮；案清道，则诡常而恢迂。"刘劭列举了九种偏颇的情性所造成的人们言行的缺失，说这就是"所谓性有九偏，各从其心之所可以为理"。

刘劭接着分析了情性不纯正畅达之人的七种似是而非的表现常常让人们迷惑不解，以及论说中的三种失误和六种容易产生的误解纠纷，然后指出，只有同时具备八种才能的通才之人，才能与他谈论治理国政和管理百姓的道理。这八种才能便是："聪能听序，谓之名物之材。思能造端，谓之构架之材。明能见机，谓之达识之材。辞能辩意，谓之赡给之材。捷能摄失，谓之权捷之材。守能待攻，谓之持论之材。攻能夺守，谓之推彻之材。夺能易予，谓之贸说之材。通才之人，既能兼此八材，行之以道。"

综上所述，我们看到，刘劭在《人物志》卷上四篇中以先秦精气论和汉代元气论为指导，分析了人的内在本性与外部表现、人的内心与精神、人的情性与言行和才能的关系，并将人才的才能区分为偏才与通才，剖析了偏才为人处世和言行论辩中的偏颇，通才在为人处世和言行论辩中的种种优势，认为只有同时具备八种才能的通才之人，才能与他谈论治理国政和管理百姓的道理。这样，刘劭就为选拔人才确立了评判标准，并为臧否品评人物奠定了理论依据。

《人物志》卷中包括材能、利害、接识、英雄共四篇。《材能》篇分析了人才的才能差异和特长与做好人臣所适合担任的职务。《利害》篇分析的是在人才功业的流变中，各有的长处与短处。《接识》篇分析如何识别人才的优势与不足。刘劭认为偏才常以自己的标准观察别人，能够辨别同类人才的优点，有时却无法认识到不同人才的好处，"是以互相非驳，莫肯相是。取同体也，则接论而相得。取异体也，虽历久而不知。凡此之类，皆谓一流人材也"。这种偏才只与同类人才相通，只有兼才"亦能兼达众材"。怎么识别人才，知其兼偏呢？一是要与其长时间交谈，一是看"其为人也，务以流数杼人之所长而为之名目，如是兼也。如陈以美欲人称之，不欲知人之所有，如是偏也"。即依据各类人才的优势进行赞扬标榜，就是兼才。如果只陈述自己的优点让别人赞美自己，不想了解别人的长处，这就是偏才。《英雄》篇以张良、韩信为例，对英才与雄才作了具体深入的分析："聪明秀出者谓之英，胆力过人谓之雄。此其大体之别名也。若校其分数，则互相须各以二分，取彼一分，然后乃成。"张良、韩信兼有聪明、胆力，但各以聪明秀出、胆力过人胜，故英才、雄才异名，皆"偏至之材"。刘劭认为，只有项羽、高祖才是"一人之身兼有英、雄"。"兼有英、雄，乃能役英与雄。能役英与雄，故能成大业也。"

《人物志》卷中四篇可以说是对人才才能的具体分析。作者对偏才兼才的才能差异及外部表现作了具体深入的分析，尤其是剖析了偏才的优势和不足，指出其所能适应、承担的职务，特别分析了英才、雄才之别，标举兼有英、雄之才，驱使英、雄之才成就巨大的功业。

《人物志》卷下包括八观、七缪、效难、释争共四篇。《八观》《七缪》是讲如何观察人才的外部表现从而了解他的内在品性，以及观察时可能发生的谬误如何避免。《效难》是讲了解人才并获得成效之难。一是"难知之难"，认识人才本身的困难，二是"知之而无由得效之难"，认识人才却没有获得成效的途径的困难。"难知之难"是因为人的才智精妙，要深入人才的内心世界了解其智力是很困难的。所以一般人考察人才的方法不可能完善，各自确立自己的准则来观察、使用人才。刘劭列举了八种识人之法并分析了其失误，说明审察人物既要了解他的本性，又要考察他的改变，"能两得其要，是难知之难"。什么是"无由得效之难"呢？刘劭认为人才要发挥才智很难，他列举了使人才不能得到认识、举荐和发挥才能的诸多情况，说明举贤任能的困难。如果说《效难》是从客观方面讲了解人才并获得成效之难，《释争》则是从主观方面讲人才自身的修行。刘劭认为"善以不伐为大，贤以自矜为损"。他以上古君王的修养和言行为例，说明谦让和争夺这两种途径，其分别是明显的。他进一步分析争强好胜之人的想法和行为，以及造成的祸害，并指出君子赢得胜利的方式是"以推让为利锐，以自修为棚橹；静则闭嘿泯之玄门，动则由恭顺之通路。是以战胜而争不形，敌服而怨不构"。也就是说，将推让作为利器，将自身修养作为防卫的武器，安静时沉静无为，行动时持恭敬顺从的畅通之路。因此获得胜利而不会产生竞争，使对手屈服而不怨恨。反之则会迁怒祸害别人，并引起众人与之相争。所以，刘劭引《老子》曰："夫惟不争，故天下莫能与之争。"主张超越世俗达到高处，站在众人之上，看到竞争的险恶，独自在玄妙高远的道路上行进，"则光晖焕而日新，德声伦于古人矣"。

在卷下四篇里，刘劭清楚地认识到鉴察人才和人才实现作为的困难，由于时代的局限，他当然无法纵论如何营造人才实现的环境，而只能向人才自身的修行去着笔，主张无为不争。由此可见人物品评中玄学思想的影响。

作为汉魏才性探讨和人物品藻的成果，从刘劭《人物志》的三大部分，我们可以窥见汉魏才性探讨和人物品藻的深度和广度：深则可见才性生命的本性与外部表现的关系；广则可见人物才智的各种具体表现及鉴察人才和人才实现作为的困难；以及才性探讨的玄学背景。这为我们认识和理解魏晋人物品藻的指导思想、品鉴标准、哲学背景，提供了理论指导、具体途径。所以牟宗三先生说："由四理、四明、九偏，吾人可知《人物志》系统顺才性之品鉴，既可开出人格上的'美学原理'与'艺术境界'，复可开出'心智领域'与'智悟之境界'，惟开不出超越的'德性领域'与'道德宗教之境界'。从此可知《人物志》系统之限度，乃至整个魏晋时代之风气与特征。其特征即为'艺术的'与'智悟的'。《人物志》之品鉴才性即是美的品鉴与具体智悟之混融的表现。智悟融于美的品鉴而得其具体，品鉴融于智悟而得其明澈。其品鉴才性之目的，固在实用，（知人与用人），然其本身固是品鉴与智悟之结晶。它既能开出美的境界与智的境界，而其本身复即能代表美趣与智悟之表现。"①

三　才性探讨与玄理探讨

"'才性'和'玄理'是魏晋玄学的两端；前者妙在生命的展示和体认，后者胜在思致的玄远和邃密。"②

才性的探讨与玄理的探讨是魏晋清谈的两大主题。才性探讨源自《人物志》并在人物品藻中展开。玄理的探讨不仅影响着才性的探讨，而且促使品藻标准由社会政治道德评价和实用功利向个体生命自然人性的审美风貌转变，也就是"名教"式微而"自然"兴盛。

才性探讨已经涉及人的自然本性，气化论不仅涉及人的自然本体，也涉及万物的自然本体，因此，从某种意义上说，才性探讨是人的自然本体论，而玄理探讨是万物的自然本体论。《人物志》秉持气化论将人的情性确定为人的自然本性，将人的聪明才智确定为人的自然本性的体现（天赋才智），实际上就是关于人的生命的自然本体论。《世说新语》中大量篇章充分肯定和展示人的天赋才智、自然情性，实际上就是对个体生命的展示和体认，而且这种展示又与玄学的形而上的本体论联系起来。玄学关于本末有无的本体探询，认为"万物以自然为性"（王弼《〈老子〉第二十九章注》），为个体生命自然本性的合法存在，为个体人格的自由和独立，个体生命力、个体生命情感意绪的自由挥洒找到了存在的理由。

正如牟宗三先生所说，才性探讨是品鉴的："《人物志》是关于人的才性或体别、性格或风格的论述。这种论述，虽有其一定的词语，因而成为一系统的论述，然而却是一种品鉴的系统，即，其论述是品鉴的。品鉴的论述，我们可以叫它是'美学的判断'或'欣趣判断'。《人物志》里面那些有系统

---

①　牟宗三：《才性与玄理》，吉林出版集团有限责任公司2010年版，第56页。

②　高峰、戴洪才、雷海燕：《魏晋玄学十日谈》，安徽文艺出版社1997年版，第9页。

的词语都是属于欣趣判断的词语，品鉴的词语。"① 牟宗三先生认为 "《人物志》所代表的 '才性名理'：这是从美学的观点来对于人之才性或情性的种种姿态作品鉴的论述"。② 才性探讨是个体生命的展示和体认，而玄理探讨是抽象的形而上的本体论论证。所以，从刘劭《人物志》到《世说新语》，沿着《人物志》所开出的艺术境界与智悟境界，魏晋士人以大量展示个体生命的种种形态，来体认和说明自然生命的本体和才性；而以抽象思辨论证天地万物的本末有无，其自然本体论胜在思致的玄远和邃密。

《世说新语》不仅记述魏晋士人大量展示个体生命形态的才性探讨，而且大量记述了魏晋士人抽象论证天地万物的自然本体论的玄理探讨。《文学》作为 "孔门四科" 原指精通礼乐典章制度和经传精典，学问渊博，但在《世说新语》中却变成记述魏晋士人乃至中外名僧挥麈清谈、谈玄论道、品评学问文章的盛况，特别体现了魏晋士人玄理探讨的志趣和求索精神及其思致的玄远和邃密：

何晏为吏部尚书，有位望，时谈客盈座。王弼未弱冠，往见之。晏闻弼名，因条向者胜理语弼曰："此理仆以为极，可得复难不？" 弼便作难，一坐人便以屈。于是弼自为客主数番，皆一坐所不及。③（《文学》六）

傅嘏善言虚胜，荀粲谈尚玄远，每至共语，有争而不相喻。裴冀州释二家之义，通彼我之怀，常使两情皆得，彼此俱畅。④（《文学》九）

殷中军为庾公长史，下都，王丞相为之集，桓公、王长史、王蓝田、

---

① 牟宗三：《才性与玄理》，吉林出版集团有限责任公司 2010 年版，第 40 页。
② 同上书，第 41 页。
③ 张万起、刘尚慈：《世说新语译注》，中华书局 1998 年版，第 167—168 页。
④ 同上书，第 170 页。

谢镇西并在。丞相自起解帐带麈尾,语殷曰:"身今日当与君共谈析理。"既共清言,遂达三更。丞相与殷共相往反,其余诸贤略无所关。既彼我相尽,丞相乃叹曰:"向来语乃竟未知理源所归。至于辞喻不相负,正始之音,正当尔耳。"明旦,桓宣武语人曰:"昨夜听殷、王清言,甚佳,仁祖亦不寂莫,我亦时复造心;顾看两王掾,辄翣如生母狗馨。"①(《文学》二十二)

支道林、殷渊源俱在相王许,相王谓二人:"可试一交言。而才性殆是渊源崤函之固,君其慎焉!"支初作,改辙远之;数四交,不觉入其玄中。相王抚肩笑曰:"此自是其胜场,安可争锋!"②(《文学》五十一)

支道林、许、谢盛德共集王家,谢顾谓诸人:"今日可谓彦会。时既不可留,此集固亦难常,当共言咏,以写其怀。"许便问主人:"有《庄子》不?"正得《渔父》一篇。谢看题,便各使四坐通。支道林先通,作七百许语,叙致精丽,才藻奇拔,众咸称善。于是四坐各言怀毕,谢问曰:"卿等尽不?"皆曰:"今日之言,少不自竭。"谢后粗难,因自叙其意,作万馀语,才峰秀逸,既自难干,加意气拟托,萧然自得,四坐莫不厌心。支谓谢曰:"君一往奔诣,故复自佳耳。"③(《文学》五十五)

……

种种描绘记载,魏晋士人乃至中外名僧的清言论辩、挥麈长谈,玄思才藻,花烂映发,莫不跃然纸上,历历在目,给人留下魏晋玄理探讨的生动印象。

---

① 张万起、刘尚慈:《世说新语译注》,中华书局1998年版,第182页。
② 同上书,第207页。
③ 同上书,第211页。

在《世说新语》中我们还看到才性探讨与玄理探讨往往是同时进行的：

郗嘉宾道谢公造膝虽不深彻，而缠绵纶至。又曰："右军诣嘉宾。"嘉宾闻之云："不得称诣，政得谓之朋耳。"谢公以嘉宾言为得。① （《品藻》六十二）

郗嘉宾问谢太傅曰："林公谈何如嵇公？"谢云："嵇公勤著脚，裁可得去耳。"又问："殷何如支？"谢曰："正尔有超拔，支乃过殷；然䜴䜴论辩，恐口欲制支。"② （《品藻》六十七）

有人问袁侍中曰："殷仲堪何如韩康伯？"答曰："理义所得，优劣乃复未辨；然门庭萧寂，居然有名士风流，殷不及韩。"故殷作诔云："荆门昼掩，闲庭晏然。"③ （《品藻》八十一）

魏晋士人在品鉴个体生命的多姿多态时，亦在论辩人与天地万物的自然本体的同一，"美风神、善谈论"，于是，个体生命的美、人格之美与天地万物的美、自然之美融汇在一起，审美由先秦两汉的比德转而趋向比拟，以山川景物自然美比拟人格之美，其至二者融合在一起。

简文入华林园，顾谓左右曰："会心处不必在远，翳然林水，便自有濠、濮间想也，觉鸟兽禽鱼自来亲人。"④ （《言语》六十一）

裴令公目夏侯太初："肃肃如入廊庙中，不修敬而人自敬。"一曰："如入宗庙，琅琅但见礼乐器。见钟士季，如观武库，但睹矛戟。见傅兰

---

① 张万起、刘尚慈：《世说新语译注》，中华书局1998年版，第510页。
② 同上书，第513页。
③ 同上书，第522页。
④ 同上书，第101—102页。

硕，汪膺靡所不有。见山巨源，如登山临下，幽然深远。"① （《赏誉》八）

有问秀才："吴旧姓如何？"答曰："吴府君，圣王之老成，明时之俊乂；朱永长，理物之至德，清选之高望；严仲弼，九皋之鸣鹤，空谷之白驹；顾彦先，八音之琴瑟，五色之龙章；张威伯，岁寒之茂松，幽夜之逸光；陆士衡、士龙，鸿鹄之裴回，悬鼓之待槌。"② （《赏誉》二十）

痩子嵩目和峤："森森如千丈松，虽磊砢有节目，施之大厦，有栋梁之用。"③ （《赏誉》十五）

所以牟宗三先生说："魏初之品鉴人物，即由现实之因缘而转为内在兴趣之品鉴。当面品鉴，即为人格之欣赏。演为理论，则为才性名理。如王衍、乐广等皆有欣赏人格之审美的智慧。故史传大皆称其美风神、善谈论，而不称其善名理。彼等之风神透彻，既被欣赏，又欣赏人。如被看杀之卫玠，'初欲渡江，形神惨悴。语左右云：见此茫茫，不觉百端交集。苟未免有情，复谁能遣此？'（《世说新语·言语篇》第二）此寥寥数语，可谓美矣。"④

第二节　率性任情的人物品藻

《世说新语》成书于南朝宋代，所记述的多是汉末至东晋世族的生活和风尚，其中亦有很多人物品藻的记载。应该说《人物志》之前对人物的评论基

---

① 张万起、刘尚慈：《世说新语译注》，中华书局 1998 年版，第 383 页。
② 同上书，第 393 页。
③ 同上书，第 387—388 页。
④ 牟宗三：《才性与玄理》，吉林出版集团有限责任公司 2010 年版，第 205 页。

本属于道德评价，政治倾向和实用功利明显。从《人物志》到《世说新语》，反映了社会风尚的变化，即"从政治需要出发的对人物个性才能的评论转变为对人物才能风貌的审美品评"①，也就是说从儒学主导的伦理道德标准转变为对个体生命素质和存在状貌评判的审美标准。

《世说新语》三十六篇中诸多记载都体现了对人物的品鉴，某种意义上可以说，《世说新语》是魏晋人物品藻的全景风貌图。而其中《言语》《雅量》《识鉴》《赏誉》《品藻》等篇则集中反映了人物品鉴活动及对人物才性和才性品鉴清言的赞赏。《世说新语》中虽然也有对人物德行品性的褒奖贬斥，但对人物事迹的记载品评更多的是对其才性的品评，即对人物的情性、智慧、才能、容止、风度、神韵等的品鉴。魏晋时代对人物的品藻开始注重个体生命自身素质和存在风貌的审美价值，而且是不依附于政治倾向和社会功利的独立的审美价值。这在《世说新语》中得到了充分的体现。

一　对人物才能智慧的品鉴

对人物才智的品评遍布《世说新语》的众多篇章，如《言语》篇108则记载了魏晋士人在辞令方面表现出来的应对巧妙，言简意赅，文采斐然。例如：

> 钟毓、钟会少有令誉，年十三，魏文帝闻之，语其父钟繇曰："可令二子来！"于是敕见。毓面有汗，帝问："卿面何以汗？"毓对曰："战战惶惶，汗出如浆。"复问会："卿何以不汗？"对曰："战战慄慄，汗不敢出。"②（《言语》十一）

两少年应对巧妙而又各自不同。

---

① 李泽厚、刘纲纪：《中国美学史》，中国社会科学出版社1987年版，第288页。
② 张万起、刘尚慈：《世说新语译注》，中华书局1998年版，第57—58页。

谢太傅寒雪日内集，与儿女讲论文义，俄而雪骤，公欣然曰："白雪纷纷何所似？"兄子胡儿曰："撒盐空中差可拟。"兄女曰："未若柳絮因风起。"公大笑乐。即公大兄无奕女，左将军王凝之妻也。① （《言语》七十一）

《言语》此则对谢道蕴诗句的记载显示出《世说新语》对妇女智慧才情的赞赏和肯定。

顾长康从会稽还，人问山川之美，顾云："千岩竞秀，万壑争流，草木蒙笼其上，若云兴霞蔚。"② （《言语》八十八）

王子敬云："从山阴道上行，山川自相映发，使人应接不暇。若秋冬之际，尤难为怀。"③ （《言语》九十一）

以上两则对山川景物的欣赏描绘，不仅语言文采斐然，而且显示出作者与大自然共鸣的情怀。

《言语》篇的记载涉及国是政事、人情往来、谈古论今、山川风物等，其重点不在内容，而在表述内容的语言所显示出的人物智慧才情。其他篇章也有对人物才情的赞赏，如《赏誉》：

许掾尝诣简文，尔夜风恬月朗，乃共作曲室中语。襟情之咏，偏是许之所长，辞寄清婉，有逾平日。简文虽契素，此遇尤相咨嗟，不觉造膝，共叉手语，达于将旦。既而曰："玄度才情，故未易多有许。"④ （《赏誉》一百四十四）

---

① 张万起、刘尚慈：《世说新语译注》，中华书局 1998 年版，第 109 页。
② 同上书，第 122 页。
③ 同上书，第 124 页。
④ 同上书，第 459 页。

可见《世说新语》重在对人物语言及其所透露出的才智的赞赏和肯定。

二　对人物容止风度的品鉴

品藻，即品评人物，鉴别流品。容止，容貌行为。《世说新语》中魏晋品藻是对人的全方位审视：智慧、才情、品性、容止、风度、襟怀、气度、神韵等，其中，对人物容止风度的品鉴是相当重要的一个方面。

> 庾太尉风仪伟长，不轻举止，时人皆以为假。亮有大儿数岁，雅重之质，便自如此，人知是天性。温太真尝隐幔怛之，此儿神色恬然，乃徐跪曰："君侯何以为此？"论者谓不减亮。苏峻时遇害。或云："见阿恭，知元规非假。"①（《雅量》十七）

> 郗太傅在京口，遣门生与王丞相书，求女婿。丞相语郗信："君往东厢，任意选之。"门生归白郗曰："王家诸郎亦皆可嘉，闻来觅婿，咸自矜持，唯有一郎在东床上坦腹卧，如不闻。"郗公云："正此好！"访之，乃是逸少，因嫁女与焉。②（《雅量》十九）

庾亮风度仪表之壮美端庄稳重，王羲之东床袒腹之随意洒脱，都体现了《世说新语》关于人物容止风度品鉴的取向。

魏晋时代，由于人的觉醒和本于玄学对人自然本性的探询，社会风行赞赏美的仪容风度，而且特别注重由内及外的风姿神韵的超凡脱俗，并且常以大自然之美来比拟形容，既显示出品评者的睿智才华，又引发鉴赏者的才情联想，去想象与大自然之美相互映衬的人物之姿容风貌。

> 嵇康身长七尺八寸，风姿特秀。见者叹曰："萧萧肃肃，爽朗清举。"

---

① 张万起、刘尚慈：《世说新语译注》，中华书局 1998 年版，第 327 页。
② 同上书，第 329 页。

或云:"肃肃如松下风,高而徐引。"山公曰:"嵇叔夜之为人也,岩岩如孤松之独立;其醉也,傀俄若玉山之将崩。"①(《容止》五)

这种对个体本真生命仪容风貌的品评赞赏,摆脱了伦理道德的束缚,完全出自人的自然本性,个体生命之美与自然景物之美相互映照。影响所及,甚至世风也好美恶丑:"潘岳妙有姿容,好神情。少时挟弹出洛阳道,妇人遇者,莫不连手共萦之。左太冲绝丑,亦复效岳游遨,于是群妪齐共乱唾之,委顿而返。"(《容止》七)足见魏晋人物品评对于当时社会审美风尚的影响之大。

三 对人物神韵气度的品鉴

魏晋人物品藻受才性探讨与玄理探讨的影响,不仅赞赏和肯定由人的自然本性而显示的才情、品性、容止、风度,而且由外及内,高度肯定和赞赏人的内在精神,以及由人的内在情性、精神与外在学识、襟怀相融合统一而显示出的胆识、才能、气度、神韵等:

谢太傅盘桓东山时,与孙兴公诸人泛海戏。风起浪涌,孙、王诸人色并遽,便唱使还。太傅神情方王,吟啸不言。舟人以公貌闲意说,犹去不上。既风转急,浪猛,诸人皆喧动不坐。公徐云:"如此将无归?"众人即承响而回。于是审其量,足以镇安朝野。②(《雅量》二十八)

晋武帝讲武于宣武场。帝欲偃武修文,亲自临幸,悉召群臣。山公谓不宜尔。因与诸尚书言孙、吴用兵本意,遂究论,举座无不咨嗟,皆曰:"山少傅乃天下名言。"后诸王骄汰,轻遘祸难。于是寇盗处处蚁合,

---

① 张万起、刘尚慈:《世说新语译注》,中华书局1998年版,第588页。
② 同上书,第336—337页。

郡国多以无备不能制服，遂渐炽盛。皆如公言。时人以谓"山涛不学孙、吴，而暗与之理会"。王夷甫亦叹云："公暗与道合。"①（《识鉴》四）

周侯说王长史父："形貌既伟，雅怀有概，保而用之，可作诸许物也。"②（《容止》二十一）

周伯仁母，冬至举酒赐三子曰："吾本谓度江托足无所，尔家有相，尔等并罗列吾前，复何忧！"周嵩起，长跪而泣曰："不如阿母言。伯仁为人志大而才短，名重而识暗，好乘人之弊，此非自全之道；嵩性狼抗，亦不容于世；唯阿奴碌碌，当在阿母目下耳。"③（《识鉴》十四）

世目殷中军"思纬淹通"，比羊叔子。④（《品藻》五十一）

支道林问孙兴公："君何如许掾？"孙曰："高情远致，弟子蚤已服膺；一吟一咏，许将北面。"⑤（《品藻》五十四）

海西时，诸公每朝，朝堂犹暗，唯会稽王来，轩轩如朝霞举。⑥（《容止》三十五）

斐令公目夏侯太初："肃肃如入廊庙中，不修敬而人自敬。"一曰："如入宗庙，琅琅但见礼乐器。见钟士季，如观武库，但睹矛戟。见傅

---

① 张万起、刘尚慈：《世说新语译注》，中华书局1998年版，第355—356页。
② 同上书，第597页。
③ 同上书，第364页。
④ 同上书，第504页。
⑤ 同上书，第506页。
⑥ 同上书，第607页。

兰硕，汪瀖靡所不有。见山巨源，如登山临下，幽然深远。"①（《赏
誉》八）

　　王戎云："太尉神姿高彻，如瑶林琼树，自然是风尘外物。"②（《赏
誉》十六）

　　王平子目太尉："阿兄形似道，而神锋太俊。"太尉答曰："诚不如卿
落落穆穆。③"（《赏誉》二十七）

　　王公目太尉："岩岩清峙，壁立千仞。"④（《赏誉》三十七）

　　时人道阮思旷，骨气不及右军，简秀不如真长，韶润不如仲祖，思
致不如渊源，而兼有诸人之美。⑤（《品藻》三十）

四　对名士风流的品鉴和张扬

　　魏晋人物品藻的极致莫过于对名士风流的品鉴和张扬。魏晋士人极度推
崇的名士风流，指的是一种宅心玄远，崇尚自然，所以超然物外，优游从容，
悖越礼法，任情达性，狂放不羁的旷达任诞的风度神采，它比较集中地表现
在名士身上，尤其是以阮籍、嵇康等为代表的竹林名士身上。在《世说新语》
中，任诞放达是魏晋风流的主要表现形式，名士们服药行散，宽衣缓带；手
执麈尾，口吐玄言。他们聚隐山林，弹琴咏诗，饮酒长啸，甚至言语癫狂，

---

① 张万起、刘尚慈：《世说新语译注》，中华书局1998年版，第383页。
② 同上书，第388页。
③ 同上书，第399页。
④ 同上书，第406页。
⑤ 同上书，第489页。

举止乖张，蓬头散发，裸袒箕踞，与猪共饮。《雅量》《豪爽》《伤逝》《栖逸》《任诞》《简傲》等篇大量记载了魏晋士人的任诞之风。其极端表现为嗜酒、裸裎、服药、驴鸣等行为举止。《世说新语》中对这种名士风流有诸多品评和赞赏：

> 晋文王功德盛大，坐席严敬，拟于王者。唯阮籍在坐，箕踞啸歌，酣放自若。①（《简傲》一）

阮籍深受老庄思想的影响，主张顺应自然，率性而为，"箕踞啸歌，酣放自若"，他完全抛弃了礼教纲常的羁绊，随心所欲只为那一颗玄心。可以说，阮籍之放达，是不掺杂欲望后的真性真情之流露，也是越名教任自然的玄远旷达，《晋书·阮籍传》评其"外坦荡而内淳至"，可谓一语中的。

魏晋名士即如王孝伯言："名士不必须奇才，但使常得无事，痛饮酒，熟读《离骚》，便可称名士。"（《任诞》五十三）其任诞放达的标志——痛饮酒，除了在险恶的政治斗争中避祸掩饰，如阮籍为了不与帝王家婚配，醉六十日，使其不得言而止。钟会数以时事问之，欲因其可否而致之罪，皆因其酣醉获免。其实是企图在酒中忘却世事，挣脱名教束缚，释放自由奔放的天性、被枸束的家国情怀。所以，他们嗜酒，谈玄，啸咏，品藻，违礼逾规，尽情释放自己的情性，在心灵上与天地万物同一，从而神超形越，风情万种。这种名士风流是魏晋士人所追求，也是其在人物品藻中所激赏的生活情调与艺术境界，所以正如牟宗三先生所言，魏晋人物品鉴所赞赏的"当时能清言玄言之名士之生活情调言，如中朝名士、竹林名士、江左名士等，固全幅是艺术境界与智悟境界之表现。艺术境界有两面：一是他们的才性生命所呈现之神采或风姿，二是先天后天所蓄养的趣味。试打开《晋书》诸名士传以及《世说新语》观之，其形容某人所用之品鉴词语如'姿容'、'容止'、'风

---

① 张万起、刘尚慈：《世说新语译注》，中华书局 1998 年版，第 761 页。

神'、'风姿'、'神采'、'器宇'等，不一而足。……是故艺术境界与智悟境界乃成魏晋人雅俗贵贱之价值标准"。①

《世说新语》中魏晋士人的人物品藻以个体多姿多彩的生命形态，来展示和说明自然生命的情性和才性，这种率性任情的人物品藻，是魏晋时代人的个体生命意识觉醒，从而激赏生命情调的典型表现。

第三节　人物品藻的美学意义

牟宗三先生认为"《人物志》所代表的'才性名理'：这是从美学的观点来对于人之才性或情性的种种姿态作品鉴的论述"。② 从《人物志》可以看到，自曹魏时代开始，人物品评已从道德评价转向"美的品鉴与具体智悟之混融的表现"，而《世说新语》关于人物品藻的记述则可以充分证明：人物品藻是"美的品鉴与具体智悟之混融的表现"，其所开出的"艺术境界与智悟境界乃成魏晋人雅俗贵贱之价值标准"，不仅成为魏晋时代社会风尚的风向标，而且深刻影响了魏晋六朝审美意识和文学艺术的发展。

一　人物品藻与审美倾向的转变

从先秦到汉代，儒家的伦理美学、道家的自然美学一直是中国审美意识的主导倾向。但是，时代的风云变幻造就了审美意识的变化。从汉末到魏晋，由于战乱中形成了自给自足的庄园经济，从而割据一方、各自为政的门阀世族阶级成为政治舞台的中心人物，世代相沿。占统治地位的阶级的思想便是统治社会的思想，门阀世族的审美趣味成为个体生命风貌的审美标准。有庄

---

① 牟宗三：《才性与玄理》，吉林出版集团有限责任公司 2010 年版，第 56—57 页。
② 同上书，第 41 页。

园经济的基础和优越的社会地位，这个阶级既可以玄思清谈，又可以纵情山水，于是，自然美的发现、山水景物的入诗入画，高远、俊逸、优雅的风度神貌，对审美意识和文学艺术的发展产生了巨大而深刻的影响，而人物品藻便是这个阶级审美取向的集中体现。

魏晋美学思潮的基础和底色是人的觉醒，"即在怀疑和否定旧有传统标准和信仰价值的条件下，人对自己生命、意义、命运的重新发现、思考、把握和追求。"① 魏晋玄学承接和发展了老庄哲学的自然本体论，将个体生命的自然本性落实到个体人的本性、情感与才性的生命，将本体的探询转化为现世的执着的人生、生命的生死状貌的深刻感受，这种"智慧兼深情"的生死——人生感怀的情感成为"魏晋风流""魏晋风度"的主要标志之一。

> 谢太傅语王右军曰："中年伤于哀乐，与亲友别，辄作数日恶。"王曰："年在桑榆，自然至此，正赖丝竹陶写，恒恐儿辈觉损欣乐之趣。"②（《言语》六十二）

> 桓子野每闻清歌，辄唤"奈何！"谢公闻之，曰："子野可谓一往有深情。"③（《任诞》四十二）

> 王子敬云："从山阴道上行，山川自相映发，使人应接不暇。若秋冬之际，尤难为怀！"④（《言语》九十一）

在《世说新语》里，我们看到：深情的感伤结合着智慧的哲学，转化为审美的思绪，品赏着人物的言语、容止、风度、神韵……将个体生命的自然

① 李泽厚：《探寻语碎》，上海文艺出版社2000年版，第218页。
② 张万起、刘尚慈：《世说新语译注》，中华书局1998年版，第102页。
③ 同上书，第750页。
④ 同上书，第124页。

本性转化为审美的人格本体。于是，通过人物品藻，魏晋的审美倾向由先秦两汉的群体性的道德审美和以无为本的自然本体审美转化为以个体生命的清新刚健的外在形貌与内在精神的玄远神韵为美。在人物品藻中最为魏晋士人欣赏和效仿的莫过于正始以后一批才情出众的名士的风度神貌，即竹林名士。他们神采俊逸、风流倜傥、洒脱不羁和优游从容，使得玄学清谈和人物品评，由抽象凝远的玄思结合风神潇洒的生命情调的展示和欣赏，并因此在中国文化中开拓了新的美学境界。现代美学家宗白华先生从宇宙的角度对这一新的境界表示了高度的欣赏，赞叹："晋人以虚灵的胸襟、玄学的意味体会自然，乃能表里澄澈，一片空明，建立最高的晶莹的美的意境！"①

魏晋玄学对个体自然本性的探讨使魏晋士人的精神从极端苦痛中解放出来，在嗜酒、谈玄、啸咏、裸形等诸多违礼逾规，狂放不羁的任诞放达行止中尽情释放自己的情性，走向精神的解脱、心灵的自由。情感不必符合儒家伦理，不必以理节情，情感自身的意义和价值凸显出来，情感从群体化走向个性化，"诗缘情而绮靡"（陆机《文赋》），文学走向"自觉时代"（鲁迅《魏晋风度及文章与药及酒之关系》），想象力空前地自由驰骋，艺术创造的热情极度高涨。山川景物不再如先秦是喻体，而是成为独立的审美对象入诗入画，大量的人物画、山水诗、山水画出现，书法成为审美的艺术，创作和理论对文艺自身的特征、规律和形式美进行了大量的探索，魏晋南北朝的文学艺术呈现出空前繁荣的新气象。正如宗白华先生所言：

> 汉末魏晋六朝是中国政治上最混乱、社会上最苦痛的时代，然而却是精神史上极自由、极解放，最富于智慧、最浓于热情的一个时代。因此也就是最富有艺术精神的一个时代。王羲之父子的字，顾恺之和陆探微的画，戴逵和戴颙的雕塑，嵇康的广陵散（琴曲），曹植、阮籍、陶

---

① 宗白华：《美学散步》，上海人民出版社 1981 年版，第 179 页。

潜，谢灵运，鲍照，谢朓的诗，郦道元、杨衒之的写景文，云岗龙门壮伟的造像，洛阳和南朝的闳丽的寺院，无不是光芒万丈，前无古人，奠定了后代文学艺术的根基与趋向。①

二 人物品藻与美学范畴建构

魏晋六朝时期人物品藻对生命意识的兴发，自我价值的肯定，个性才情的张扬，风神仪容的赞美等，都促成了那个时代审美意识的觉醒。以至于宗白华先生感叹说："中国美学竟是出发于'人物品藻'之美学，美的概念、范畴、形容词，发源于人格美的评赏。"②

魏晋六朝时期是中国古代文学理论范畴、古代美学理论范畴创生的自觉时代，玄学、人物品藻、佛学及当时的文艺创作实践在促使哲学范畴向文论范畴、美学范畴转化，在气、象、味等众多范畴审美意涵的生成、衍生、泛化的历程中，都起到了极大的促进、催化作用。尤其是人物品藻对于人格美的评赏，所起作用更为直接。例如对于气范畴来说，"魏晋品藻人物，大多以气、骨为依据，骨气是一个人品格、涵养乃至命运的凝聚"③。人物品藻为气范畴注入了新鲜的血液，加快了由哲学范畴向美学范畴转化的步伐。魏晋士人对真情和个性的极大推崇，例如《世说新语》所记载的荀粲"中庭自取冷"熨病妻；曹丕率众学驴鸣葬王粲；刘伶病酒，脱衣裸形；阮籍醉眠沽酒邻妇之侧；等等，使得气不仅涉及人的生命和生存，还更多地含有人的精神、情感、气质才性等内在意蕴。可以说，这个时代人性的觉醒不仅丰富了气范畴的生命内涵、精神内蕴，更使得气审美范畴的确立和成熟成为可能。④

---

① 宗白华：《美学散步》，上海人民出版社1981年版，第177页。
② 同上书，第178页。
③ 王世襄：《中国画论论稿》，文化艺术出版社2005年版，第62页。
④ 参见杨星映、肖锋、邓心强《中国古代文论元范畴论析——气、象、味的生成与泛化》，上海古籍出版社2015年版。

对才性的探讨是人物品藻中的重要议题。汉魏两晋承继先秦精气说和汉代元气说，认为人禀气生，情性各异，自非圣人，才能有偏。如陈群立九品，评人才之高下；刘劭列才为三等：至德、兼才、偏才；傅玄品才有九；荀粲善谈才性之理；钟会善论才性而为《四本论》；等等。才性论重在分辨才能的大小同异，才性论对于人的才能、情性异同的分辨客观上影响了对士人风神仪态的赞赏，对作家艺术家个性才情的认识，因而自然而然地影响到文气意涵——气为创作主体气质才性——的建构。人物品藻中对竹林名士等名士人格的才情风神之美的评赏成为社会审美意识风向标，更是引导作家、艺术家、批评家欣赏才情个性，注重气质才性。曹丕《典论·论文》、刘勰《文心雕龙》、钟嵘《诗品》等论文人之气，其气之内涵都主要是指文人的气质才性，并影响后世文学批评将气质才性作为文论"气"范畴最基本、最核心的含义。

人物品藻提供了美学上的众多新范畴，如神、韵、风、骨等，这对于美学范畴的丰富和泛化具有重要意义。人物品藻注重由人物之形体品鉴评论人物之神采气度，《人物志》有云："征神见貌，情发于目。"《世说新语·容止》记载："嵇康身长七尺八寸，风姿特秀。见者叹曰：'萧萧肃肃，爽朗清举。'或云：'肃肃如松下风，高而徐引。'山公曰：'嵇叔夜之为人也，岩岩若孤松之独立；其醉也，傀峨若玉山之将崩。'"①（山公，指山涛）魏晋人讲究仪容之美，更看重精神之美，人物之生气、元气，即贵"气韵""神韵"。例如太尉王衍被赞为："神姿高彻，如瑶林琼树，自然是风尘外物。""岩岩清峙，壁立千仞。"（均见《世说新语·赏誉》）②魏晋人物品评对于当时社会的审美风尚影响很大，对于气范畴中重神的美学倾向也具有推动作用，强调"气韵""神气""生气"等。其意涵的内在底蕴都是人物品藻所激赏的自然本性、个体生命力、内在精神个性等，例如运用于绘画美学的"气韵生动"

---

① 张万起、刘尚慈：《世说新语译注》，中华书局1998年版，第588页。
② 同上书，第388、406页。

就是指绘画作品具有强烈的生命活力、生命的律动感。从神、神韵转化的美学范畴有"气韵""神气""意气""灵气""正气""志气""真气""气魄""气质""气格""浩气""豪气""刚气""清气""奇气""逸气""气势""气力"……人物品藻对士人风神仪态、个性才情的赞赏推动了一系列给气加前缀或后缀的气审美范畴的产生，促进了气范畴的泛化。

又如"骨"。东汉王充已重人的"骨相"，到魏晋时期，更成为人物品评的重要方面："时人道阮思旷，骨气不及右军，简秀不如真长，韶润不如仲祖，思致不如渊源，而兼有诸人之美。"（《世说新语·品藻》）① "旧目韩康伯：将肘无风骨。"（《世说新语·轻诋》）② 等等。气与骨相结合形成"气骨"或"骨气"，"风神"与"骨相"结合为"风骨"。"气骨"或"骨气"原是品评人物的术语，指精神昂奋。后移用于文学领域，在诗文评中广泛运用。其含义一般指作品的元气笔力，或指其自然天成的气势笔力。或者指作品中志气骨力的统一。总之，标举的是一种雄健苍劲的笔力气势，体现出作者作品的强健生命力。"风骨"在人物品藻中兼谓"风神"与"骨相"，本指人的精神风貌与人体骨骼形貌，如《世说新语·赏誉》第一百则中，"殷中军道右军'清鉴贵要'"一语注引《晋安帝纪》载"羲之风骨清举"。"清举"指右军的精神风貌清高尊贵，骨骼形貌挺拔潇洒，二者相得益彰。"风骨"由人物品藻波及于世，成为评价人物的常用术语，《宋书·武帝纪》云："（刘裕）及长，身长七尺六寸，风骨奇特，家贫有大志，不治廉隅。"③ 南齐谢赫《古画品录》将风骨引入评价人物画。《魏书·祖莹传》载祖莹语："文章须自出机杼，成一家风骨，何能共人同生活也。"④ 说明风骨也进入了文章品评。而刘勰将风骨作为文学批评的重要范畴，广泛运用于《文心雕龙》的篇章中，

---

① 张万起、刘尚慈：《世说新语译注》，中华书局 1998 年版，第 489 页。
② 同上书，第 851 页。
③ 沈约：《宋书》卷 1《武帝纪》，中华书局 2000 年版，第 1 页。
④ 魏收：《魏书》卷 82《祖莹传》，中华书局 2000 年版，第 1217 页。

并列《风骨》篇专论之。《风骨》开篇即言：

> 《诗》总六义，《风》冠其首，斯乃化感之本源，志气之符契也。是以怊怅述情，必始乎风；沉吟铺辞，莫先于骨。故辞之待骨，如体之树骸，情之含风，犹形之包气。结言端直，则文骨成焉；意气骏爽，则文风清焉。若丰藻克赡，风骨不飞，则振采失鲜，负声无力。是以缀虑裁篇，务盈守气，刚健既实，辉光乃新，其为文用，譬征鸟之使翼也。故练于骨者，析辞必精；深乎风者，述情必显。捶字坚而难移，结响凝而不滞，此风骨之力也。若瘠义肥辞，繁杂失统，则无骨之征也。思不环周，索莫乏气，则无风之验也。①

从刘勰的论述来看，风，指作者情感的表达充沛明朗而有气势，并由此显示出作者的精神面貌；骨，指以精要端直的文辞鲜明地表现出作品内容事实的意义；风骨，指作品风清骨峻的整体风貌，犹如人的精神与形体给人的清峻刚健的印象。刘勰可以说是最准确地完成了从人物品藻的风骨到审美范畴的风骨的转化，是从人物品藻术语到审美范畴概念转化的典范。

从魏晋南北朝以迄唐宋，在众多的诗文评、诗话词话、画论书论等著述中，源出人物品藻的话语比比皆是，被运用转化为审美范畴、概念，成为建构中国古代审美范畴网络体系的纽结，特别是反映审美体系内部规律的重要范畴、关键范畴。② 事实证明，宗白华先生关于"中国美学竟是出发于'人物品藻'之美学，美的概念、范畴、形容词，发源于人格美的评赏"③ 这一论断非常正确。

---

① 范文澜：《文心雕龙注》（下），人民文学出版社 1958 年版，第 513 页。
② 参见杨星映、肖锋、邓心强《中国古代文论元范畴论析——气、象、味的生成与泛化》，上海古籍出版社 2015 年版。
③ 宗白华：《美学散步》，上海人民出版社 1981 年版，第 178 页。

三　人物品藻在中国美学史上的地位

关于中国美学史，学术界有关于美的理论著述史和中国人审美意识发生发展史两种看法，前者过窄而后者过宽。笔者同意叶朗先生的看法：美学"它研究美学范畴，研究美学范畴之间的区别、联系和转化，研究美学范畴的体系"。以中国古典美学为例，它不是由文艺作品的艺术形象构成，"而是表现于'道'、'气'、'象'、'意'、'味'、'妙'、'神'、'赋'、'比'、'兴'、'有'与'无'、'虚'与'实'、'形'与'神'、'情'与'景'、'意象'、'隐秀'、'风骨'、'气韵'、'意境'、'兴趣'、'妙悟'、'才'、'胆'、'识'、'力'、'趣'、'理'、'事'、'情'……一系列的范畴，以及'涤除玄鉴'、'观物取象'、'立象以尽意'、'得意忘象'、'声无哀乐'、'传神写照'、'澄怀味象'、'气韵生动'……一系列命题，表现于这些范畴、命题之间的区别、关联和转化，表现于这些范畴、命题构成的思想体系。"中国古代美学范畴、美学命题的来源十分复杂，源出于古代典籍如《论语》《老子》《庄子》《易传》等，源出于文艺创作实践及其作品，由哲学范畴概念转化而成，源出于魏晋人物品藻，出自文艺批评著述如诗文评、诗话、词话、曲话、书论、画论、戏曲论著等，而且经历了萌芽、生成、认同、衍生、泛化的长期过程，在历史长河中逐步得到文艺批评的确认、锤炼、总结，从而形成一个网络体系。因此，"一部美学史，主要就是美学范畴、美学命题的产生、发展、转化的历史。"①

在中国美学史，也就是中国美学范畴、美学命题产生、发展、转化的发展过程中，魏晋南北朝是一个极其重要的阶段。在这个阶段，先秦两汉萌生的一些美学范畴、美学命题得到了确定，如"道""气""象""味""赋比兴""涤除玄鉴""观物取象""立象以尽意"等。更重要的是，这是中国美

---

① 叶朗：《中国美学史大纲》，上海人民出版社 1985 年版，第 4 页。

学得到充分展开、充分发展的阶段。在这个阶段，人的觉醒带来了文的自觉、美的自觉，以个体生命、自然景物为审美对象的生命美学充分展开，大量美学范畴、美学命题萌生、形成、衍生、泛化，初步构成中国古代美学范畴、美学命题的网络体系。在这个过程中，玄学的清谈析理、论辩争锋不仅促成了哲学范畴向审美范畴的转化，也促成了佛学范畴向审美范畴的转化。而魏晋人物品藻对人格美的评赏不仅转化滋生出许多审美范畴、范畴群，而且开出艺术境界与智悟境界，促进魏晋南北朝文学艺术及文艺批评大发展，正如牟宗三先生言："然魏晋人既能开出艺术境界与智悟境界，故一方于文学能有'纯文学论'与'纯美文之创造'，书画亦成一独立之艺术；一方又善名理，能持论，故能以老庄玄学迎接佛教，而佛教亦益滋长其玄思。"① 大量山水的入诗入画促成了"情"与"景""情采""物色""意象""隐秀"等范畴的形成。以刘勰《文心雕龙》、钟嵘《诗品》、谢赫《古画品录》、王羲之《白云先生书诀》、顾恺之《魏晋胜流画赞》、宗炳《画山水序》等诗文书画著述为代表，运用、生发、泛化、总结出一系列的审美范畴、范畴群和审美命题，从而初步构成了中国古代美学范畴、美学命题的网络体系。因此，可以说魏晋人物品藻既是魏晋南北朝审美范畴萌生的源头之一，也是古代美学范畴、美学命题发展的催化剂，是中国美学史发展的动力之一。

---

① 牟宗三：《才性与玄理》，吉林出版集团有限责任公司 2010 年版，第 57 页。

第三章 《世说新语》的编撰

一面是品藻、清谈、服药、饮酒、谈玄……，一面是党争、割据、杀伐、南渡……，还有对于美文、美颜、美景的尊崇和喟叹，人们生活在历史、政治、文化、思想大变革和大融合的环境中，人性的觉醒带动了人格本质的转变，同时萌发了对于艺术、生命、自然的美学本质的探索。这些审美意义上的巨大变革是如何在《世说新语》的文本编撰中实现的，是第三章我们将要讨论的问题。

第一节 《世说新语》对人物、事件的择选

对于《世说新语》文本中所记人物，历来普遍用"魏晋名士"一词来概括。不过，"魏晋名士"是一个笼统而模糊的说法，如何解读这个词，将影响到我们如何去把握《世说新语》文本对人物的择选。

"士"在春秋战国之前的殷商西周时代，是普遍存在的一个社会阶层，他们属于贵族，但等级不高，凭借个人的某项具体才能而立足。到春秋战国时期，诸侯割据，西周固有的社会阶层的分化就被打破了，上下阶层之间开始了大的流动和融合。很多之前的"士"或者说贵族沦为平民，但同时也产生

了新贵。之后，"士"属于所谓四民之一，"士、农、工、商"，可见"士"实属普通民众，但又处于民众的最高一层。他们虽然游离出了政治的高层，但仍然可以自由出入往来于平民与高层之间。因此"士"从思想上已经逐渐开始摆脱刻板的教条限制，表现得较为活跃。

作为个体的"士"能以个人的人文修养、谋略胆识或者专项技能去重新得到新近权贵的认可，去获得官方的职位，这是为"仕"，也称为"出仕"。但这并非意味着他们一定会选择"出仕"，因为"士"的游离和可独立的身份，使他们初步具备了精神上和生活上的独立性。

"名士"，作为真正获得独立意义上的称谓，开始于东汉末年，盛于魏晋，指具有魏晋风度的人士。"魏晋风度"体现在士人的各个不同的生命层面中，以个性化、审美化、多面化的方式展现出来，是士人生命能量的综合体现。汤用彤在《读〈人物志〉》里面写道："按汉魏之际，在社会中据有位势者有二。一为名士，蔡邕、王粲、夏侯玄、何晏等是也。一为英雄，刘备、曹操是矣。"① 由"士""仕"到"名士"的概念演变，可知："名士"是对人物的美誉，不一定属于某个特定的阶级也不是固定职务或封号，它的确认与人物自身独具的才能、精神、气质息息相关，而这些才能可以千姿百态的方式体现在社会生活的各个层面之中。《世说新语》作为"名士风流百态图"选择了哪些人物和事件来呈现，从而彰显人物个体生命独特个性之美呢？

一 人物的择选

《世说新语》文本择取了哪些"魏晋名士"？让我们先从这个特殊的、数量庞大的人物群体的出身来源开始作一个基本的考察。

（一）《世说新语》人物的出身来源

田余庆先生提出"东汉所见世家大族，是魏晋士族先行阶段的形态"，②

---

① 汤用彤：《魏晋玄学论稿》（增订版），生活·读书·新知三联书店2009年版，第8页。
② 田余庆：《东晋门阀政治》，北京大学出版社2012年版，第315页。

又指出："魏晋士族，就其一个个宗族而言，只有少数几家具有东汉世家大族渊源，多数并非由东汉世家大族演变而来，而是魏和西晋因际遇而上升的新出门户。"①"东晋所见士族，其最高层即所谓门阀士族中的当权门户，以其执政先后言之，有琅琊王氏、颍川庾氏、谯国桓氏、陈郡谢氏、太原王氏五族。高平郗氏虽然发挥过极重要的政治作用，但由于未正式掌握过东晋国柄，故未计算在内。"②"门阀士族"是"世家大族"发展到顶级阶段的产物，是经历长期的历史际遇，上下阶层的流通融合后而逐渐形成的，所以其地位是可变动而不确定的。《世说新语》文本择取的"魏晋名士"中有部分出身于"门阀士族"。但是由于人物所属家族地位的升迁变化，使"魏晋名士"这个人物群体也相应发生着变化，所以还有部分来自传统的"世家大族"、新兴的"世家大族"或者新兴的"门阀士族"。另一方面，"名教"式微和"自然"兴起带来的人物品评与审美风尚的变化，使整个社会上层趋向于追求人物的个性、风度、神韵……一些出身于"庶族"、平民阶层、低等士族的人物凭借个人非凡的气质、风韵、才艺也步入了"魏晋名士"之列。

第一，来自门阀与世家大族的"魏晋名士"。

我们现以田余庆先生的观点作为基础，选择《世说新语》文本中出身于顶级"门阀士族"中的少数人物，引用《晋书》中的人物传记，同时对比《世说新语》中涉及人物的条目来作梳理。对于田余庆先生提到的"谯国桓氏"和"高平郗氏"，桓氏暂时以"龙亢桓氏"归纳。至于"高平郗氏"，则以郗鉴一人为例，将其归类于后面的"普通士族"。例如：

琅琊王氏

王戎

《容止》第 6 则：

---

① 田余庆：《东晋门阀政治》，北京大学出版社 2012 年版，第 316 页。
② 同上。

裴令公目王安丰："眼烂烂如岩下电。"

《晋书》卷四十三《列传第十三》记载："王戎，字濬冲，琅琊临沂人也。祖雄，幽州刺史。父浑，凉州刺史、贞陵亭侯。戎幼而颖悟，神彩秀彻。视日不眩，裴楷见而目之曰：'戎眼烂烂，如岩下电。'"①

太原王氏

王述

《赏誉》第 91 则：

简文道王怀祖："才既不长，于荣利又不淡；直以真率少许，便足对人多多许。"

《晋书》卷七十五《列传第四十五》记载："述字怀祖。少孤，事母以孝闻。安贫守约，不求闻达。性沈静，每坐客驰辨，异端竞起，而述处之恬如也。"②

陈郡谢氏

谢安

《赏誉》第 105 则：

桓大司马病。谢公往省病，从东门入。桓公遥望，叹曰："吾门中久不见如此人！"

《晋书》卷七十九《列传四十九》记录："谢安字安石，尚从弟也。

---

① 房玄龄：《晋书》，中华书局 1996 年版，第 1231 页。
② 同上书，第 1961 页。

父哀，太常卿。"又记："安年四岁时，谯郡桓彝见而叹曰：'此儿风神秀彻，后当不减王东海。'"①

颍川荀氏

荀爽

《言语》第 7 则：

荀慈明与汝南袁阆相见，问颍川人士，慈明先及诸兄。阆笑曰："士但可因亲旧而已乎？"慈明曰："足下相难，依据者何经？"阆曰："方问国士，而及诸兄，是以尤之耳。"慈明曰："昔者祁奚内举不失其子，外举不失其雠，以为至公。公旦文王之诗，不论尧、舜之德而颂文、武者，亲亲之义也。春秋之义，内其国而外诸夏。且不爱其亲而爱他人者，不为悖德乎？"

《后汉书》卷六十二《荀韩钟陈列传第五十二》记载："爽字慈明，一名谞。幼而好学，年十二，能通《春秋》《论语》。太尉杜乔见而称之，曰：'可为人师。'"又记："颍川为之语曰：'荀氏八龙，慈明无双。'"②

龙亢桓氏

桓温

《豪爽》第 8 则：

桓宣武平蜀，集参僚置酒于李势殿，巴蜀缙绅莫不悉萃。桓既素有雄情爽气，加尔日音调英发，叙古今成败由人，存亡系才，奇拔磊落，

---

① 房玄龄：《晋书》，中华书局 1996 年版，第 2072 页。
② 范晔：《后汉书》，中华书局 2000 年点校本，第 1643 页。

一坐赞赏不暇坐。既散，诸人追味余言。于时寻阳周馥曰："恨卿辈不见王大将军。"馥曾作敦掾。

《晋书》卷九十八《列传第六十八》记载："桓温，字元子，宣城太守彝之子也。生未期而太原温峤见之，曰：'此兒有奇骨，可试使啼。'及闻其声，曰：'真英物也！'以峤所赏，故遂名之曰温。峤笑曰：'果尔，后将易吾姓也。'彝为韩晃所害，泾令江播豫焉。温时年十五，枕戈泣血，志在复仇。"①

颍川庾氏

庾亮

《言语》第 30 则：

庾公造周伯仁，伯仁曰："君何所欣说而忽肥？"庾曰："君复何所忧惨而忽瘦？"伯仁曰："吾无所忧，直是清虚日来，滓秽日去耳。"

《晋书》卷七十三《列传第四十三》记载："庾亮，字元规，明穆皇后之兄也。父琛，在《外戚传》。亮美姿容，善谈论，性好《庄》《老》，风格峻整，动由礼节，闺门之内，不肃而成，时人或以为夏侯太初、陈长文之伦也。"②

河东裴氏

裴秀

《赏誉》第 7 则：

---

① 房玄龄：《晋书》，中华书局 1996 年版，第 2568 页。
② 同上书，第 1915 页。

谚曰:"后来领袖有裴秀。"

《晋书》卷三十五《列传第五》记载:"裴秀,字季彦,河东闻喜人也。祖茂,汉尚书令。父潜,魏尚书令。秀少好学,有风操,八岁能属文。叔父徽有盛名,宾客甚众。秀年十余岁,有诣徽者,出则过秀。然秀母贱,嫡母宣氏不之礼,尝使进馔于客,见者皆为之起。秀母曰:'微贱如此,当应为小兒故也。'宣氏知之,后遂止。时人为之语曰:'后进领袖有裴秀。'"①

所谓来自"世家大族""门阀士族"的"魏晋名士",都是士族升降、流通、变化之后的结果。唐长孺先生曾提出观点:"我们认为门阀的形成大体上是在汉、魏之间,而那时兴起的高门很多出于寒微。例如颍川陈氏、庾氏、阳翟褚氏,便都是出于寒微。就是东晋以来江南侨姓中最高级士族陈郡谢氏也在晋代才上升到和琅琊王氏并列,唯其'先世无闻',故被视为'新出门户',及至晋宋间还有人对这一家的门第不太尊重。"② 在《世说新语》文本中,陈郡谢氏与琅琊王氏、太原王氏、颍川庾氏、河东裴氏、龙亢桓氏等家族的众多子弟都被择选,淡化了士族升降流变背后的错综复杂的政治、历史因素。

即使是出身于同一个世家大族的子弟,具体到个人,其生存境况和经历也是各不相同的。他们都以各自独具的政治能力、军功、文化修养、艺术才能、气质风度而获得社会声誉。有的人物虽然其父祖辈为官,但由于长辈的离世造成了自幼年开始的贫寒,因此这些人物在社会和政治中心的上升主要还是依靠自身的才智,例如早孤的王述。从中可知,家境优越与否,并不一定掩盖人物的个性魅力与人格弱点。《世说新语》文本已经敏感地把握住了人

---

① 房玄龄:《晋书》,中华书局 1996 年版,第 1037—1038 页。
② 唐长孺:《魏晋南北朝隋唐史三论》,武汉大学出版社 2013 年版,第 127 页。

物的个性特质,充分体现出了这种错位和反差。

第二,来自"庶族""普通士族""次等士族"的"魏晋名士"。

《世说新语》文本还有众多其他来自"庶族"或者说"普通士族""次等士族"或者家境贫寒的人物。现从《世说新语》文本中选取一部分比较有代表性的人物,列举如下:

山涛

《晋书》卷四十三《列传第十三》记载:"山涛,字巨源,河内怀人也。父曜,宛句令。涛早孤,居贫,少有器量,介然不群。性好《庄》《老》,每隐身自晦。"①

文本中涉及山涛的条目较多,但直到他位居高官,也仍然保持了早期俭约的生活习惯,这也是贫寒家境为人物打下的深刻烙印。郗鉴是汉御史大夫郗虑的玄孙,但是他本人却是"少孤贫""躬耕陇亩""不应州命"(《晋书》卷六十七《列传第三十七》②)。韩伯"家贫窭",其"母殷氏,高明有行"(《晋书》卷七十五《列传第四十五》③),缘其母养育有方,使得韩伯终于超越了原生家庭的局限。

与上述情况类似的人物还有:陶侃:"父丹,吴扬武将军。侃早孤贫,为县吏。"④ 袁宏:"少孤贫,以运租自业。"⑤ 因此我们得出结论:《世说新语》文本择选"魏晋名士"的出身、背景、经历具有较大的差异,其中既有真正执掌过东晋国政的"门阀世家",也有自东汉形成的"世家大族",也有随后兴起的新兴贵族,还有以上列举的出自庶族和寒门子弟以及以军功起家的人物。

---

① 房玄龄:《晋书》,中华书局 1996 年版,第 1223 页。
② 同上书,第 1796 页。
③ 同上书,第 1992—1993 页。
④ 同上书,第 1768 页。
⑤ 同上书,第 2391 页。

第三，因魏晋名士的人际关系、社会文化交融而择选的其他人物。

"魏晋名士"固然是《世说新语》文本记录的最核心的人物群体，但仅用"魏晋名士"一词来认定文本择选的人物是不完整、不充分的，因为文本中还记录了一定数量的女性、儿童、僧人、少数民族的首领等，例如：

《贤媛》第 1 则：

陈婴者，东阳人。少修德行，著称乡党。秦末大乱，东阳人欲奉婴为主，母曰："不可。自我为汝家妇，少见贫贱，一旦富贵，不祥。不如以兵属人，事成，少受其利；不成，祸有所归。"

《识鉴》第 7 则：

石勒不知书，使人读《汉书》。闻郦食其劝立六国后，刻印将授之，大惊曰："此法当失，云何得遂有天下？"至留侯谏，乃曰："赖有此耳！"

行文中陈婴母亲大度淡泊，其修养见识已经远超普通的家庭妇女。支道林是东晋时的高僧，因为他超群的思辨能力，与他交友谈论的多为权贵政要和文化精英，文本也将他的言行择录其中。石勒的祖先是匈奴别部羌渠部落的后裔，祖父名叫耶奕于，父亲周曷朱（又名乞翼加），曾为部落小头目，[1]绝非寻常意义上的"士族""门阀"，就其个人的文化修养来说也不太担当得起"名士"的称谓，但也同样被择选入文本中。以上人物与"魏晋名士"有着千丝万缕的联系与类似，他们的生活轨迹和层次也大致不脱离"名士"的生活社交圈。某些人物（陈婴之母）虽与魏晋时期相距久远，但也以其思考和言行的高度与"名士"的价值观遥相呼应和契合。事实情况是："魏晋名士"以自身的言行深刻地影响了周围的人，一定程度上使这些在文本中占少

---

① 房玄龄：《晋书》，中华书局 1996 年版，第 2707 页。

数的人物同时也获得了人格的独立性，这实际是"名士"独立人格凸显后外化辐射的结果。

第四，无法确证真实历史背景的人物。

《世说新语》文本有无择取一些历史上无名无姓的普通人呢？答案是肯定的，但这类人物与相关条目的数量基本都是文本中最少的。例如：

《德行》第9则：

荀巨伯远看友人疾，值胡贼攻郡，友人语巨伯曰："吾今死矣，子可去！"巨伯曰："远来相视，子令吾去，败义以求生，岂荀巨伯所行邪？"贼既至，谓巨伯曰："大军至，一郡皆空，汝何男子，而敢独止？"巨伯曰："友人有疾，不忍委之，宁以我身代友人命。"贼相谓曰："我辈无义之人，而入有义之国！"班军而还，一郡并获全。

《德行》第9则中"荀巨伯""友人"在刘孝标注和余嘉锡等人的注疏中都未曾确证真实的历史背景。对于"胡贼"，余嘉锡先生认为此事无考。[①] 其实，"胡贼"更像一个艺术化的形象、一个定义危机的符号，但从行文中可以体味到"荀巨伯"与"友人"之间临危不惧、不离不弃的友谊，"胡贼"班师而退也更颇具人情味和戏剧化的效果。另一种情况就是，条目择选历史中的真实人物作为主体人物，但同时也出现了少量次要人物。例如《文学》第4则中对郑玄家奴婢的记录，透过主仆间引经据典的对话，活脱脱地展现出了一代大儒郑玄的真实秉性、个人魅力和家风。在此，限于篇幅不再一一列举。

就以上分析可知，整部《世说新语》文本涉及的无可考证或者虚构的人物只占极少数，之所以被择选，基本是为了侧面衬托主体人物的精神风貌。

综上所述，我们可以得出以下结论。

第一，《世说新语》文本中占有绝对主导地位的是真实的历史人物，这些

---

① 余嘉锡：《世说新语笺疏》（上册），中华书局2015年版，第13页。

数量庞大和生存年代跨越久远的历史人物因为个人独特的精神追求和文化修养而表现出特别的个体人格与言行方式：清谈、品藻、任诞等，他们因此而获得了相当高的社会声誉，绝大多数可以被称为"魏晋名士"。

第二，因为他们强大的社会、文化影响力促使周围的人脉关系也相应地发生了质的变化，所以围绕在"魏晋名士"周围的一些相关人物也被择选入文本中，如女性人物、儿童等。

第三，由于社会的剧烈变动带来了军事、政治的竞争与角力，同时也引动了各种异质的文化思潮的交流碰撞，使得一些来自异域或者少数民族的杰出人物，诸如：高僧（支遁）、少数民族的酋豪（石勒）也凭借他们的非凡才智走入编撰者的视野中。

第四，纯粹虚构的人物在文本中只占极少数。如果说文本中择选了极少数无法确定具体姓氏和身份的人物，那么很大程度上是为了从侧面衬托真实的主体人物。

（二）被择选人物之共性

《世说新语》文本所择选的人物具备哪些独特的人格质素呢？或者说这些人物因为哪些共有的特质而被择选入同一个文本中呢？田余庆先生提出："而魏晋士族，其特点是世居显位。士者仕也。只要他们权势在手，濡染玄风，而又慎择交游，取得名士地位，就算士族。反过来说，士族身份又可以巩固权位。"① 我们现在田余庆先生的理论基础上，以谢安、王导、支遁几个人物为例来说明。

第一，由于文本所入人物多属于社会政治和文化生活中的实力阶层，所以他们之中的多数拥有较高的政治地位。

《赏誉》第 102 则：

---

① 田余庆：《东晋门阀政治》，北京大学出版社 2012 年版，第 321 页。

谢公作宣武司马，属门生数十人于田曹中郎赵悦子。悦子以告宣武，宣武云："且为用半。"赵俄而悉用之，曰："昔安石在东山，缙绅敦逼，恐不豫人事。况今自乡选，反违之邪？"

同为任职桓温大司马时期，《晋书》就记载："征西大将军桓温请为司马，将发新亭，朝士咸送。"① 关于东晋与前秦苻坚"淝水之战"——这场以少胜多的著名战役，谢安作为核心决策者，《世说新语》记录了他指挥若定的大将风度。

《雅量》第35则：

谢公与人围棋俄而谢玄淮上信至，看书竟，默然无言，徐向局。客问淮上利害，答曰："小儿辈大破贼。"意色举止，不异于常。

第二，自身拥有较高的文化水平，或者以不凡的学识、修养主导了社会的风俗好尚。例如谢安，《晋书》里面还有这样的记载："安少有盛名，时多爱慕。乡人有罢中宿县者，还诣安。安问其归资，答曰：'有蒲葵扇五万。'安乃取其中者捉之，京师士庶竞市，价增数倍。安本能为洛下书生咏，有鼻疾，故其音浊，名流爱其咏而弗能及，或手掩鼻以敩之。"② 再如：

《轻诋》第24则：

庾道季诧谢公曰："裴郎云：'谢安谓裴郎乃可不恶，何得为复饮酒！'裴郎又云：'谢安目支道林如九方皋之相马，略其玄黄，取其俊逸。'"谢公云："都无此二语，裴自为此辞耳。"庾意甚不以为好，因陈东亭经酒垆下赋。读毕，都不下赏裁，直云："君乃复作裴氏学！"于此语林遂废。今时有者，皆是先写，无复谢语。

<hr>

① 房玄龄：《晋书》，中华书局1996年版，第2073页。
② 同上书，第2076—2077页。

由于谢安在社会文化上的权威地位，甚至可以左右到文化作品的流通和传播，其影响力之大也真是可见一斑。

第三，大一统的思想专制崩溃以后，魏晋名士多数由服膺儒家到由儒入玄。因此，《世说新语》文本中的人物大多浸润了"谈玄"的风气，通过他们的言谈行为反映出不同的思想在特殊时代的交融、多元、互补、合流的特征。例如：

《文学》第55则：

支道林、许、谢盛德共集王家，谢顾诸人曰："今日可谓彦会，时既不可留，此集固亦难常，当共言咏，以写其怀。"许便问主人："有《庄子》不？"正得《渔父》一篇，谢看题，便各使四坐通。支道林先通，作七百许语，叙致精丽，才藻奇拔，众咸称善。于是四坐各言怀毕，谢问曰："卿等尽不？"皆曰："今日之言，少不自竭。"谢后粗难，因自叙其意，作万余语，才峰秀逸，既自难干，加意气拟托，萧然自得，四坐莫不厌心。支谓谢曰："君一往奔诣，故复自佳耳。"

第四，优裕的物质生活条件、安稳于社会的高层，加上人物富于个性的精神追求（谈玄论道），使他们的生命过程充满了个性色彩，拥有独特鲜明的个性魅力。例如：

《晋书·列传三十五·王导传》：

"王导，字茂弘，光禄大夫览之孙也。父裁，镇军司马。导少有风鉴，识量清远。年十四，陈留高士张公见而奇之，谓其从兄敦曰：'此儿容貌志气，将相之器也。'"①

看一下《世说新语》里的王导：

①　房玄龄：《晋书》，中华书局1996年版，第1745页。

《文学》第 4 则：

旧云，王丞相过江左，止道声无哀乐、养生、三理而已，然宛转关生，无所不入。

《赏誉》第 54 则：

王丞相云："刁玄亮之察察，戴若思之岩岩，卞望之峰距。"

《同门》第 57 则：

王丞相召祖约夜语，至晓不眠。明旦有客，公头鬓未理，亦小倦。客曰："公昨如是似失眠。"公曰："昨与士少语，遂使人忘疲。"

第 54 则突出了王导对人物的鉴赏能力，第 57 则王导与祖约的彻夜长谈，甚至影响到了第二天的个人形象，一个平易率真而又蓬头垢面的性情中人的形象跃然纸上，条目的内容也从侧面反映出祖约的谈吐风韵。

第五，文本择选的人物不会以绝对独立的形象出现，他们始终生存在一定的社会交际圈内。以谢安为例，谢安出身于陈郡谢氏家族一门，作为一个顶级门阀世家的掌门人，他以不凡的胸怀和气度担负起了一个显赫世家的重担，为谢氏后辈的教育而身体力行。家族的其他成员：谢鲲、谢尚、谢奕、谢安、谢万、谢道韫、谢混、谢灵运、谢石、谢玄、谢琰、谢晦，也都在文本的各门类中频频出现。例如：

《德行》第 36 则：

谢公夫人教儿，问太傅："那得初不见君教儿？"答曰："我常自教儿。"

这里的谢安不仅仅是那个在"淝水之战"中指挥若定的人物，他亲切和煦，体现出对后辈的关爱之情。

琅琊王氏，作为中国古代四大顶级门阀士族之一，王祥、王览、王导、王敦、王羲之、王戎、王衍等人物在《世说新语》文本中也都悉数登场。例如：

《赏誉》第 16 则：

王戎云："太尉神姿高徹，如瑶林琼树，自然是风尘外物。"

《同门》第 55 则：

大将军语右军："汝是我佳子弟，当不减阮主薄。"

尽管在精神领域，这些人物已经开始迈向自立自足的境地，但落实到现实生活中，他们又无可避免地受到家族利益、人脉关系的制约。

具体而言，《世说新语》文本择取的人物基本具备以下一个或者几个质素：一、无论出身于何种社会阶层，他们大多数在社会政治、文化生活中肩负着相当的责任和使命，或者拥有较高的政治、文化影响力。二、被择选的人物因为特别的精神追求而表现出独具个性的言行方式，例如他们大多数都热衷于或者曾参与过谈玄、清谈等社交活动。三、因为同质类的社交活动的参与，这些人物渴望获得文化和思想上的体认，形成了一个独立于政治、经济、家族背景的话语圈和生活圈。

结论：《世说新语》文本择取人物以魏晋南北朝时期的"名士"为标准，包括以"门阀世家""世家大族"、新兴士族为出身背景的众多真实的历史人物，也包含了大量来自社会平民阶层、寒士、军功阶层的子弟以及他们周围的社会关系。此外，《世说新语》文本还有极少数条目涉及了无名无姓的普通人。说明：第一，《世说新语》文本的价值取向仍然以贵族名士的理想趣味为主导，因此择取人物和人物的相关言行也以此为基调。第二，人物的出身来源反映了整个魏晋南北朝时期社会、政治、文化的巨大变革，历史悠久的传统顶级门阀仍然占据了社会、政治、经济、文化、艺术的话语权，因此来自这些世家大族的人物很多被择选入《世说新语》文本，占据了文本大量的篇幅。第三，由于政治、意识形态的剧烈变革，一些新兴的贵族家庭凭借文治与武功走上了历史舞台，与传统的门阀世家平分秋色，比如：陈郡谢氏、龙亢桓氏等。长期以来，这些新兴贵族因为在政治、军事、文化、经济等方面实力的积累，为整个家族的子弟提供了优越的上升和发展空间。因此，《世说新语》文本中也择取了大量来自新兴贵族家族的人物，例如谢安、谢玄、桓温、桓玄等。第四，与前面相对应的是，由于历史的动荡和变革，一方面让一些新兴阶层兴旺发达起来，另一方面一些原本属于顶级门阀的家族却在各种力量的角逐中逐渐走向了衰落，例如弘农杨氏、汝南袁氏。《世说新语》文本中虽然也择取了少量出身于这两个家族的人物，例如袁绍、杨修等，但人物总数和条目总数量都远不及其他。可见，《世说新语》文本对人物的择取也体现出编撰者所具备的发展、宽容、求实的胸襟和眼光。第五，平民阶层的崛起，让那些家境出身贫寒或者属于普通士族、"寒士"、职业军人有机会获得上升的平台与社会的认可，如陶侃、韩伯、刘惔等。他们因为个人突出的文治武功与才智修养而被择选入《世说新语》文本中。不仅如此，这些人物也在相当大的程度上走向了个体人格的觉醒，并非仅仅充当着政治与事功的"棋子"。第六，政治颠覆、军事角力的过程也是民族融合、文化交流的过程，《世说新语》择取了少数高僧（支遁）和异域的少数民族酋豪（石勒）。第七，《世说新语》文本编撰的主持者刘义庆，虽然他本人的生存条件相对优越，但无可否认的是其父祖叔辈皆来自底层。刘义庆的叔父宋武帝刘裕出身贫寒，起家于东晋后期的"北府军"，以职业军人的身份得以登上政治舞台。在《世说新语》文本的具体编撰过程中，来自平民阶层的鲍照等文士的参与，使得《世说新语》文本对于人物的择取范围之宽泛更属于情理之中。第八，对于纯粹政治人物的弃用，《世说新语》记录的是时代巨变中人物的个体人格在趋向于独立过程中的复杂交错，以及在各个层面的表现。因而文本突出和标榜的是人物的个性、人物个性生命的审美精神。加上刘义庆本人生存的社会政治环境并非宽松，因此，《世说新语》文本非常明显地规避了人物的政治、军功，而对于那些纯粹以事功、武力突出的人物就基本弃选了。

综上所述，《世说新语》文本对人物的择取，已经比较清晰地反映出自东汉中后期开始到东晋末期至刘宋时期的上下各个阶层之间人物的交会、流动。同时，文本意图疏离事功、政治与军事，也体现出在特殊的历史环境下，编撰者的价值取向和审美判断。

二 文本对事件的择取

动荡的社会让魏晋士人更深切地体验了生命的易逝与可贵，"名教"的式微和"自然"的兴盛又催生了超越功利的审美思潮，对于人物的品评由最初的功利、实用标准向富于个体生命体验的审美标准（人物品藻）变迁。在这样的社会风尚和审美意识的共同影响下，魏晋名士的个体人格渐渐走向独立。

当然，无论对个人还是人物群体而言，"独立人格"的形成都是一个漫长、曲折的过程，其表现的形式和渠道也是多面、复杂、立体的。在这个曲折的过程中，虽然传统"名教"逐渐式微，但由儒家思想所规范的"群体人格"仍然具有强大的惯性和影响力。另一方面，个体人格中各种缺憾、消极、负面的"异化"因素也是无可避免的存在。我们以"独立人格""群体人格""异化人格"几个侧面来具体论证《世说新语》文本在事例择选方面体现出的特点。

（一）"独立人格"

1. "独立人格"的形成

人为什么而生活？生命的目的和意义何在？人应该通过何种途径实现个体生命的最高价值？这些对于生命本质的思考一直是古圣先哲们谈论得最多

最深的问题。孔子曾说"三十而立"①，又说："七十而从心所欲，不逾矩。"②真正的"独立人格"，就是作为个体的人能摆脱外在的束缚，不依附、不攀比，最大限度地发挥生命的想象力、独创性、自主性，既不臣服于外在的精神权威，也不依附于政治强权的一种纯正、真实、自由的个体生存状态。

由"群体人格"到"独立人格"的形成是政治、经济、社会、思想等各方面的因素综合作用的结果。文本择取的事件中就蕴含着这种人格质变的背景和原因。例如：

《宠礼》第1则：

元帝正会，引王丞相登御床，王公固辞，中宗引之弥苦。王公曰："使太阳与万物同晖，臣下何以瞻仰？"

《栖逸》第4则：

李廞是茂曾第五子，清贞有远操，而少羸病，不肯婚宦。居在临海，住兄侍中墓下。既有高名，王丞相欲招礼之，故辟为府掾。廞得笺命，笑曰："茂弘乃复以一爵假人。"

《栖逸》第13则：

郗超每闻欲高尚隐退者，辄为办百万资，并为造立居宇。在剡，为戴公起宅，甚精整。戴始往旧居，与所亲书曰："近至剡，如官舍。"郗为傅约亦办百万资，傅隐事差互，故不果遣。

《文学》第32则：

庄子逍遥篇，旧是难处，诸名贤所可钻味，而不能拔理于郭、向之

① 杨伯峻：《论语译注》，中华书局1980年版，第12页。
② 同上。

外。支道林在白马寺中，将冯太常共语，因及逍遥。支卓然标新理于二家之表，立异义于众贤之外，皆是诸名贤寻味之所不得。后遂用支理。

《宠礼》第 1 则让我们看到东晋时期皇权的衰落，在这样的历史条件下，很多"士人"选择回避政治权力斗争的中心，走向了更广阔的自然天地和社会生活中。《栖逸》第 4 则记录下新兴的生活方式：家世富足的贵族子弟悠游于江浙明丽如画的山水美景之中，他们自内向外滋长出了超脱、审美的心态。《栖逸》第 13 则记录了富于贵族特色的"庄园经济"的产生。另一方面，宽松的政治环境、优裕的生活、文明的教养、审美的态度、敏感聪慧的心灵同时催生了思想领域的探索和求新。道家思想儒家思想以及外来的佛教思想逐渐融合。《文学》第 32 则忠实地将人物之间进行思辨交流的状况记录下来。

2. "独立人格"的表现

真正的"独立人格"，不以单一服从和压抑自我为出发点，和社群的关系更多地体现在创造性的工作和个人才智的发挥中，因而富有创造性和审美特质。我们从以下几个方面来总结《世说新语》文本中"独立人格"的表现：

第一，无功利的哲理思辨。

儒释道的合流，玄学的兴起，让文化精英们在传统价值秩序崩溃后找到了理论上的寄托。名士开始进行纯粹的、无功利的哲学思辨，相伴而生的"谈玄"已经融入士人的日常生活中。例如：

《赏誉》第 51 则：

王敦为大将军，镇豫章，卫玠避乱，从洛投敦，相见欣然，谈话弥日。于时谢鲲为长史，敦谓鲲曰："不意永嘉之中，复闻正始之音。阿平若在，当复绝倒。"

《文学》第 9 则：

傅嘏善言虚胜，荀粲谈尚玄远，每至共语，有争而不相喻。裴冀州释二家之义，通彼我之怀，常使两情皆得，彼此俱畅。

"玄学"开启了中古时期人们对于世界本源、生命本质的思考。名士对于谈玄的热衷提升了语言交流的层次，也促进了玄学理论的进一步深入。《世说新语》文本真实地记录下了人物进行思考辩诘的状态。

第二，任性至情的生命张力。

张力，在物理中常指某物体受到拉力后物体内部产生的一种牵引力。所谓"生命张力"，在《世说新语》文本中的体现就是人物对于个体生命本真状态的保留和挥洒。例如：

《豪爽》第1则：

> 王大将军年少时，旧有田舍名，语音亦楚。武帝唤时贤共言伎艺事，人皆多有所知，唯王都无所关，意色殊恶，自言知打鼓吹，帝令取鼓与之。于坐振袖而起，扬槌奋击，音节谐捷，神气豪上，傍若无人，举坐叹其雄爽。

文本择取了人物对待生命中的各种跌宕起伏的方式，他们驾驭熟练，如弓之开合，可收可放，也择取了人物充满了个性化的生活体验（如"支公好鹤"、刘伶纵酒、子猷爱竹等）。同时，这种"生命张力"也造就了人物之间平等坦荡的人际关系。

第三，自觉的审美意识。

宗白华先生曾说："汉末魏晋六朝是中国政治上最混乱、社会上最苦痛的时代，然而却是精神史上极自由、极解放，最富于智慧、最浓于热情的一个时代。因此也就是最富有艺术精神的一个时代。"① 对于个体价值的认可，使个人的主观能动性和天赋才能可以得到自由地发挥，也使审美意识自然萌发。

---

① 宗白华：《艺境》，北京大学出版社1997年版，第133页。

首先，对风度翩翩的仪表的赞赏。

个体的独立人格建立后，自觉的审美意识产生，对于自我的外在形象也刻意地留心起来。例如：

《容止》第5则：

稽康身长七尺八寸，风姿特秀。见者叹曰："萧萧肃肃，爽朗清举。"或云："肃肃如松下风，高而徐引。"山公曰："稽叔夜之为人也，岩岩若孤松之独立；其醉也，傀俄若玉山之将崩。"

《世说新语》文本择取事例具备一个显著的特征：单纯地记录人物外貌细节的内容少，编撰者习惯于采用比喻、类比、拟人等间接手法来记录人物的气质或者精神状态。如《容止》第22则形容祖约"旄杖下形"，第18则中形容庾敳"腰带十围，颓然自放"，第13则甚至以"丑悴"一词形容刘伶。可知，文本中人物的外形气质之美并非单一、僵化的，"美"与"丑"之间并不存在严苛的界限，文本择取事例着重于体现人物的"独立人格"之独特性和唯一性。

其次，对妙语连珠的谈吐的弘扬。

"玄学"兴起，生活优裕，疏离事功，助长了"清谈"之风。"清谈"不仅是对于"玄学"理论上的解释、辩诘、切磋，它更是"魏晋名士"展示自我修养、提升社交层面、扩大社会影响力的一种便捷方式。清谈之重心在于"如何说？"和"怎样秀？"，关键要体现出言谈者高超的语言掌控能力。在此将文本中人物的妙言隽语精选如下：

《言语》第78则：

晋武帝每饷山涛恒少。谢太傅以问子弟，车骑答曰："当由欲者不多，而使与者忘少。"

《言语》第 24 则：

王武子、孙子荆各言其土地人物之美。王云："其地坦而平，其水淡而清，其人廉且贞。"孙云："其山崔嵬以嵯峨，其水㳆渫而扬波，其人磊砢而英多。"

"清谈"发展到一定阶段就淡化了理论切磋的内容，富于美感的口头语言，迅捷机敏的对答，使语言中"美""奇""新"的特质超过了理论的深厚严谨。

再次，对自然之美与个体生命之美的类比。

宗白华先生说："晋人向外发现了自然，向内发现了自己的深情。"① 晋室南渡之后，由于生活环境的改变，部分贵族醉心于南方优美的自然山水中。《世说新语》文本择取了人物对于山川美景的喟叹，例如：

《言语》第 93 则：

道壹道人好整饰音辞，从都下还东山，经吴中。已而会雪下，未甚寒，诸道人问在道所经。壹公曰："风霜固所不论，乃先集其惨澹。郊邑正自飘瞥，林岫便已浩然。"

对自然作纯粹的审美观照，确实自魏晋时期开始。《世说新语》文本择取了很多描摹自然美景的条目。此外，用大自然中的美好事物来与人物的外貌风度进行类比，也在文本中经常出现。例如：

《容止》第 3 则：

魏明帝使后弟毛曾与夏侯玄共坐，时人谓"蒹葭倚玉树。"

《容止》第 4 则：

① 宗白华：《艺境》，北京大学出版社 1997 年版，第 139 页。

时人目夏侯太初"朗朗如日月之入怀",李安国"颓唐如玉山之将崩"。

"蒹葭"与"玉树","日月入怀"与"玉山将崩",这种对于自然之美和人格之美的异质类比,实际源出于"独立人格"形成之后人与自然的平等和谐。

最后,对文学艺术的审美追求。

魏晋南北朝时期因为"人的觉醒"而使文学、艺术、哲学等领域获得了质的飞跃。具备"独立人格"的人物开始意识到文艺创作的审美性质,并开始了对于文艺审美规律的总结。例如:

《巧艺》第 13 则:

顾长康画人,或数年不点目精。人问其故,顾曰:"四体妍蚩,本无关于妙处,传神写照,正在阿堵中。"

其他如:《文学》第 84 则中孙绰对潘、陆二人文风的对比、《文学》第 85 则中简文帝对许询五言诗的评价等。只有创作者在以纯粹审美的角度出发进行艺术创作之后,才可能对艺术规律进行冷静、无功利的思考和总结。这些都是伴随着人格独立过程而实现的。

"独立人格"的建立,使人物思想活跃,其才气智慧、仪容风度都得到了空前的发挥和展示。在精神领域方面,人物开始以超越实用的角度专注于精神领域的研究和创造,如哲学思辨、艺术的审美追求。"独立人格"的形成为"魏晋名士"提升了生命的质量,扩大了个体生命的范围和层次,挖掘了个体生命可能达到的"深度",当然也是文本择取事件最核心、数量最多的内容。

(二)"群体人格"

中国古代农业自然经济与血缘氏族宗法社会造就了几乎贯穿了整个古代的群体性人格,儒家学说的兴起、发展、定位于一尊又直接地强化、加深了这种"群体人格"对整个社会成员的影响力。《论语·先进》:"德行:颜渊、闵子骞、冉伯牛、仲弓。言语:宰我、子贡。政事:冉有、季路。文学:子游、子夏。"此十人为以上四科孔子最优秀的学生,后世便有了"仲尼之门,考以四科"的说法(《后汉书·郑玄传》),成为后世考察士人的准则。长期的历史、文化积淀,儒家思想的影响,社会倡导人们的是"群体人格"。《世说新语》文本从一开始就以"孔门四科"来设置了四个门类:《德行》《言语》《政事》《文学》,说明由儒家思想主导下的"群体人格"具有强大的惯性,影响着《世说新语》文本事件的择取。"群体人格"必备两个基本质素:美德与事功(即政治才能),《世说新语》文本正是以此为标准择选事例。《世说新语》文本以《德行》为第一门,其收录的47则事件也多为表现儒家传统道德规范的故事。

《德行》第4则:

李元礼风格秀整,高自标持,欲以天下名教是非为己任。后进之士有升其堂者,皆以为登龙门。

《德行》第24则:

郗公值永嘉丧乱,在乡里甚穷馁。乡人以公名德,传共饴之。公常携兄子迈及外生周翼二小儿往食。乡人曰:"各自饥困,以君之贤,欲共济君耳,恐不能兼有所存。"公于是独往,食辄含饭两颊边,还吐与二儿。后并得存,同过江。郗公亡,翼为剡县,解职归,席苫于公灵床头,心丧终三年。

《德行》第46则:

孔仆射为孝武侍中,豫蒙眷接。烈宗山陵。孔时为太常,形素羸瘦,著重服,竟日涕泗流涟,见者以为真孝子。

而关于"事功",也专以《政事》门记载,表现勤政爱民、忠于职守等。《政事》门记述自东汉至东晋一些官吏处理政务的德才业绩,正是"事功"的表现。

《政事》第7则:

> 山司徒前后选,殆周遍百官,举无失才,凡所题目,皆如其言;唯用陆亮,是诏所用,与公意异,争之,不从。亮亦寻为贿败。

李膺以天下为担当、郗鉴含饭哺幼确为品德高尚,不过孔安国的泪流或许仅是"至孝"的表面形式而已。从文本中,我们不仅看到人物勤恳奉公的品质:山涛举人,百无一漏,还透过简洁的文辞,看到山涛犀利的眼光和辨识才能,看到"群体人格"背后所开始孕育的真实和坦荡。

然而,由于全书的编撰主要是突出对个体生命独立人格和生命之美的弘扬,《世说新语》文本又突破了"孔门四科"的藩篱。例如"文学"原为文章博学,本指精通礼乐、典章,学问渊博,《文学》门却多为记述魏晋士人清谈辩诘,辨析义理,品评文章,深入探讨玄学、佛学的盛况,实际上是彰显"独立人格"的事件。

(三)"异化人格"

从东汉中期到后期,宦官外戚干政造成了政治的腐朽和社会的动乱。由汉武帝时期开始的察举征辟制度,发展到后来由于被地方大姓贵族和当朝权贵把持,拉帮结派,任人唯亲、名不副实,使察举的结果失去了公平公正。具备才能的人,或因为正直,或因为出身贫贱而无法获得上升的正常渠道。其时"清议"仍然盛行,但对于人物的评价沦于空洞和浮泛。畸形的社会选拔机制、舆论导向压制了人性全面正常的发展,"异化人格"在这个时期获得了畸形的膨胀。而魏晋以后名士在挣脱伪善的礼仪、彰显个性时又常常矫枉过正,行事极端,并具有性格的多面性、个体生命的复杂性。名士身上往往既具有"独立人格",也具有"异化人格"。对于"异化人格"与人物个性的多面性、复杂性,《世说新语》文本的编撰者们并未刻意回避,也是分列多个门类,用不少的篇幅相当清醒、冷静地记录"异化人格"的种种表现,使人能够全面认识时人的真实面目,显示出《世说新语》文本编撰者对个体生命形态客观冷静的全面把握。其中比较典型的事例如下:

吝啬:

《俭吝》第2则:

王戎俭吝,其从子婚,与一单衣,后更责之。

《同门》第3则:

司徒王戎,既贵且富,区宅僮牧、膏田水碓之属,洛下无比。契疏鞅掌,每与夫人烛下散筹算计。

"竹林七贤"之一的王戎,自孩提时代起就极具独立冷静的判断力,却在金钱面前失却方寸。文本将王戎吝啬贪财、斤斤计较的情态表现得状如目前。其后《俭吝》第7则王导极度变态的节约,第8则石崇与王恺之间的攀比斗豪,与王戎可以说是半斤八两。

自我矛盾:

《品藻》第24则:

卞望之(壶)云:"郗公体中有三反:方于事上,好下佞己,一反;治身清贞,大修计校,二反;自好读书,憎人学问,三反。"

《忿狷》第2则:

王蓝田性急。尝食鸡子,以箸刺之,不得,便大怒,举以掷地。鸡子于地圆转未止,仍下地以屐齿蹍之,又不得。瞋甚,复于地取内口中,啮破即吐之。王右军闻而大笑曰："使安期有此性，犹当无一豪可论，况蓝田邪？"

谢安口中"掇皮皆真""举体无常人事"的王述，居然也会为吃不到鸡蛋而焦躁大怒，着实难以理喻，可知其"异化人格"中简而不宽的一面。郗鉴对人对己持双重标准与他含饭哺食晚辈的拳拳之情共处于《世说新语》文本中，与王述一样都体现出"异化人格"中自相矛盾、前后抵牾的特质，并且都非常富于戏剧性。

妒忌心理：

《惑溺》第3则：

贾公闾后妻郭氏酷妒。有男儿名黎民，生载周，充自外还，乳母抱儿在中庭，儿见充喜踊，充就乳母手中呜之。郭遥望见，谓充爱乳母，即杀之。儿悲思啼泣，不饮它乳，遂死。郭后终无子。

妒忌心理的产生，是源于个人对自我能力还未能达到充分的信任和把握，因之而对他人产生的一种防备和攻击行为。

名实不符：

《容止》第17则：
王大将军称太尉处众人中，似珠玉在瓦石间。

《轻诋》第1则：
王太尉问眉子："汝叔名士，何以不相推重？"眉子曰："何有名士终日妄语！"

尽管王衍气质高雅脱俗，但也不妨王玄对他提出一针见血的批评。作为王衍的直系晚辈，王玄的"胆大妄为"同样也源于其深刻的自信和优越感。

另外，《赏誉》第 27 则中 "落落穆穆" 的王澄，在《谗险》第 1 则中却被指为 "形甚散朗，内实劲侠"。王澄、王衍内外不一，说明即使是 "魏晋名士"，"异化人格" 中的表里不一、名实不符的现象也是存在的。

结论：《世说新语》文本对于人物事例的择取反映了文本以下几个方面的特质：

第一，文本以最多的篇幅记录了人物 "独立人格" 中所包含的多种层面、多角度的审美特质。

第二，记录了这些人物形成 "独立人格" 的曲折过程，"独立人格" 与 "群体人格" "异化人格" 共存并生的现象。

第三，记录了人物人格发展过程中的丰富性、多样性和不平衡性。

第二节 点线面立体交叉的叙事结构

一部择取了众多历史人物，记载他们的言行举止、神韵风度的作品，如何在有限的篇幅内将庞杂的内容包罗其中，而又不显得杂乱无章，这正是《世说新语》文本编撰最成功、最值得探讨的地方。《世说新语》文本容量大而不散的特点正是缘于它独特的结构方式，笔者将这种特别的文本结构方式用 "点、线、面、立体交叉的叙事结构" 来定义讨论。

一 "点" 的叙事

《世说新语》文本主要记言、记行，因此行文的短小隽永是最大特点。相对于这个特点的叙事方式，首先就是要去除枝叶，忽略淡化人物事件的历史政治背景，去除编撰者主观的评论，保留核心。因此，文本以大量短小的故事组成，每则故事涉及的人物数量较少，事例相对单纯，较少记录完整的故事框架，也没有确定清晰的结果。我们可以形象地把它称为 "点" 的叙事。

这种处于立体叙事结构中的"点"，实际就是涉及人物的每一个具体的事例。例如：

《德行》第32则：

阮光禄在剡，曾有好车，借者无不皆给。有人葬母，意欲借而不敢言。阮后闻之，叹曰："吾有车而使人不敢借，何以车为？"遂焚之。

《言语》第14则：

何平叔云："服五石散，非唯治病，亦觉神明开朗。"

《言语》第68则：

王仲祖闻蛮语不解，茫然曰："若使介葛卢来朝，故当不昧此语。"

此类条目在文本中数量多，基本内容和言辞都非常简洁明了，就是为了清晰地凸显出人物的精神风貌。但是，文本中也有很多涉及不止一个人物的事例，我们也来作一个基本的考察。

《言语》第98则：

司马太傅斋中夜坐，于时天月明净，都无纤翳，太傅叹为佳。谢景重在坐，答曰："意谓乃不如微云点缀。"太傅因戏谢曰："卿居心不静，乃复强欲滓秽太清邪？"

《识鉴》第23则：

韩康伯与谢玄亦无深好。玄北征后，巷议疑其不振。康伯曰："此人好名，必能战。"玄闻之甚忿，常于众中厉色曰："丈夫提千兵入死地，此事君亲故发，不得复云为名！"

虽然以上几则条目均涉及不止一个人物，但是就每一个具体人物来说，他的行为方式和结果是单一的，对于特定的人物来说，这就只是一个"点"

的叙事。司马太傅和谢景重，韩康伯与谢玄，在条目中他们的言行都符合精简、凝练的特点。再如：

《容止》第 23 则：

石头事故，朝廷倾覆，温忠武与庾文康投陶公求救。陶公云："肃祖顾命不见及。且苏峻作乱，衅由诸庾，诛其兄弟，不足以谢天下。"于时庾在温船后，闻之，忧怖无计。别日，温劝庾见陶，庾犹豫未能往。温曰："溪狗我所悉，卿但见之，必无忧也。"庾风姿神貌，陶一见便改观，谈宴竟日，爱重顿至。

《豪爽》第 13 则：

桓玄西下，入石头，外白："司马梁王奔叛。"玄时事形已济，在平乘上笳鼓并作，直高咏云："箫管有遗音，梁王安在哉？"

《豪爽》第 8 则：

桓宣武平蜀，集参僚置酒于李势殿，巴蜀缙绅莫不悉萃。桓既素有雄情爽气，加尔日音调英发，叙古今成败由人，存亡系才，奇拔磊落，一坐赞赏不暇坐。既散，诸人追味余言。于时寻阳周馥曰："恨卿辈不见王大将军。"馥曾作敦掾。

桓温、桓玄均是雄武之才，关于二人之气魄胸襟《世说新语》文本中多有涉及，对于桓温的野心和桓玄的篡位，历史上也多有负面评价。无独有偶，王敦的夺权之心也只是被牵制而未真正实行。条目中周馥将王敦与桓温类比，无非缘于二人都具备类似的人格特征。以上几则，明显淡化了事件发生的历史政治背景，反而因行文简洁、节奏紧凑突出了人物的豪爽风姿。在"点"的叙事中，人物显得特立独行，其灵魂中蓄积的不安分和叛逆的因素，与政治斗争的牵连反而被消解和弱化了。

既然人物、事件的历史政治背景已经被弱化,那么文本就疏离了传统功利标准、淡化"群体人格",结果是破解了人物形象的统一性和逻辑性。例如:

《德行》第 40 则:

殷仲堪既为荆州,值水俭。食常五碗,盘外无余肴;饭粒脱落盘席间,辄拾以啖之。虽欲率物,亦缘其性真素。每语子弟云:"勿以我受任方州,云我豁平昔时意,今吾处之不易。贫者士之常,焉得登枝而捐其本! 尔曹其存之!"

《政事》第 26 则:

殷仲堪当之荆州,王东亭问曰:"德以居全为称,仁以不害物为名。方今宰牧华夏,处杀戮之职,与本操将不乖乎?"殷答曰:"皋陶造刑辟之制,不为不贤;孔丘居司寇之任,未为不仁。"

不过,历史上真实的殷仲堪,我们倒可以从侧面了解一下。

《资治通鉴》卷一百一十一记:

仲堪多疑少决,咨议参军罗企生谓其弟遵生曰:"殷侯仁而无断,必及于难。吾蒙知遇,义不可去,必将死之。"[1]

《晋书》卷八十四《列传第五十四》记:

仲堪与桓玄举众应王恭、庾楷,仲堪素无戎略,军旅之事一委佺期兄弟,以兵五千人为前锋,与桓玄相次而下。[2]

---

[1] 司马光:《资治通鉴》,中华书局 2013 年版,第 2932 页。
[2] 房玄龄:《晋书》,中华书局 1996 年版,第 2200 页。

又记：

佺期、仲堪与桓玄素不穆，佺期屡欲相攻，仲堪每抑止之。玄以是告执政，求广其所统。朝廷亦欲成其衅隙，故以桓伟为南蛮校尉。佺期内怀恐惧，勒兵建牙，声云援洛，欲与仲堪袭玄。仲堪虽外结佺期，内疑其心，苦止之，又遣从弟遹屯北塞以驻之。佺期势不独举，乃解兵。①

对于殷仲堪，余嘉锡先生曾在《世说新语笺疏·赏誉第八》中指出："如钟会、王戎、王衍、王敦、王澄、司马越、桓温、郗超、王恭、司马道子、殷仲堪之徒，并典午之罪人。"② 客观地说，殷仲堪并不具备从政的才能，个性也有缺陷，但无妨于在《世说新语》文本中以宽厚温存的为政形象出现。这正是因为"点"的叙事方式，才消弭了殷仲堪的人格缺陷，疏离以历史功绩为评价人物的传统标准。

桓温与殷浩自年少起相识，对于对方的才能既相互欣赏，又都颇为自负。殷浩谈吐自如、思辨超群得到很多当时的名士的肯定，即使是桓温也对他的才能表示认可。例如：

《赏誉》第 81 则：
王仲祖称殷渊源"非以长胜人，处长亦胜人"。

《赏誉》第 82 则：
王司州与殷中军语，叹云："己之府奥，蚤已倾写而见；殷陈势浩汗，众源未可得测。"

《赏誉》第 86 则：

---

① 房玄龄：《晋书》，中华书局 1996 年版，第 2201 页。
② 余嘉锡：《世说新语笺疏》（中册），中华书局 2015 年版，第 457 页。

王仲祖、刘真长造殷中军谈，谈竟，俱载去。刘谓王曰："渊源真可。"王曰："卿故堕其云雾中。"

《赏誉》第 117 则：

桓公语嘉宾："阿源有德有言，向使作令仆，足以仪刑百揆。朝廷用违其才耳！"

作为会稽王司马昱制约桓温势力膨胀的砝码，殷浩数次北伐均以失败告终，桓温则以此为柄上奏朝廷请求将殷浩贬为庶人。二人之间的互不相让和暗中较劲，其实源出于政治权力的平衡和较量。然而，《世说新语》文本却抽取掉人物之间的狭隘与角逐，偏重于在叙述中表现人物的个性风度。例如：

《品藻》第 35 则：

桓公少于殷侯齐名，常有竞心。桓问殷："卿何如我？"殷云："我与我周旋久，宁作我。"

《品藻》第 38 则：

殷侯既废，桓公语诸人曰："少时与渊源共骑竹马，我弃去，已辄取之，故当出我下。"

"点"的叙事的分散性，基本回避开事件发生时的政治、历史背景，省略了两人暗中较量的过程和结果，着重突出了人物各自的个性风貌，使桓温对殷浩的称赞和轻视并存于文本中，并不显得唐突和自相矛盾，反而从侧面反映出桓温的坦率和豪爽的个性。

结论："点"的叙事涉及人物和事件的数量庞大，占据文本篇幅多，是《世说新语》文本立体交叉的叙事结构中最基本的单元。"点"的叙事具备很多优点：首先，避免了叙事头绪的芜杂，促成了文本内容与文字的简洁、凝练。其次,"点"的叙事还有对历史背景的弱化和对人物历史功绩的消解的作用,凸显了人物的人格特质。如果我们将这种"点"的叙事模式与中国传统绘画中的"留白"相类比,可以发现它们之间存在某些类似和关联。这些表面上看起来分散而不统一集中的"点",为文本的阅读者预留了相当大的"空白空间",正与绘画中的"留白"类似,需要接受者凭借联想、想象来填实。

二 "面"的叙事

"点"的叙事方式对于人物和相关事件的择取不拘泥于传统的"经世致用"的标准,对于事件的历史、政治背景也采取了疏离、淡化的手法,同时为编撰者和阅读者提供了一种快速、灵活的阅读便捷。这样的结果能让读者在阅读过程中摆脱实用的价值判断和固有的成见,促成阅读者构建其独立的思考和价值判断。但是,一个荟萃大量人物、事件的文本如果只有分散的"点"的叙事,那么它仅仅是一盘散沙而已,为此,《世说新语》文本还为阅读者提供了一种"面"的叙事模式。"面"的叙事模式为阅读者提供了一个可以快速检索人物人格的各个不同侧面的便捷之道。

按照后世诸多研究者的观点,《世说新语》可以分为上、中、下卷三部分,包括三十六个不同的门类,一般认为从前至后是以价值递减的规律分类编撰的,这就构成了文本的三十六个"面"的叙事。上卷共计《德行》《言语》《政事》《文学》四门,按照"孔门四科"的设置而立。中卷自《方正》开始,从《雅量》《识鉴》《赏誉》《品藻》等到后面的《捷悟》《夙惠》《豪爽》等共计九门。下卷自《容止》开始,从《自新》《伤逝》《栖逸》《任诞》等到最末的《忿狷》《谗险》《尤悔》《纰漏》《惑溺》《仇隙》共计二十三门。

上卷以"孔门四科"设置,编撰者意欲表达出文本不脱离传统儒教的一种"正统"定位,因而择取人物、事例倾向于如前所述之"群体人格"。但细考文本可以发现,其中的很多条目所记突破了僵化呆板的教条,显得灵动而丰富。中卷和下卷门类较多，但编撰者对各门所取的权重是大不相同的，其中条目较多的几门：《方正》计66则，《雅量》计42则，《赏誉》计156则，《品藻》计88则，《容止》计39则，《贤媛》计32则，《任诞》计54则，《排调》计66则，倾向于前述之"独立人格"表现的各个侧面，涉及人物之间品藻、赏识以及人物个性、风度、容貌、气质等，其内容占据了文本最多的分量。剩下就是条目数较少的门类，例如：《自新》计2则，《黜免》计9则，《俭啬》计9则，《汰侈》计12则，《忿狷》计8则，《纰漏》计8则，《惑溺》计7则，《仇隙》计8则等。显然，文本越往后，各门的条目数量总体来说越少，记录人物的事例也更倾向于前述之"异化人格"。纵观全书，受时代审美风尚的影响，《世说新语》的编撰者将全书大部分篇幅留给了人物"独立人格"的各个方面，其中最突出、最重要的几个门类则荟萃了大量富于审美意味的内容：清谈、品藻、赏誉等。

第一，"面"的叙事对"独立人格"特质的彰显。

《世说新语》将众多人物和事件按反映人格的不同侧面归类。中卷自《方正》开始一直到《豪爽》，共计九门。下卷自《容止》开始到《仇隙》，共计二十三门。现在我们选择文本中的少量条目为例来考察。例如：

《雅量》第2则：

嵇中散临刑东市，神气不变，索琴弹之，奏《广陵散》。曲终，曰："袁孝尼尝请学此散，吾靳固不与。《广陵散》于今绝矣！"太学生三千上书，请以为师，不许。文王亦寻悔焉。

《雅量》第7则：

裴叔则被收，神气无变，举止自若。求纸笔作书，书成，救者多，乃得免。后位仪同三司。

《雅量》第 23 则:

庾太尉与苏峻战,败,率左右十余人乘小船西奔。乱兵相剥掠,射,误中舵工,应弦而倒,举船上咸失色分散。亮不动容,徐曰:"此手那可使着贼!"众乃安。

《品藻》记载条目总计 88 则,以对人物的品评标榜为主要内容,读者可以从中窥见名士之间的社会交往和人格魅力的对比和美誉。再如:

《品藻》第 1 则:

汝南陈仲举、颍川李元礼二人,共论其功德,不能定先后。蔡伯喈评之曰:"陈仲举强于犯上,李元礼严于摄下。犯上难,摄下易。"仲举遂在三君之下,元礼居八俊之上。

《品藻》第 14 则:

明帝问周伯仁:"卿自谓何如郗鉴?"周曰:"鉴方臣,如有功夫。"复问郗,郗曰:"周觊比臣,有国士门风。"

《品藻》第 40 则:

简文云:"谢安南清令不如其弟,学义不及孔岩,居然自胜。"

人与人之间真诚平等的欣赏,建立在人格独立的基础上。《品藻》之中人物一定程度上摒弃了身份、地位的限制,达到了精神领域的相对公平。

在传统经学、名教控制下的社会,对社会中的弱势群体:妇女、儿童,缺乏真切的关爱和重视。《世说新语》文本却为他们设立了门类:《夙慧》《贤媛》,把那些聪明灵秀的孩子和庄重大气的妇女收录其中。例如:

《夙慧》第 4 则:

司空顾和与时贤共清言。张玄之、顾敷是中外孙,年并七岁,在床边戏。于时闻语，神情如不相属。暝于灯下，二小儿共叙客主之言，都无遗失。顾公越席而提其耳曰："不意衰宗复生此宝。"

《夙慧》第 1 则：

宾客诣陈太丘宿，太丘使元方、季方炊。客与太丘论议，二人进火，俱委而窃听。炊忘著箅，饭落釜中。太丘问："炊何不馏？"元方、季方长跪曰："大人与客语，乃俱窃听，炊忘著箅，饭今成糜。"太丘曰："尔颇有所识不？"对曰："仿佛志之。"二子俱说，更相易夺，言无遗失。太丘曰："如此但糜自可，何必饭也？"

《贤媛》第 30 则：

谢遏绝重其姊，张玄常称其妹，欲以敌之。有济尼者，并游张、谢二家，人问其优劣，答曰："王夫人神情散朗，故有林下风气；顾家妇清心玉映，自是闺房之秀。"

若要延续家族人脉的兴旺，必然会对后辈的才能个性加以重视与提携，同时母亲对后代的哺育和对家庭的维系，其地位和作用也不可忽视。这种对儿童、妇女的重视，反映出社会风尚的变革。文本中还不止于《夙慧》一门涉及了幼童的天赋异禀，在其他门类的相关条目中也可以看到对于天资聪颖的孩童的关注。例如：

《言语》第 2 则：

徐孺子年九岁，尝月下戏。人语之曰："若令月中无物，当极明邪？"徐曰："不然，譬如人眼中有瞳子，无此必不明。"

《言语》第 46 则：

谢仁祖年八岁，谢豫章将送客，尔时语已神悟，自参上流。诸人咸共叹之，曰："年少一坐之颜回。"仁祖曰："坐无尼父，焉别颜回？"

如果说以上只是记录了天赋少年的才思，而以下关于王羲之的条目则不能不说是超越年少的老成和自保的智慧了。

《假谲》第 7 则：

王右军年减十岁时，大将军甚爱之，恒置帐中眠。大将军尝先出，右军犹未起。须臾，钱凤入，屏人论事。都忘右军在帐中，便言逆节之谋。右军觉，既闻所论，知无活理，乃阳吐污头面被褥，诈孰眠。敦论事造半，方忆右军未起，相与大惊曰："不得不除之！"及开帐，乃见吐唾从横，信其实熟眠，于是得全。于时人称其有智。

对女性的重视，说明妇女社会地位的提高，这同样来源于"独立人格"中平等意识的建立。文本中那些具备非凡胆识的女性，无论出身如何，知名与否，都足以与男性平分秋色。例如：

《贤媛》第 6 则：

许允妇是阮卫尉女，德如妹，奇丑。交礼竟，允无复入理，家人深以为忧。会允有客至，妇令婢视之，还答曰："是桓郎。"桓郎者，桓范也。妇云："无忧，桓必劝入。"桓果语许云："阮家既嫁丑女与卿，故当有意，卿宜察之。"许便回入为，既见妇，即欲出。妇料其此出无复入理，便捉裾停之。许因谓曰："妇有四德，卿有其几？"妇曰："新妇所乏唯容尔。然士有百行，君有几？"许云："皆备。"妇曰："夫百行以德为首。君好色不好德，何谓皆备？"允有惭色，遂相敬重。

第二，"面"的叙事对于"群体人格"的新解读。

一面是对于"独立人格"特质的强化和彰显，另一面则是对于传统道德规范下的"群体人格"的新解读。上卷总计四门：德行、言语、文学、政事，

文本开门见山地依据传统的"孔门四科"的设置来分列门类,其实是为证明一种属于"正统""经典"的文本地位。例如:

《德行》第 14 则:

王祥事后母朱夫人甚谨。家有一李树,结子殊好,母恒使守之。时风雨忽至,祥抱树而泣。祥尝在别床眠,母自往暗斫之;值祥私起,空床得被。既还,知母憾之不已,因跪前请死。母于是感悟,爱之如己子。

《德行》第 17 则:

王戎、和峤同时遭大丧,俱以孝称。王鸡骨支床,和哭泣备礼。武帝谓刘仲雄曰:"卿数省王、和不?闻和哀苦过礼,使人忧之。"仲雄曰:"和峤虽备礼,神气不损;王戎虽不备礼,而哀毁骨立。臣以和峤生孝,王戎死孝。陛下不应忧峤,而应忧戎。"

"孝"作为儒家传统的道德规范,长期以来具有不可动摇的地位。以上两则均涉及人物的孝行,只不过和峤的孝心显得温和不出格,而王祥抱树而泣、王戎"至孝"的行为似乎带有某种"偏执"的倾向,并不符合儒家"温柔敦厚"的行为规范。如此淋漓尽致的表现,让人不禁带有些许疑惑:如果说王戎之"至孝"是人格天性的本真流露?那么,王祥之抱树而泣、跪请求死则不符生活情理,抑或还有一些更深沉、狡黠的目的?可见,作为传统美德的"孝"之出发点和表现形式具有差异性,带有强烈的个性色彩,这些只待阅读者逐一去细细揣摩、体味了。再如:

《言语》第 57 则:

顾悦与简文同年,而发蚤白。简文曰:"卿何以先白?"对曰:"蒲柳之姿,望秋而落;松柏之质,经霜弥茂。"

作为"孔门四科"之一的"言语",偏向于正式的外交辞令以及讲经论道时的谈吐，原本带有明确、强烈而正统的功用性质。《世说新语》中《言语》一门却择取了很多与"正统"无关的个人言论，以思维的机敏和言语的跳脱取胜。可见，即使文本涉及"孔门四科"所重视的传统内容，但也以突出人物独特个性风采的事例为主，革新了记录的视角，对于"群体人格"的特质也产生了新的解读。

第三，"面"的叙事对"异化人格"的包容大度。

按照"价值递减"的规律设立门类，是文本编撰结构的一个重要特点。因此，它隐约为阅读者传递了这样一种信息：越靠近文本的前面部分，无论是道德修养、学识能力、谈吐风度、外貌气质等，都是人格中更具普适性的一面，基本都可以归类于积极、正面、和谐、平衡的一面。越往后，文本设置的门类：《排调》《轻诋》《假谲》等就越偏重于人格中的不平衡、不和谐的一面。例如：

《排调》第 4 则：

嵇、阮、山、刘在竹林酣饮。王戎后往。步兵曰："俗物已复来败人意！"王笑曰："卿辈意，亦复可败邪？"

《排调》第 30 则：

张吴兴年八岁，亏齿。先达知其不常，戏之曰："君口中何为开狗窦？"张应声答曰："正使君辈从此中出入耳！"人莫能答。

《排调》第 52 则：

王文度在西州，与林法师讲，韩、孙诸人并在坐。林公理每欲小屈，孙兴公曰："法师今日似着弊絮在荆棘中，触地挂阂。"

以现代眼光论之，以上条目中人物之间的插科打诨、相互调侃、矛盾瓜葛并未超出心理的承受界限，相反却带给阅读者一种肆意和放松的感觉。莫非正是在这些看似冷峻的笑嘲中，才蕴含着人物内心的真实吧。桓玄幼时因斗鹅败负而偷鹅杀鹅，文本中却只记录了轻描淡写的一句："无所致怪，当是南郡戏耳！"一个"戏"字假桓冲之口说出，极大地提升了文本对于"异化人格"的包容度。

三 "线"的叙事

"点"的叙事方式注重于人格性情中的某一个"闪光点"的记录，它是简洁的、片段化的，它呈现出无铺垫、不深入、无结果的文本面貌。因此，"点"的叙事表面上不掺杂编撰者明确的主观意图和价值取向。文本仿佛一个"素颜"佳人期待着读者在阅读和独立思考后探寻其背后的深层意义。文本中相关的历史背景、事件发展，人物个性的空白点为读者预留了相当的灵活度与想象空间。由于每一个阅读者的文化修养、审美趣味、欣赏角度的不同，经过个体主观的联想和逻辑推断之后得到的阅读体验就不一样。

"面"的叙事方式带给读者一种相对清晰的归纳、更便捷的查阅方式。它以分门别类的结构，促使阅读者在接受过程中得到类比和总结。如果把文本中"点"的叙事比喻成一颗颗珍珠，那么"面"的叙事将散乱的珍珠分类珍藏于一个个绝美的容器里面，供人们品味观摩。

但是，无论是"点"还是"面"的叙事方式，都无法完整地支撑起整个文本的框架结构。在有限的篇幅里，如果没有一条贯穿文本的"线"，是无法把庞杂的人物、事件安排妥帖的。《世说新语》文本的编撰实际还存在一条主"线"——以审美的视角观察、记录人物"独立人格"的形成和发展，以开放的眼光对个体生命中独特性的欣赏、包容。在之前对于"面"的叙事的讨论中，无论是对于"群体人格"中美德的继承和变革，对于"独立人格"中的审美特质的标榜，还是对于"异化人格"的容纳大度，都无一不体现出贯穿文本始终的这条主"线"。

例如：

《德行》第 32 则：

阮光禄在剡，曾有好车，借者无不皆给。有人葬母，意欲借而不敢言。阮后闻之，叹曰："吾有车，而使人不敢借，何以车为？"遂焚之。

《政事》第 10 则：

王安期作东海郡，吏录一犯夜人来。王问："何处来？"云："从师家受书还，不觉日晚。"王曰："鞭挞宁越以立威名，恐非致理之本！"使吏送令归家。

以上两则分别归类于《德行》《政事》两门，但是文本却把重心放在人物对事件特别的思维角度和处理方式上。第一则叙事重点不在于阮裕的美德而是他最终以焚车作为结束，第二则王承处理夜游人，最终将其遣送还家。再如：

《黜免》第 8 则：

桓玄败后，殷仲文还为大司马咨议，意似二三，非复往日。大司马府厅前有一老槐，甚扶疏。殷因月朔，与众在厅，视槐良久，叹曰："槐树婆娑，无复生意！"

桓玄与殷仲文的谋反一般不被正统观念所接受，《黜免》将事例录入从编撰整合的角度来说基本合理，但是条目记录的重心却在于"视槐良久，叹曰：'槐树婆娑，无复生意！'"，其感慨万千令人唏嘘！

《忿狷》第 8 则：

桓南郡小儿时，与诸从兄弟各养鹅共斗。南郡鹅每不如，甚以为忿。迺夜往鹅栏闲，取诸兄弟鹅悉杀之。既晓，家人咸以惊骇，云是变怪，以白车骑。车骑曰："无所致怪，当是南郡戏耳！"问，果如之。

阮仲容与群猪痛饮，桓玄斗鹅不如则愤而杀鹅，都是"异化人格"中的一个侧面，当然其表现方式无疑是夸张、扭曲、变异的。但是如果站在当事人的角度而言，这或许恰恰是合情合理的。因此，在《忿狷》第8则中，桓冲的判断既冷静、准确又表现得从容大度，这也是文本编意欲以传递的一种观念。

"线"的叙事虽然隐含不露，但却是文本编撰的主导思想，"线"与"面"的相互并行合作，把握着编撰的分门别类和人物、事件的择选与权重。唯有隐含的"线"——以个体生命为美的审美视角的存在，才得以使文本避免了内容秩序上的凌乱繁杂，颠覆了传统价值观、伦理观、审美观，超越了实用和功利性，对人格中的"异化"特征也保持宽容和大度，对于个体人格之中的不同侧面作美学意味上的展示和归类。

四 立体化的交叉叙事

无论是"群体人格""独立人格""异化人格"，都说明《世说新语》文本的编撰者已经注意到了人格发展最后必然走向多面性和立体性。因此，文本为读者呈现出一种"点""面""线"综合交叉的叙事模式。它或许不是编撰构想的初衷，而是"点""面""线"综合交叉叙事模式的结果。

"点"的具体事例没有完全按照心理惯性来记录，"面"的叙事分类也并非绝对精准，而"线"的叙事模式是隐含在文本的整体叙事框架之中，虽然它的脉络相对清晰，但是它的完成和体现需要待阅读者在至少完成大部分文本的阅读之后才得以明了。例如：

《惑溺》第6则：

王安丰妇，常卿安丰。安丰曰："妇人卿婿，于礼为不敬，后勿复尔。"妇曰："亲卿爱卿，是以卿卿；我不卿卿，谁当卿卿？"遂恒听之。

作为封建时代的妇人，王戎妻子幽默贴心的话语不带有丝毫压抑和做作，反而显得俏皮可爱，从中读者看到一个妻子对丈夫浓而不腻的爱。"卿卿我我"正是王戎夫妻间真情的流露，被编撰者择选入《惑溺》一门，似乎想要说明夫妻之间多少还是要具备一些客套和礼仪。但是，如果将这个事例入选到《言语》《排调》或者是《贤媛》也都行得通。可见，《世说新语》文本中"面"的设立和相关事例的择选并非僵化刻板的教条。王戎在《俭啬》中以守财奴的形象出现，在之后的《惑溺》中，又转身为家庭生活中的"暖男"，前后反差可谓天壤之别。王戎人格中的多面性和复杂性，借助文本立体、交叉的叙事模式都得到了合乎情理的表达。阅读者可能在上卷中看到王戎自孩提时代就拥有的冷静判断力，看到他拒绝贿赂时的干脆正直，也可以看到他在下卷中对亲戚甚至子女的斤斤计较，到了末尾我们又见到了一个和老婆腻腻歪歪的居家男人。王戎这个男人到底如何？文本没有过多地给读者留下逻辑推理的线索和描述，需要阅读行为完成以后用阅读者自己的思考去补全。再如：

《尤悔》第 13 则：

桓公卧语曰："作此寂寂，将为文、景所笑！"既而屈起坐曰："既不能流芳后世，亦不足复遗臭万载邪？"

相似的内容还出现在《言语》第 58 则中："既为忠臣，不得为孝子，如何？"文本中《尤悔》第 13 则刘孝标注引《续晋阳秋》："桓温既以雄武专朝，任兼将相，其不臣之心，形于音迹。曾卧对亲僚，抚枕而起曰：'为尔寂寂，为文、景所笑！'众莫敢对。"[①]《晋书》桓温传里面有类似的记载："然以雄武专朝，窥觎非望，或卧对亲僚曰：'为尔寂寂，将为文景所笑。'众莫敢对。既而抚枕起曰：'既不能流芳后世，不足复遗臭万载邪！'尝行经王敦

---

① 余嘉锡：《世说新语笺疏》（下册），中华书局 2015 年版，第 995 页。

墓，望之曰：'可人，可人！'"① 我们难以确证桓温说出"亦不足复遗臭万载邪"的具体历史背景。桓温为人豪爽，气度不凡，政治上也颇具野心，能说出如此恣意大胆的话，也在情理之中。如果编撰者将《尤悔》第 13 则的内容归入《言语》中亦无不可。如果前述成立，也就消解了文本自前到后"价值递减"的规律，这种叙事"点"的灵活多义，加上不同"面"的叙事边界的模糊、交叉和重叠，使得隐形的"线"的叙事也不是一条平板的直线，阅读者将看到的是一个个丰满、立体、真实的人物形象，是独立人格发展和实现过程中的坎坷与不平。再如：

《俭啬》第 8 则：

苏峻之乱，庾太尉南奔见陶公。陶公雅相赏重。陶性俭吝。及食，啖薤，庾因留白。陶问："用此何为？"庾云："故可种。"于是大叹庾非唯风流，兼有治实。

俞嘉锡先生在《世说新语笺疏》里关于此条目写道："陶公爱惜物力，竹头木屑，皆得其用。既是性之所长，亦遂以此取人。其应庾亮啖韭留白，而赏其有治实，犹之有一官长取竹连根，而超两阶用之之意也。事见政事篇。此之俭吝，正其平生经济所在。与王戎辈守财自封者，固自不同。"② 陶侃、庾亮惜物爱财，其出发点是欲使物尽其用。笔者以为就这一条来说，入《政事》一门也妥当，而且会把陶公和庾太尉的节俭与王戎的守财奴行为分辨开。但文本却将它们择入同一门中，也许是出于考察视角的类似：编撰者认为无论出发点为公还是为私，"俭"与"啬"如果都到了极致，就违反了人类寻求安逸舒适的天性，走到了"异化人格"的一端。

《黜免》第 8 则：

① 房玄龄：《晋书》，中华书局 1996 年版，第 2576 页。
② 余嘉锡：《世说新语笺疏》（下册），中华书局 2015 年版，第 965 页。

桓玄败后，殷仲文还为大司马咨议，意似二三，非复往日。大司马府厅前有一老槐，甚扶疏。殷因月朔，与众在厅，视槐良久，叹曰："槐树婆娑，无复生意！"

此条的历史背景记载得相对清晰，"桓玄败后，殷仲文还为大司马咨议"。表面上看入《黜免》一门非常合适，但是，仔细阅读后却发现，条目的重心在于殷仲文感慨的言语而非桓玄的失败。其中话外有话，有对桓玄失败的惋惜，也影射着殷仲文的人生价值取向。因此，若将此条择入《言语》门也应该顺理成章。

《轻诋》第 30 则：

支道林入东，见王子猷兄弟，还，人问："见诸王何如？"答曰："见一群白颈乌，但闻唤哑哑声。"

《排调》第 43 则：

王子猷诣谢万，林公在坐，瞻瞩甚高。王曰："若林公须发并全，神情当复胜此不？"谢曰："唇齿相须，不可以偏忘。须发何关于神明！"林公意甚恶，曰："七尺之躯，今日委君二贤。"

前一则是因为支遁对王子猷兄弟的评价不高而入《轻诋》。在《排调》第 43 则中，可以明确看到"林公意甚恶"的记录。既然后一则被择选入《排调》一门，那么前一则的内容与《排调》一门应该说是更贴近符合的，两则之间并没有本质的不同。隐含在文本叙事中的立体、交叉的叙事结构，让《世说新语》文本充满了起伏、曲折、反转和新奇，这或许也是集体编撰工作的盲区和短板，是客观结果而不是主观原因，但是拗曲和矛盾也恰好为阅读者带来更深刻、更丰富的审美体验。

结论：由于众多"点"的叙事独立性和审美"留白"，三十六个"面"

呈现叙事结构的交叉和模糊性，以体现"独立人格"发展过程中的立体性、多面性，以及文本中隐含的"线"的叙事框架的综合作用，形成了《世说新语》文本中"点、线、面"立体、交叉的叙事模式。作为阅读者，既可以随意翻阅，信手摘取某一门的某一则条目阅读，也可以集中选择一门比如《豪爽》或者《任诞》来读，更可以从文本的上卷开始到下卷末尾进行通读。这种立体、交叉的叙事结构类似于一种开放的阅读指南或者接受框架，为文本的阅读者提供了多种不同的阅读视角和阅读顺序。不同的阅读方式获得的信息含量，以及阅读者自我的情感和审美体验的灵活度与深广度是不同的。

第三节 《世说新语》的文体特征

一部作品的性质很大程度上决定了它的呈现方式，这种呈现方式包括了文本叙事结构、语言风格等各方面的综合。前两节我们已经探讨了文本的基本内容和建构框架。第一，入选人物事件的真实性。第二，对于个体人格由单一的"群体人格"向综合立体的"独立人格"发展的过程，以及"异化人格"产生的难以避免。第三，"群体人格""独立人格""异化人格"共生的现象，使个体人物的言行表现出多元、丰满、立体甚至不平衡和扭曲。第四，以"点、线、面"立体交叉的叙事结构来实现对于人格立体、多元的复杂性的包容大度。在这一节里，我们研究《世说新语》文本的文体特征。

《世说新语》文本所呈现给世人的是一幅时间跨度巨大、人物众多、信息含量丰富的"名士风流百态图"。清人刘熙载在论及历代文风流变时说："文章蹊径好尚，自《庄》《列》出而一变，佛书入中国又一变，《世说新语》成书又一变。此诸书，人鲜不读，读鲜不嗜，往往与之俱化。"① （《艺概·文

---

① 刘熙载：《艺概·文概》，中华书局 2009 年版，第 47 页。

概》）鲁迅先生将《世说新语》视作"志人小说"，① 其意《世说新语》的内容在于"志人"，而非"志怪"，即对人物言行的记录，意图与《博物志》《搜神记》等带有"志怪"色彩的典籍相区别。

梳理《世说新语》文本，其文本特征为：以传统的诸子散文的写意性记叙、史传全知视角客观叙述的叙事模式为叙述方式，以突出"玄韵"来记录人物人格、神韵作为美学追求。第一，史传客观实录的叙事视角仍然影响着《世说新语》文本的叙事方式，造就了客观、冷静的叙述风格。第二，诸子散文写意性的叙事影响了《世说新语》文本的叙事，使《世说新语》着重于截取人物片段化的言行、神貌，展现人格、个性的独特性。第三，"玄韵为宗"的美学追求，要求叙述疏离历史背景、淡化事例发展的因果关系，以表现独立人格多侧面的审美特质为重心。第四，以"点、线、面"立体交叉的叙事结构来实现对于人格立体、多元的复杂性的包容大度。

叙事文体的特征呈现为叙述方式与语言体式，我们从这两方面考察《世说新语》文本的文体特征。

一 《世说新语》文本的叙述方式

（一）客观——史传传统影响下的叙述

由于史传客观实录的影响，编撰者主观感情介入少，所以叙事就冷静客观。《世说新语》文本的编撰过程基本上是"成于众手"②，编撰者从当时所存的类书中择取了大量相关事例，例如：《语林》《魏晋世语》《郭子》《名士传》等。很多在刘孝标的注书中已经涉及，但由于刘孝标所引书目至今已基本散失无考，因此，要论证文本的叙事特点，目前最直接、可靠的办法就是将刘孝标注书与条目正文中的相关内容进行比较研究，对比二者在叙述方式

---

① 鲁迅：《中国小说史略》，齐鲁书社 1997 年版，第 356 页。
② 同上书，第 52 页。

上的不同之处。

例如：

《识鉴》第 6 则：

潘阳仲见王敦小时，谓曰："君蜂目已露，但豺声未振耳。必能食人，亦当为人所食。"

其中刘孝标注书：《汉晋春秋》曰："初，王夷甫言东海王越，转王敦为扬州。潘滔初为太傅长史，言于太傅曰：'王处仲蜂目已露，豺声未发。今树之江外，肆其豪强之心，是贼之也。'"①

注书引用《汉晋春秋》记录："王处仲蜂目已露，豺声未发。今树之江外，肆其豪强之心，是贼之也。"与《识鉴》文本相比，句型结构基本类似：前后两句，首句抓住人物的眼神和声音来刻画人物的人格特质。第二句《识鉴》的语言显示出潘滔对王敦的评价较为客观中允，没有掺杂道德说教的成分。《汉晋春秋》里潘滔的第二句话却较为明显地为人物打上了传统的道德标签，行文中已经将王敦认定为"贼"。对于阅读者来说，这样简单的、标签化的主观定论可能会影响到对人物人格和文本思想的深入把握。

又如：

《识鉴》第 5 则：

王夷甫父义，为平北将军，有公事，使行人论，不得。时夷甫在京师，命驾见仆射羊祜、尚书山涛。夷甫时总角，姿才秀异，叙致既快，事加有理，涛甚奇之。既退，看之不辍，乃叹曰："生儿不当如王夷甫邪？"羊祜曰："乱天下者，必此子也！"

---

① 余嘉锡：《世说新语笺疏》（中册），中华书局 2015 年版，第 430—431 页。

其中刘孝标注书:《晋阳秋》曰:"夷甫父义,有简书,将免官。夷甫俩十七,见所继从舅羊祜,申陈事状,辞甚俊伟。祜不然之,夷甫拂袖而起。祜顾谓宾客曰:'此人必将以盛名处当世大位,然败俗伤化者,必此人也。'"①

注书引用《晋阳秋》记录羊祜对王戎的评价是这样的:"此人必将以盛名处当世大位,然败俗伤化者,必此人也!"其"盛名""大位"之类的评价流于浅俗直白,而后的"败俗伤化"又显得保守而且武断。王戎对于实事政务的漠然和行事上的不拘礼节确有不符合正统礼教的一面,对社会存在某种消极意义,但简单地将其定义为"败俗伤化"则有失公允。《识鉴》文本中的记录,诸如:"生儿不当如王夷甫邪?""乱天下者,必此子也!",在叙事方面就基本保持了客观和冷静的风格。

(二) 简洁——写意性记叙影响下的叙述

史传传统的叙事风格顺理成章地形成了求实平易的语言特质。写意性的叙事风格又要求文本疏离和淡化次要因素。这实际都在为文本做"减法",减少次要和不必要的因素,突出了文本核心的审美因素。

第一,淡化背景和省略过程。

文本择选人物多为"魏晋名士",他们多数活跃于社会政治、文化生活的上层,涉及的人物事例多有具体发展的历史背景,但是文本对这些事件起因、发生、发展的具体过程进行了简化和省略,使《世说新语》文本的语言叙述体现出精简的特色。例如:

《德行》第25则:

顾荣在洛阳,尝应人请,觉行炙人有欲炙之色,因辍己施焉。同坐嗤之。荣曰:"岂有终日执之,而不知其味者乎?"后遭乱渡江,每经危

————————
① 余嘉锡:《世说新语笺疏》(中册),中华书局2015年版,第429页。

急，常有一人左右己，问其所以，乃受炙人也。

其中刘孝标注：《文士传》曰："荣字彦先，吴郡人。其先越王勾践之支庶，封于顾邑，子孙遂氏焉，世为吴著姓。大父雍，吴丞相。父穆，宜都太守。荣少朗俊机警，风颖标徹，历廷尉正。曾在省与同僚共饮，将行炙者有异于常仆，乃割炙以瞰之。后赵王伦篡位，其子为中领军，逼用荣为长史。及伦诛，荣亦被执。凡受戮等辈十有余人。或有救荣者，问其故，曰：'某省中受炙臣也。'荣乃悟而叹曰：'一餐之惠，恩今不忘，古人岂虚言哉！'"①

刘孝标引《文士传》从顾荣的姓氏、籍贯、家世出身开始记录，语言以著述者的客观记录为主。关于顾荣与"受炙人"之间的故事，《文士传》一方面偏重记录事件发生、发展的客观过程，以及故事发生折转时的历史背景，如："后赵王伦篡位，其子为中领军，逼用荣为长史。及伦诛，荣亦被执。凡受戮等辈十有余人。"反观《世说新语》文本的叙述：淡化了人物的出身、事件发生的历史背景，省略了事件发展的详细脉络，只用白描化的语言记录事件本身，而顾荣的语言只是一句反问而已。其实，这样的叙述方式更利于突出主体人物顾荣爽快平易的人格特征。

第二，汰除次要人物与事件。

写意性的叙事要求文本抓住最能反映人物人格特质的言行片段来记录，因此文本省略了次要人物和事件，舍弃了无关紧要的叙述。例如：

《识鉴》第 19 则：

小庾临终，自表以子园客为代。朝廷虑其不从命，未知所遣，乃共议用桓温。刘尹曰："使伊去，必能克定西楚，然恐不可复制。"

---

① 余嘉锡：《世说新语笺疏》（上册），中华书局 2015 年版，第 28 页。

其中刘孝标注：宋明帝《文章志》曰："翼表其子代任，朝廷畏惮之。议者欲以授桓温，时简文辅政，然之。刘惔曰：'温去，必能定西楚，然恐不能复制。愿大王自镇上流，惔请为从军司马。'简文不许。温厚果如惔所算也。"①

注书引用宋明帝《文章志》记录刘惔的话："温去，必能定西楚，然恐不能复制。愿大王自镇上流，惔请为从军司马。"与《识鉴》之行文相比，前一句没有明显的区别，而《文章志》后一句与刘惔的慧眼识人不搭界，对于表现刘惔的人格特质来说应该是多余的话。相类比之下《世说新语》的文字就显得更为紧凑、精简。

第三，减少庞杂的细节叙述。

我们考察文本会得出一个结论：《世说新语》编撰尽力减少了次要、庞杂的细节描写和场景铺叙。例如：

《文学》第88则：

袁虎少贫，尝为人佣载运租。谢镇西经船行，其夜清风朗月，闻江渚间估客船上有咏诗声，甚有情致；所咏五言，又其所未尝闻，叹美不能已。即遣委曲讯问，乃是袁自咏其所作《咏史诗》。因此相要，大相赏得。

其中刘孝标注：《续晋阳秋》曰：虎少有逸才，文章绝丽，曾为咏史诗，是其风情所寄。少孤而贫，以运租为业。镇西谢尚，时镇牛渚，乘秋风佳月，率尔与左右微服泛江。会虎在运租船中讽咏，声既清会，辞文藻拔。非尚所曾闻，遂住听之，乃遣问讯。答曰："是袁临汝朗诵诗，

---

① 余嘉锡：《世说新语笺疏》（中册），中华书局2015年版，第441—442页。

即其咏史之作也。"尚佳其率而有胜致，即遣要迎，谈话申旦。自此名誉日茂。①

刘孝标注引《续晋阳秋》开门见山直叙人物的才能，对《咏史》诗进行了评论，编撰者的主观意识在行文中表露得较为明显。"少孤而贫，以运租为业。镇西谢尚，时镇牛渚，乘秋风佳月，率尔与左右微服泛江。"除"少孤而贫"写明了袁弘早年的贫苦家境，其他的叙述："时镇牛渚""率尔与左右微服泛江"对于突出人物的人格特质无关紧要。对这些庞杂的细节，《文学》在叙述中进行了合理的舍弃，节约了文本篇幅。

（三）追求"玄韵"——凸显人格

上面部分都在讨论做"减法"的叙事：减去次要人物、事件、过程、背景。除了做这些"减法"，文本的编撰还做了大量的"加法"：抓住人物、事件的审美特质，找寻合适、贴切的叙述方式从各个不同的侧面凸显人物的独立人格。

第一，细节与逻辑的强化。

《德行》第 38 则：

范宣年八岁，后园挑菜，误伤指，大啼。人问："痛邪？"答曰："非为痛，身体发肤，不敢毁伤，是以啼耳！"宣洁行廉约，韩豫章遗绢百匹，不受。

其中刘孝标注：《宣别传》曰：宣字子宣，陈留人，汉莱芜长范丹后也。年十岁，能诵诗书。儿童时，手伤改容，家人以其年幼，皆异之。徵太学博士、散骑常侍，一无所就。年五十四卒。②

---

① 余嘉锡：《世说新语笺疏》（上册），中华书局 2015 年版，第 294 页。
② 同上书，第 43 页。

　　八岁孩童因误伤手指而大哭，这个情景比较普遍。刘孝标注引《宣别传》采用实录的方式记道："儿童时，手伤改容。家人以其年幼，皆异之。"叙述似更简练，但并未向阅读者证实为什么范宣只是因为"手伤改容"就值得家人"皆异之"。其起因、经过和结果都缺乏逻辑性和连贯性。相比之下《德行》的叙述，"后园挑菜""误伤指"，活脱脱描摹出一个伶俐顽童的形象。"大啼"之后，还有一问一答："痛邪？""非为痛，身体发肤，不敢毁伤，是以啼耳！"文本中调皮好动的孩子在看到手指受伤后小题大做，他人的问话更类似成人明知孩童夸张之后的故意调侃，哪知范宣居然一本正经地回答，更见孩童"小伎俩"背后的聪明颖悟。因为《德行》的行文方式，可能为阅读者在头脑中勾勒出这样一个人物形象：前一秒还在号啕大哭的顽童，后一秒就口齿清晰、思维冷静，脸上或许还挂着眼泪呢，就开始一本正经地和成人摆道理，还说得头头是道！

　　又如：

　　《言语》第 50 则：

　　孙齐由、齐庄二人，小时诣庾公。公问齐由"何字"，答曰："字齐由。"公曰："欲何齐邪？"曰："齐许由。"齐庄"何字"，答曰："字齐庄。"公曰："欲何齐？"曰："齐庄周。"公曰："何不慕仲尼而慕庄周？"对曰："圣人生知，故难企慕。"庾公大喜小儿对。

　　其中刘孝标注：《孙放别传》曰：放字齐庄，监君次子也。年八岁，太尉庾公召见之。放清秀，欲观试，乃授纸笔令书，放便自疏名字。公题后问之曰："为欲慕庄周邪？"放书答曰："意欲慕之。"公曰："何故不慕仲尼而慕庄周？"放曰："仲尼生而知之，非希企所及；至于庄周，是其次者，故慕耳。"公谓宾客曰："王辅嗣应答，恐不能胜之。"卒长沙王相。①

刘孝标注中记录孙放的回答是："放曰：'仲尼生而知之，非希企所及；至于庄周，是其次者，故慕耳。'"对比《言语》里的回答："圣人生知，故难企慕。"注书中人物的回答显得太随意，而《言语》将同样的意思分成两个四字的短语前后并列，既简洁明了又符合语言的对称美，对于阅读者来说也更容易上口和记诵。《言语》中庾公与两个孩子的问答也颇具机智，孩子们思考迅捷，以姓名中的一个字"由"和"庄"而联想到"许由"与"庄周"，其学识的丰富和思维的敏捷在文本中得到非常完美的结合！相反，在刘孝标的注引中就缺失这样精彩的细节。

第二，叙事的精准性。

作为一部以记人言行为主的志人小说，《世说新语》对人物、事件的记录需要用精准的叙述来实现。这体现了文本编撰者们高超的语言掌控能力。例如：

《德行》第 47 则：

吴道助、附子兄弟，居在丹阳郡。后遭母童夫人艰，朝夕哭临。及思至，宾客吊省，号踊哀绝，路人为之落泪。韩康伯时为丹阳尹，母殷在郡，每闻二吴之哭，辄为凄恻。语康伯曰："汝若为选官，当好料理此人。"康伯亦甚相知。韩后果为吏部尚书。大吴不免哀制，小吴遂大贵达。

其中刘孝标注：《郑辑孝子传》曰：隐之字处默，少有孝行，遭母丧，哀毁过礼。时与太常韩康伯邻居，康伯母扬州刺史殷浩之妹，聪明妇人也。隐之每哭，康伯母辄辍事流涕，悲不自胜，终其丧如此。谓康

---

① 余嘉锡：《世说新语笺疏》（上册），中华书局 2015 年版，第 120 页。

伯曰："汝后若居铨衡，当用此辈人。"后康伯为吏部尚书，乃进用之。①

此则涉及人物较多，吴道助、吴附中兄弟因为个人的"孝行"而终获认可，这样的结果其实更得力于韩康伯母亲的建议和韩康伯的提拔。《德行》对人物的行为进行直接描述："朝夕哭临。及思至，宾客吊省，号踊哀绝，路人为之落泪。"节奏相当紧凑，对康伯母亲以"凄恻"的表情和"汝若为选官，当好料理此人"的语言来记录，省略其他无关语词，突出她体恤关怀他人的善良心性。相较刘孝标注引："康伯母辄辍事流涕，悲不自胜，终其丧如此。""凄恻"一词比"辍事流涕"更为精准，不仅描摹了人物的外在动态而且还涉及内心感受，而注书中"辍事流涕""悲不自胜"的记述则略有夸张失实之嫌，反而不利于突出康伯母亲温厚而克己助人的品质。

第三，贴近人格特质。

独立人格、群体人格、异化人格的错综复杂、多面性的特质必须要找到更合适、更贴切的叙述方式才可能表现得更充分和准确。例如：

《识鉴》第 1 则：

曹公少时见乔玄，玄谓曰："天下方乱，群雄虎争，拨而理之，非君乎？然君实是乱世之英雄，治世之奸贼。恨吾老矣，不见君富贵，当以子孙相累。"

其中刘孝标注书：《魏书》曰：玄见太祖曰："吾见士多矣，未有若君者。天下将乱，非命世之才不能济也。能安之者，其在君乎？"②

刘孝标注引古籍不止一处涉及乔玄对曹操的品评，但《续汉书》记得寡淡无味又缺乏人物自身的言行，说服力不强。《魏书》行文的视角由乔玄的反

---

① 余嘉锡：《世说新语笺疏》（上册），中华书局 2015 年版，第 57 页。
② 同上书，第 421 页。

问而肯定曹操的济世之才，如："天下将乱，飞命世之才不能济也。能安之者，其在君乎？"仍倾向以儒家的道德审美标准来评价曹操，其中"能安之者"，意图赋予曹操一种拯救天下的君子形象。相比《识鉴》中的对谈："然君实是乱世之英雄，治世之奸贼。"这种叙述方式已经排除了可能的成见和偏见。"英雄"与"奸贼"，"治世"与"乱世"正反两组对比非常鲜活地体现出个体人格的复杂性和多面性在不同时势下的合理交叉和融合。更具意味的是《识鉴》中乔玄的话："恨吾老矣，不见君富贵，当以子孙相累。"以乔玄的社会名望和慧眼识人，居然对一个乱世枭雄、阉竖之子说出了"恨吾老矣，不见君富贵"的话，乔玄的坦荡与泼辣也可见一斑。

二 简洁、隽永——富于美感的语言

《世说新语》的叙述方式决定了文本的叙述语言：简洁、隽永，凸显人格特质。我们试从以下几个方面来考察。

（一）日常口语的大量运用

《世说新语》中人物之间的交流、品评、赏鉴大都离不开口头的语言表达，文本中很多条目直接记录人物的口头语言，保留了浓郁的口语化风格。例如：

《德行》第33则：

谢奕作剡令，有一老翁犯法，谢以醇酒罚之，乃至过醉而尤未已。太傅时年七八岁，着青布绔，在兄膝边坐，谏曰："阿兄，老翁可念，何可作此。"奕于是改容曰："阿奴欲放去邪？"遂遣之。

以上条目中日常口语出现得非常频繁：谢安与谢奕之间对称"阿兄""阿奴"，谢奕问弟弟的话"阿奴欲放去邪？"手足之情溢于言表。《夙慧》第4则中顾和提起两个孩子的耳朵说"不意衰宗复生此宝"，估计当时应该是满心自豪，居然丢掉了斯文吧！《排调》第31则中郝隆原本在晒太阳，人家问他，他随口说出"我晒书"的话，其幽默自信的风度溢于言表。《假谲》第9则中温峤的新婚夫人"抚掌大笑曰：'我固疑是老奴，果如所卜！'"——原来是你这个"老东西"啊，我可早就猜到了！竟然比男人都泼辣耿直！另外，在《雅量》第6则、《伤逝》第3则、《任诞》第17则、《轻诋》第27则、《忿狷》第5则中都有口语的运用。文本中对日常口语的运用使人物形象更为真实而质朴，也突出了人物自信、坦荡的人格特质。

（二）特定时期俚俗语的运用

不同时代都存在特殊的、符合时代特征的语言习惯，日常生活中的俚语、俗语直接地反映了当时人们的语言表达习惯和人际交流方式。例如：

《规箴》第9则：

王夷甫雅尚玄远，常疾其妇贪浊，口未尝言"钱"字。妇欲试之，令婢以钱绕床，不得行。夷甫晨起，见钱阂行，令婢："举却阿堵物！"

对于金钱，《世说新语》文本中似乎没有出现太炫酷的称谓，有把金钱比作"粪土"的，而"阿堵物"仿佛就是说"那个啥东西啊"。可见至《世说新语》的成书为止，贵族阶层在思想上还残留着对财富金钱的傲视和鄙夷，这与他们实际身处的优渥条件，与他们在财富面前的真情流露是不匹配的。最典型的例子莫如王戎的贪财如命。温峤称陶侃为"溪狗"（《容止》第23则），殷浩在刘惔的口中为"田舍儿"（《文学》第33则），褚裒被不知名的小吏直呼为"伧父"（《雅量》第18则），都带有些许轻视与嘲弄的意味，从中我们也可窥见东晋社会的等级制度、阶层壁垒之森严。至于魏晋时期因为民族融合而形成的语言上的互通交融，也反映到了人们的日常谈吐中，诸如"兰阇"（《政事》第12则）之类的外来用语也出现在文本中。

（三）各种修辞手法的运用

要凸显个体人格的特质，文本的语言除了求真，还要求美。语言的形式美感需要应用各种修辞手法来实现。我们把文本中应用得比较频繁的几种修辞手法进行列举说明。

第一，比喻。

比喻将原本不同性质和种类的事物放在一起，让阅读者在阅读过程中产生类比的联想，体味它们不同中的相似性，使语言塑造的形象更加生动可感，同时也增添了语言的文采，避免了文本的抽象和枯燥。例如：

《文学》第 93 则：

孙兴公道："曹辅佐才如白地明光锦，裁为负版绔，非无文采，酷无裁制。"

孙绰把曹毗的才华比作"白地明光锦"——白底子的明光织锦，用锦缎来比喻人的才华横溢，用裁剪无当来形容曹毗在才能发挥方面的不当，是非常新颖而形象的比喻。王戎眼神之凌厉，被比喻成"眼烂烂如岩下电"。（《容止》第 6 则）"濯濯如春月柳。"（《容止》第 39 则）用春夜月明时分的柳树来形容王恭的外貌气质，就已经不仅是单纯的外貌描摹，而是注重人物的精、气、神了。

第二，对比。

对比的修辞手法在《世说新语》行文中应用非常普遍，其中主要原因基于流行于人物之间的品藻、谈玄的生活方式，使得人们总是倾向于去找寻人与人、人与物之间的相似和反差。例如：

《言语》第 42 则：

挚瞻曾作四郡太守、大将军户曹参军，复出作内史。年始二十九。尝别王敦，敦谓瞻曰："卿年未三十，已为万石，亦太早。"瞻曰："方于将军，少为太早；比之甘罗，已为太老。"

挚瞻与甘罗的自比，一"早"一"晚"说明了挚瞻谦虚的品格。"林下风气"与"闺房之秀"的对比也体现出两位女性不同的个性魅力（《贤媛》第 30 则）。"手挥五弦易，目送归鸿难。"（《巧艺》第 14 则）顾恺之对绘画之"难"和"易"的把握用形象直观的体验方式表达出来。"潘文浅而净，陆文深而芜。"（《文学》第 89 则）潘岳和陆机的文风各有千秋，文本以"深"—"浅""净"—"芜"两组语言的对比体现，更容易被阅读者所接受了解。

第三，排比。

排比在文本中的应用，使语言叙述更具有气势和冲击力，尤其在人物群体之间进行对比的条目中，使阅读者对人物群像的把握更具有一种整体感。例如：

《品藻》第 6 则：

正始中，人士比论，以五荀方五陈：荀淑方陈寔，荀靖方陈谌，荀爽方陈纪，荀彧方陈群，荀𫖮方陈泰。又以八裴方八王：裴徽方王祥，裴楷方王夷甫，裴康方王绥，裴绰方王澄，裴瓒方王敦，裴退方王导，裴頠方陈王戎，裴邈方王玄。

还有《言语》第 23 则、《言语》第 24 则、《品藻》第 8 则等都运用了排比的修辞手法。魏晋南北朝时期是中古贵族门阀活动最频繁、社会影响力最大、最广的时期，排比的应用把这种由贵族主宰的优越感和气势感表现得淋漓尽致。

第四，拟人。

将描述对象"人格化"，"拟人"实际是人物个体人格外化的结果。拟人的运用是人物把自身的思考、想象、联想透射到了外物之上，实际反映的是主体人物的内心世界，从侧面反证了主体人物的个体人格。例如：

《言语》第 76 则：

> 支公好鹤，住剡东峁山。有人遗其双鹤，少时翅长欲飞。支意惜之，乃铩其翮。鹤轩翥不复能飞，乃反顾翅，垂头。视之，如有懊丧意。林曰："既有凌霄之姿，何肯为人作耳目近玩？"养令翮成，置使飞去。

"你既然志在高远，那怎么会甘心成为圈养的宠物呢？"能有此问，实在是支遁自身的人格历练、精神修养所致，同时也是他自己内心的真实写照。

第五，反问。

反问为语气，但实为肯定，反映出人物对于问答内容的笃定以及人物由内而外的自信。由于文本以"谈玄""品评""清谈""品藻"的生活交游方式为内容重点，加上口语运用的频繁，记录下很多人物之间的问答，尤以反问的情况最为突出。例如：

《言语》第 46 则：

> 谢仁祖年八岁，谢豫章将送客，尔时语已神悟，自参上流。诸人咸共叹之，曰："年少一坐之颜回。"仁祖曰："坐无尼父，焉别颜回？"

在《政事》第 2 则、《言语》第 84 则、《排调》第 4 则、《豪爽》第 13 则、《言语》第 89 则、《言语》第 90 则等都用到了反问。反问的运用意欲肯定的强化，从问话者的语气上体会，它带有一种自信从容、不可辩驳的力量。

第六，对偶。

语言形式的对称美历来为文学研究者和修辞学家们所关注。自魏晋时期起始的审美自觉，对于语言文字的审美要求和标准也在一步步建立起来。"对偶"是其中很重要的一种美饰语言的修辞手法，它均衡、对称，既符合意义上的类比和前后呼应的逻辑关系，又伴生着音调上的和谐。例如：

《容止》第 30 则：

时人目王右军"飘如游云，矫如惊龙"。

此则中"游云"与"惊龙"，《赏誉》第 154 则中"亭亭直上"与"罗罗清疏"，《赏誉》第 137 则中"秀出"与"清和"，都将两种不同类别性质的美前后并列，句型、用语对称均衡，反映出人物不同的人格特质的交遇，更体现出《世说新语》文本的宽容、无功利和审美性。

第七，夸张。

夸张的修辞手法在《世说新语》中很常见。文本行文以夸大的语言形式来记录人物事件，具有强烈的语言冲击力，可以起到强化人物、事件的作用。例如：

《赏誉》第 78 则：

谢公称蓝田："掇皮皆真。"

《轻诋》第 1 则：

王太尉问眉子："汝叔名士，何以不相推重？"眉子曰："何有名士终日妄语？"

以上的"掇皮皆真""终日妄语"，还有如《排调》第 50 则中的"举体无饶""掇皮无余润"都明显带有夸张成分。在特殊语境下，这些行文用语上的夸大，表现出人物对所持观点的毋庸置疑的态度，也从侧面反映了讲话人个性中的任情恣性。

第八，通感。

《世说新语》文本叙述中对通感的应用面较广。文本内容最重要的部分是人物品藻、清谈以及对人物各方面才智的立体表现，因此通感的应用使内容更为直观而形象，更有利于调动阅读者的主观能动性。例如：

《赏誉》第 8 则：

裴令公目夏侯太初："肃肃如入廊庙中，不修敬而人自敬。"一曰："如入宗庙，琅琅但见礼乐器。见钟士季，如观武库，但睹矛戟。见傅兰硕，江廧靡所不有。见山巨源，如登山临下，幽然深远。"

《排调》第 52 则：

王文度在西州，与林法师讲，韩、孙诸人并在坐，林公理每欲小屈。孙兴公曰："法师今日如着弊絮在荆棘中，触地挂阂。"

当人们看到那些风度翩翩、气质独特的人物，相关的联想就会在头脑和内心应运而生：因为夏侯玄的严肃正直而想到"肃肃如入廊庙中"；由钟会而仿佛进入"武库"；看到"矛戟"，一股凌厉之气扑面而来；面对山涛，则如走进了幽深静谧的山谷。清谈中，支遁遇到强劲的反驳，孙绰形容他的窘况仿佛穿着破烂棉絮走在荆棘中，随时都碰刺儿，极为形象直观。此外，还有如：《容止》第 12 则记录看到裴楷就联想到行走在玉山上；《言语》第 73 则中，清风伴明月的夜晚不由得思念起许询；通感的运用扩大了阅读过程中的思考和身体感应的层面和幅度，提升了阅读者的体验层次。

（四）众多成语的出处与源头

简洁、隽永的叙述语言催生了很多成语，这些新奇、醒目、充满了跳跃性的语词，相对于陈旧的语言叙述方式是一种突破，提升了文本的审美品质，也是《世说新语》叙述方式与语言特色所达成的效果。例如：

第一，由原文、原意直接流传至今的成语。

《容止》第 11 则：

有人语王戎曰："嵇延祖卓卓如野鹤之在鸡群。"答曰："君未见其父耳。"

"鹤立鸡群"一词，原意指象鹤站在鸡群中一样。比喻一个人的仪表或才能在周围一群人里显得很突出。①

《方正》第59则：

王子敬数岁时，尝看诸门生樗蒲，见有胜负，因曰："南风不竞。"门生辈轻其小儿，乃曰："此郎亦管中窥豹，时见一斑。"子敬曰："远惭荀奉倩，近愧刘真长！"遂拂衣而去。

"管中窥豹"一词，本意从竹管的小孔里看豹，只看到豹身上的一块斑纹。比喻只看到事物的一部分，指所见不全面或略有所得。②

不仅是全书中成语数量多，文本的一些条目中成语出现的频率也非常之高，例如：

《言语》第88则：

顾长康从会稽还，人问山川之美，顾云："千岩竞秀，万壑争流，草木蒙笼其上，若云兴霞蔚。"

短短一则就包含了三个成语"千岩竞秀"③"万壑争流"④"云兴霞蔚"⑤。

其他如：《言语》第84则中"楚楚可怜"。⑥《文学》第44则："登峰造极"。⑦《文学》第75则中"有意无意"。⑧《赏誉》第66则中"皮里阳秋"。⑨

---

① 任德山、李伯钦：《中华成语大词典》（第二册），黄山书社2015年版，第724页。
② 同上书，第666页。
③ 同上书，第1285页。
④ 同上书，第1688页。
⑤ 同上书，第2198页。
⑥ 同上书，第243页。
⑦ 同上书，第360页。
⑧ 同上书，第2148—2149页。
⑨ 同上书，第1222页。

《排调》第 18 则中"空洞无物"。① 《排调》第 11 则中"普天同庆"。② 《任诞》第 2 则中"神色自若"。③《任诞》第 48 则中"引人入胜"。④《排调》第 61 则中"咄咄逼人"。⑤ 《尤悔》第 3 则中"华亭鹤唳"。⑥ 这些由《世说新语》创生的成语流传应用至今,其文字、意义和用法几乎未有改变。

第二,经原文简单流变后的成语。

《文学》第 27 则:

殷中军云:"康伯未得我牙后慧。"

其中"未得我牙后慧"后演变为"拾人牙慧"一词,比喻拾取别人的一言半语当作自己的话。⑦

《惑溺》第 6 则:

王安丰妇,常卿安丰。安丰曰:"妇人卿婿,于礼为不敬,后勿复尔。"妇曰:"亲卿爱卿,是以卿卿;我不卿卿,谁当卿卿?"遂恒听之。

其中"我不卿卿,谁当卿卿"化而为"卿卿我我"一词,形容男女相爱,十分亲昵,情意绵绵。⑧

类似的情况还出现在《文学》第 31 则中"标新"与"立异"合二为一为"标新立异"。意为提出新的见解,表示与众不同。⑨ 《尤悔》第 13 则:

---

① 任德山、李伯钦:《中华成语大词典》(第二册),黄山书社 2015 年版,第 969 页。
② 同上书,第 1244 页。
③ 同上书,第 1473 页。
④ 同上书,第 2111 页。
⑤ 同上书,第 450 页。
⑥ 同上书,第 759 页。
⑦ 同上书,第 1496—1497 页。
⑧ 同上书,第 1324—1325 页。
⑨ 同上书,第 96 页。

"流芳百世"①"遗臭万年"②，而且又是在同一条目中出现几个成语。

第三，经过原文、原意流变之后已获得衍生和新意的成语，这就扩大了成语使用范围。例如：

《言语》第91则：

王子敬云："从山阴道上行，山川自相映发，使人应接不暇。若秋冬之际，尤难为怀。"

其中"应接不暇"一词，"暇"意为空闲，原形容景物繁多，来不及观赏。后多形容来人或事情太多，应付不过来。③

此外还有《言语》第102则中"一览而尽"一词也常用作"一览无余"，意为一眼看去，所有的景物全看见了。后来的延伸意还形容建筑物的结构没有曲折变化，或诗文内容平淡，没有回味。④

第四，《世说新语》文本中也有很多故事最终被后人提炼出来，演化为新的成语或者典故。例如：

《排调》第26则：

谢公在东山，朝命屡降而不动。后出为桓宣武司马，将发新亭，朝士咸出瞻送。高灵时为中丞，亦往相祖。先时，多所饮酒，因倚如醉，戏曰："卿屡违朝旨，高卧东山，诸人每相与言：'安石不肯出，将如苍生何！'今亦苍生将如卿何？"谢笑而不答。

所谓"东山再起"⑤实源自谢安的经历。古时，指出山为官。"东山再起"指退隐后再度出任要职，也比喻失势后重新恢复地位。再如《雅量》第

---

① 任德山、李伯钦：《中华成语大词典》（第二册），黄山书社2015年版，第1062页。
② 同上书，第2030页。
③ 同上书，第2125页。
④ 同上书，第2011页。
⑤ 同上书，第402页。

19 则中记录了王羲之"坦腹东床"的洒脱模样，正中郗鉴下怀，由此演变成成语"东床快婿"，指为人豁达，才能出众的女婿，是对女婿的美称。① 《言语》第 71 则：谢道韫突出的文学才能在人物语言的对比中得到体现，成语"咏絮之才"即出自以上条目，形容女子特别有才华，富有智慧。后来也有演化为"咏雪之慧""咏雪之才"② 等。曹雪芹就在《红楼梦》中用"堪怜咏絮才"来形容林黛玉的才华。

　　除以上所举例子，另外还有不少出自《世说新语》文本中的成语或者词组用法，比如"覆巢之下，焉有完卵"③ "新亭对泣"④ 等，这些生动贴切的语言创新为阅读过程带来了更强的冲击力和快感，催生了阅读过程中更深层、更形象的思考和感悟，提升了阅读者的审美体验。同时，也以它们的凝练、犀利和独到获得了长久的生命力，被人们一直沿用到了现代，这些都是《世说新语》文本语言留给后人的巨大财富。

　　结论：《世说新语》文本的叙事将历史的真实、生活的真实、艺术的真实相结合，它保留了作为文本核心人物和事件的真实因素，"减去"不必要的赘述铺垫过程，"增添"富于表现力的形象细节描写。其语言叙述得益于多种修辞手法的精准采用，提升了魏晋南北朝时期"志人小说"的美学品格和地位。其文本的语言风格富于浓郁的个性化特征，形成了清新、简洁、凝练、隽永的美学特点。

---

① 任德山、李伯钦：《中华成语大词典》（第二册），黄山书社 2015 年版，第 395 页。
② 同上书，第 2129 页。
③ 同上书，第 596 页。
④ 同上书，第 1890 页。

第四章 《世说新语》的审美精神

魏晋之际，玄学盛行于世，"聃周当路，与尼父争途"（《文心雕龙·论说》），思想解放，儒道合流，是一个思想和信仰自由，艺术创造精神勃发的时代，也是"人的觉醒"的时代。余英时认为，魏晋士人呈现为群体自觉与个体自觉，"所谓个体自觉，即自觉为具有独立精神之个体，而不与其他个体相同，并处处表现其一己独特之所在，以期为人所认识之义也"[①]。挣脱了汉儒的礼法统治和烦琐经学的困扰，士人的自我意识开始觉醒，在这种自我意识的催动下，一方面形成了以"自我"为中心的生命意识的自觉，注重人的个体价值；另一方面唤起了魏晋士人的主体审美意识自觉，在人与自然的相互观照中，出现了"智慧兼深情"的自我。

魏晋的审美精神是最具有生命特质的。士人感叹生命的有限和宇宙的永恒，"人生天地间，忽如远行客"（《古诗十九首》），"自顾非金石，咄唶令人悲"（曹植《赠白马王彪》），"人生若尘露，天道邈悠悠"（阮籍《咏怀诗》）。人生苦短，生死无常，他们极大地张扬着自己的个性：时人率性而动，或以青眼见人，或学驴鸣，或高歌长啸，这些狂放的行为描绘出一幅幅具有审美意味的人生图景，体现出他们对生命意义的独特理解和把握，

---

① 余英时：《士与中国文化》，上海人民出版社 2003 年版，第 270 页。

呈现出一种超凡脱俗的风流韵致。玄学之思与山水之美密切相关，魏晋士人突破了传统的"比德"说，他们以审美的心境与大自然沟通、对话和交流，优游于山水之间，从金谷之会到兰亭修禊，尽享生命的充实丰盈和山川风物之美。魏晋士人审美化的人生，又与老庄道家的虚静观相契合，虚静摒弃了主体的私心和欲念，还原事物的本真状态，呈现为一种空明澄澈、无欲无求的审美构境，促成了他们超凡脱俗的人格气质和超功利的人生境界。

第一节 通脱放达的生命情态

魏晋时期的"越名教而任自然"，呈现出一种通脱放达的生命情态。《世说新语·品藻》记载了一段对话，桓温问殷浩："卿何如我？"殷浩回答："我与我周旋久，宁作我。""宁作我"是极富渲染力的主体解放宣言，从发现和肯定自我的价值，进而直接欣赏个性之美、人格之美。可以说，魏晋之际，名士不拘礼俗，恣情任性，表现在生活中即以放达为务，这种放达是从"玄心"出发，一切行为因任自然，以审美的态度超越名教的束缚和生活的困顿，呈现出一种魏晋风流。

一 任达狂放与不拘礼法

魏晋士人倡导不拘礼法、张扬个性的放达，这种行为举止上的任"达"实是魏晋风度的一种具体表现。关于"达"的表述，《世说新语》一书中数量较多，如：

> 咸字仲容，陈留人，籍兄子也。任达不拘，当世皆怪其所为。（《赏

誉》十二"山公举阮咸为吏部郎"条注引《名士传》)①

澄风韵迈达，志气不群。(《赏誉》三十一"王夷甫语乐令条"注引王澄《别传》)②

王仲祖有好仪形，每览镜自照，曰："王文开那生如馨儿！"时人谓之达也。(《容止》二十九"林公道王长史"条注引《语林》)③

初，咸和中，贵游子弟能谈嘲者，慕王平子（王澄）、谢幼舆（谢鲲）等为达。(《赏誉》五十四"王丞相云"条注引邓粲《晋纪》)④

鲲与王澄之徒，慕竹林诸人，散首披发，裸袒箕踞，谓之"八达"。(《品藻》十七"明帝问谢鲲"条注引邓粲《晋纪》)⑤

以上都是以"达"形容阮咸、王澄、谢鲲等人。这些士人的行为举止、生活风貌明显表现出与其他人迥然不同。他们思想开放，谈吐新异，蔑视礼法，行为逾规，性格通脱，放浪不羁。以至于有人将其中的八个代表人物称之为"八达"。

所谓"八达"，史书有着明确记载，《晋书·光逸传》曰："初至，属辅之与谢鲲、阮放、毕卓、羊曼、桓彝、阮孚散发裸裎，闭室酣饮已累日。逸将排户入，守者不听，逸便于户外脱衣露头于狗窦中窥之而大叫。……时人谓之八达。"⑥"八达"是当时的八位著名人士，即光逸、谢鲲、阮放、毕卓、

---

① 张万起、刘尚慈：《世说新语译注》，中华书局1998年版，第386页。
② 同上书，第402页。
③ 同上书，第603页。
④ 同上书，第416页。
⑤ 同上书，第482页。
⑥ 房玄龄：《晋书》，中华书局1996年版，第1385页。

羊曼、桓彝、阮孚、胡毋辅之，其行为放诞不羁，引世人侧目，时人直接以"达"命名此八人，可知"达"与魏晋任诞之风紧密相关。

任"达"是一种顺应自然的生活方式。老子无疑是这一人生态度的倡导者，《老子》二十章曰："众人熙熙如享太牢、如春登台。我独泊兮，其未兆，沌沌兮，如婴儿之未孩；儽儽兮若无所归。众人皆有余，而我独若遗。我愚人之心也哉！俗人昭昭，我独昏昏；俗人察察，我独闷闷。澹兮其若海，飂兮若无止。众人皆有以，而我独顽且鄙。我独异于人，而贵食母。"对于这一句的理解，冯友兰说："《老子》的这种顺自然无为的生活方式，就是魏晋人所谓'达'。魏晋的所谓'达人'，就是照着这种生活方式生活的。这是晋人风流的一个主要之点。"①

庄子承继老子之学，《庄子·齐物论》曰："唯达者知通为一，为是不用而寓诸庸。庸也者，用也；用也者，通也；通也者，得也。"庄子的意思是唯有通达之人才能理解"道通为一"的道理，所以，庄子心目中的通达之人不固执己见，一切因任自然。对于庄子这里的"达"，郭象注："夫达者，无滞于一方，故忽然自忘而寄当于自用。自用者，莫不条畅而自得也。"成玄英疏曰："夫达道之夫，凝神玄虚，故能去彼二偏，通而为一。"②"达"放弃了对外在欲望的追求，而去体验生活的本真，达道之人往往应感无心，无思无为，不知所以然，不知所以应，以通灵不滞之意穿行于天地之间，体道应物，无往而不适。

郭象的注解，是从其"独化"之玄学理论出发，将"达"归于"自忘""自用""自得"，达者知通为一、条理畅达、不滞于物而能圆融无碍。在这样的理论指引下，正始之际魏晋任达之风肇兴也就不足为奇。

从郭象注《庄子》时对"达"的认识与理解不难看出，魏晋"达"的

---

① 冯友兰：《中国哲学史新编》（上），人民出版社1998年版，第340页。
② 郭象注，成玄英疏：《庄子注疏》，中华书局2011年版，第39页。

理论基础，无疑与玄学有着密切关联。魏晋时期，谈玄之风盛行，正始玄风大倡，士人毁儒教、尚老庄，突破礼法拘束。谈玄之风源自东汉太学清议。东汉中叶以来，由于宦官专权和外戚为祸，造成了政治的腐败和社会的动荡，太学生们群聚京师，高言放论，批评朝政，臧否人物，即此所谓太学清议。魏正始年间，何晏、王弼等祖述老庄，崇尚虚玄，士人之间辨名析理，一时形成谈玄之风。谈玄的话题众多，《周易》《老子》《庄子》，以及佛理，老庄与儒法的异同，"声无哀乐"与"才性四本"等都是所谈的内容。

于其时，谈玄不仅是哲理思辨的交锋，而且是审美享受的过程。"支道林，许掾诸人共在会稽王斋头，支为法师，许为都讲。支通一义，四座莫不厌心；许送一难，众人莫不抃舞。但共嗟咏二家之美，不辨其理之所在"（《文学》四十），所谓"二家之美"即是支遁、许询二人谈玄的风度之美。四座鼓掌欢呼，但共嗟咏，不辩其理之所在。之所以产生这样的效应，是因为他们完全陶醉在对支、许二人谈玄论辩那种优雅风采的美感享受之中。

由是观之，谈玄既是思想的解放，也是一种审美的体验。由此催生出的任"达"之风，更是一种能够充分体现魏晋风流的审美化的生存方式。

任"达"之风始于何人？阮籍是当时名士的代表人物，一般认为，魏晋任达之风与阮籍关系甚大。《世说新语·德行》二十三曰："王平子、胡毋彦国诸人，皆以任放为达，或有裸体者。"刘孝标注引王隐《晋书》曰："魏末，阮籍嗜酒荒放，露头散发，裸袒箕踞。其后贵游子弟阮瞻、王澄、谢鲲、胡毋辅之之徒皆祖述于籍，谓得大道之本。故去巾帻，脱衣服，露丑恶，同禽兽。甚者名之为通，次者名之为达也。"余嘉锡笺疏《任诞》，引《文选》四十九干宝《晋纪总论》曰："风俗淫僻，耻尚失所，学者以老庄为宗，而黜六经；谈者以虚薄为辩，而贱名检；行身者以放浊为通，而狭节信。"又曰："观阮籍之行，而觉礼教崩弛之由。"李善注引王隐《晋书》曰："贵游子北，多祖述于阮籍，同禽兽为通。"

由此可见，八达之"任放为达"受阮籍的影响非常大，以至颓废毁法，一发不可收拾。阮籍著《达庄论》，提出超越名教而任自然之"达"，高晨阳指出，阮籍《达庄论》的思想旨趣在于"达"，"审视阮籍的逻辑思路，他主要是通过'齐物'的方法抹除万物之间的差别和对立，获得精神上的解脱"①。阮籍认为，万物虽表现为不同的情态，但它们均禀气而生，《达庄论》："自其异者视之，则肝胆楚越也；自其同者视之，则万物一体也。"② 这种万物同一的观点，使得他追求超越现实、超越自我的精神境界，享受精神解放后的自由和逍遥，表现在生活中就是不拘名教礼法的放达之举。《世说新语》记载了阮籍事迹多则，试摘录如下：

> 阮籍嫂尝还家，籍见与别。或讥之，籍曰："礼岂为我辈设也?"③（《任诞》七）

> 阮步兵丧母，裴令公往吊之。阮方醉，散发坐床，箕踞不哭。④（《任诞》十一）

> 晋文王功德盛大，坐席严敬，拟于王者，唯阮籍在坐，箕踞啸歌，酣放自若。⑤（《简傲》一）

考阮籍之达，一言以蔽之，"不拘礼法，任性自然"，即全面突破儒家伦理道德的束缚，不管是男女关系，还是个人行为，一切均出于真情真性。《世说新语·德行》十五"晋文王称阮嗣宗至慎"条注引《魏氏春秋》称阮籍"宏达不羁，不拘礼俗"。礼教所重视的男女之大防，并不能成束缚阮籍的绳

---

① 高晨阳：《阮籍评传》，南京大学出版社1994年版，第142页。
② 陈伯君：《阮籍集校注》，中华书局2014年版，第115页。
③ 张万起、刘尚慈：《世说新语译注》，中华书局1998年版，第720页。
④ 同上书，第723页。
⑤ 同上书，第761页。

索，《任诞》八"阮公邻家妇有美色"条注引王隐《晋书》："籍邻家处子有才色，未嫁而卒。籍与无亲，生不相识，往哭，尽哀而去。其达而无检，皆此类也。"阮籍深受老庄思想的影响，主张顺应自然，率性而为，"箕踞啸歌，酣放自若"。他完全抛弃了礼教纲常的羁绊，随心所欲只为那一颗玄心。可以说，阮籍之达，是不掺杂欲望后的真性流露，也是越名任心的玄远旷达，《晋书·阮籍传》评其"外坦荡而内淳至"，可谓一语中的。

阮籍是"竹林七贤"之一，是当世名流，具有强大的示范引领作用，在其影响下，魏晋士人纷纷效仿任达之举，很快达风便盛行于世。这里有一则故事值得关注，即阮籍不让其子阮浑作达。《世说新语·任诞》十三曰："阮浑长成，风气韵度似父，亦欲作达。步兵曰：'仲容已预之，卿不得复尔。'"刘孝标注引戴逵《竹林七贤论》曰："籍之抑浑，盖以浑未识己之所以为达也。后咸兄子简，亦以旷达自居。父丧，行遇大雪，寒冻，遂诣浚仪令，令为它宾设黍臛，简食之，以致清议，废顿几三十年。是时竹林诸贤之风虽高，而礼教尚峻，迨元康中，遂至放荡越礼。乐广讥之曰：'名教中自有乐地，何至于此？'乐令之言有旨哉！谓彼非玄心，徒利其纵恣而已。"

戴逵猜测阮籍抑浑的原因，"盖以浑未识己之所以为达也"，又谓"彼非玄心，徒利其纵恣而已"。可知，阮籍之达绝不是"放荡纵恣"，而是由玄心、任自然，"玄心"乃是"达"之根本所在。"玄心"之玄，即是玄学。魏晋玄学家们试图对已经失去维系人心作用的两汉经学进行重构，他们用其改造过的老庄思想来注解儒家的《论语》《周易》，以道释儒、儒道合一，其主旨还是遵循道家，即强调"无""自然""无为"。"玄心"的核心乃是顺自然。冯友兰认为，阮籍之所以抑浑，是他认为阮浑未能达到"达"的精神境界，而只是流于放荡不羁的"作达"，他说："为达是一种精神境界，有了那种精神境界，自然就有达的言论行为，这是自然而然的。没有那种精神境界而要矫揉造作，这就是作达。达是不能作的。因为达的一个主要内容，就是顺自然，作达正是反自然。"① 这段话分析得非常有道理。"达"出于"玄心","玄心"依道家思想，乃是自然而然、无为之心，一方面，这种"玄心"能够通彻天地、达到与万物一体的精神境界；另一方面，"玄心"也可以畅达人心，顺乎人的自然情性，体现为一切均出于真心、真情、真性。如果违反这一道理，强行"作达"，那就失去了"达"的实质，当然是不可取的。

阮籍由儒入道，"博览群书，尤好老庄"，他对老庄思想进行了深入的解读和研究，流传下来的论著，除了《通易论》《乐论》外，就是《达庄论》《通老论》，他的《清思赋》《大人先生传》，描绘了一个飘乎云际、神游八荒的神仙世界，推崇逍遥游的精神自由之旅，亦是其道家思想的集中体现。他蔑视礼教的背后，是对人的自然本性的推崇，《晋书·阮籍传》记载了他的一些与礼相悖的行为，"籍又能为青白眼。见礼俗之士，以白眼对之，及嵇喜来吊，籍作白眼，喜不怿而退；喜弟康闻之，乃赍酒挟琴造焉，籍大悦，乃见青眼"②。青白眼示人，正说明了他是个真性情的人，"时率意独驾，不由径路，车迹所穷，辄恸哭而反"③，这是其矛盾痛苦内心的真实写照，也是他自然真性的体现。又如他初闻母亲去世的消息，虽然饮酒食肉，与客围棋，若无其事，然"举声一号，呕血数升"，可见其内心的悲痛之极，违礼难掩其真情。

阮籍之所以肯定阮咸之达，是因为阮咸一切从自然真情出发，并未"利其纵恣"。《任诞》十五："阮仲容先幸姑家鲜卑婢。及居母丧，姑当远移，初云当留婢，既发，定将去。仲容借客驴箸重服自追之，累骑而返。曰：'人种不可失！'即遥集之母也。"阮咸不顾丧期之礼，转而陪护鲜卑婢，皆为其腹中的胎儿（"人种不可失"），这是夫妻之情、父子之情的真实流露，虽不合名教，但合乎自然，也是可以理解和接受的。又阮咸嗜酒，《任诞》十二：

---

① 冯友兰：《中国哲学史新编》（中），人民出版社1998年版，第487页。
② 房玄龄：《晋书》，中华书局1996年版，第1361页。
③ 同上。

"诸阮皆能饮酒，仲容至宗人间共集，不复用常杯斟酌，以大瓮盛酒，围坐，相向大酌。时有群豕来饮，直接去上，便共饮之。"酒亦是阮籍喜好之物，在他眼中，饮酒是为了精神解脱和自由，是其真情性的体现，而绝不是纵欲恣肆，阮咸饮酒合于其意，故他充分肯定之。

此外，玄心还维护着基本的思想道德底线。竹林之达与元康之达的本质区别，在于是否违反道德，戴逵《放达为非道论》曰："故乡原似中和，所以乱德；放者似达，所以乱道。就竹林之为放，有疾而为颦者也，元康之为放，无德而折巾者也，可无察乎？"① 张岂之在评述这段历史时说："竹林之放达是有思想内容的放达，即放达是形式，是为思想服务的，而元康放达是没有思想内容的放达，是为形式而形式的放达。"② 阮籍是竹林七贤之一，其喝酒纵歌，肆意酣畅，违礼而不违道，背后存在道德力量的约束。阮籍抑浑，体现出他对违道之作达的担心和反对，事实也证明，其后的"元康八达"将任达之风推向极致，以致失去了道德的规范。《世说新语·任诞》记载，阮籍在邻家美妇酒垆旁饮酒，醉而卧其旁，他对女色不动于心，并无任何违礼行为。相比阮籍的道德自律，谢鲲则沉湎女色，甚至因挑逗邻家美女而被打掉了两颗牙，《晋书·谢鲲传》："邻家高氏女有美色，鲲尝挑之，女投梭，折其两齿。时人为之语曰：'任达不已，幼舆折齿。'"③ 阮籍自律，谢鲲轻浮，两人的行为形成了鲜明的对比。可见，阮籍阻止阮浑作达，正是不希望看到阮浑出现类似的道德失范，而这又是建立在自己对玄心深切体悟的基础之上的。"达"风的流转，至元康之际，渐失玄心，几至庸俗无聊、强为之达，已成为社会的一大弊病。对此，葛洪颇有异议，《抱朴子·疾谬》曰："才不逸伦，强为放达。"他批评了那些非礼违道的"作达"之举，应该说是针砭时弊、振聋发聩之言。

① 房玄龄：《晋书》，中华书局1996年版，第2458页。
② 张岂之：《中国思想学说史》（魏晋南北朝卷），广西师范大学出版社2008年版，第365页。
③ 房玄龄：《晋书》，中华书局1996年版，第1377页。

二 魏晋风流的生命情态

魏晋风流，亦称之为魏晋风度，是对魏晋士人的精神特质和言行风范的概括。冯友兰说："《世说新语》常说名士风流，我们可以说风流是名士的主要表现。是名士，必风流。"①《世说新语》以记载魏晋士人的言行逸事为主，最集中、最充分、最生动地体现了魏晋风流。

在《世说新语》中，任诞放达是魏晋风流的主要表现形式，名士们涂粉饰貌，宽衣缓带，倜傥风流，服药行散，手执麈尾，口吐玄言。他们聚隐山林，弹琴咏诗，饮酒长啸，甚至言语癫狂，举止乖张，蓬头散发，裸袒箕踞，与猪共饮；他们不营物务，潇洒人生，移情山水，栖心玄远。《雅量》《豪爽》《伤逝》《栖逸》《任诞》《简傲》等篇具体生动地记载了魏晋士人的任诞之风。其极端体现为嗜酒、裸裎、服药、驴鸣等行为举止。

魏晋人嗜酒在《世说新语·任诞》中有集中体现，摘录如下：

> 阮宣子常步行，以百钱挂杖头，至酒店，便独酣畅。虽当世贵盛，不肯诣也。②（《任诞》十八）

> 张季鹰纵任不拘，时人号为"江东步兵"。或谓之曰："卿乃可纵适一时，独不为身后名邪？"答曰："使我有身后名，不如即时一杯酒！"③（《任诞》二十）

> 毕茂世云："一手持蟹螯，一手持酒杯，拍浮酒池中，便足了一生。"④（《任诞》二十一）

---

① 冯友兰：《三松堂小品》，北京大学出版社1997年版，第282页。
② 张万起、刘尚慈：《世说新语译注》，中华书局1998年版，第728页。
③ 同上书，第729—730页。
④ 张万起、刘尚慈：《世说新语译注》，中华书局1998年版，第730页。

鸿胪卿孔群好饮酒。王丞相语云："卿何为恒饮酒？不见酒家覆瓿布，日月糜烂？"群曰："不尔，不见糟肉，乃更堪久。"群尝书与亲旧："今年田得七百斛秫米，不了曲糵事。"① （《任诞》二十四）

周伯仁风德雅重，深达危乱。过江积年，恒大饮酒，尝经三日不醒。时人谓之"三日仆射"。② （《任诞》二十八）

王光禄云："酒，正使人人自远。"③ （《任诞》三十五）

王卫军云："酒正自引人箸胜地。"④ （《任诞》四十八）

王佛大叹言："三日不饮酒，觉形神不复相亲。"⑤ （《任诞》五十二）

以上诸君，嗜酒如命，他们之所以沉湎于酒，是为了体验精神自由的审美境界。王蕴所说"酒，正使人人自远"，意即酒能把人带入一种高远的审美状态中，一旦不饮酒，便让人感到索然无味，"形神不复相亲"。《庄子·达生》云："夫醉者之坠车，虽疾不死。骨节与人同，而犯害与人异，其神全也。"庄子所谓"神全"是精神与形体的合而为一，饮酒可以帮助人们达到这样超越生死、忘乎一切的自由审美境界，这也正是魏晋士人嗜酒的根本原因。

说到嗜酒，阮籍是具有代表性的人物。阮籍病酒史书早有记载，可谓人尽皆知，《世说新语·任诞》曰："王孝伯问王大：'阮籍何如司马相如？'王

---

① 张万起、刘尚慈：《世说新语译注》，中华书局1998年版，第733页。
② 同上书，第735页。
③ 同上书，第742页。
④ 同上书，第754页。
⑤ 同上书，第757页。

大曰：'阮籍胸中垒块，故须酒浇之。'"又曰："步兵校尉缺，厨中有贮酒数百斛，阮籍乃求为步兵校尉。"刘孝标注引《文士传》谓籍"后闻步兵厨中有酒三百石，忻然求为校尉，于是入府舍，与刘伶酣饮"，又注引《竹林七贤论》云："籍与伶共饮步兵厨中，并醉而死。"因步兵校尉管酒，阮籍便求此职，且与刘伶共饮，长醉不醒于人世，由此可见，阮籍嗜酒的程度之深。

其实，阮籍的嗜酒放旷，深层之处有其趋利避祸之目的。阮籍所处的正始时期，政治斗争极其严酷，从司马懿用政变手段诛杀曹爽而实际控制政权开始，到其子司马师、司马昭相续执政，十多年间，酝酿着一场朝代更替的巨变，大量名士被杀，政治气氛极为恐怖。在这样的形势下，如何保全性命成为士人必须直面的问题。《世说新语》记载了这样一则故事：

> 阮籍遭母丧，在晋文王坐，进酒肉。司隶何曾亦在坐，曰："明公方以孝治天下，而阮籍以重丧，显于公坐饮酒食肉，宜流之海外，以正风教。"文王曰："嗣宗毁顿如此，君不能共忧之，何谓？且有疾而饮酒食肉，固丧礼也！"籍饮啖不辍，神色自若。[1]（《任诞》二）

对于此条目，刘孝标注引《魏氏春秋》曰："籍性至孝，居丧虽不率常礼，而毁几灭性。然为文俗之士何曾等深所雠疾。大将军司马昭爱其通伟，而不加害也。"余嘉锡案："鉴于何晏等之以附曹爽而被杀，恐一旦司马氏事败，以逆党见诛。故沉湎于酒，阳狂放诞，外示疏远，以避祸耳。"魏晋乱世更迭，士人朝不保夕，随时可能有杀身之祸，嵇康以不孝之名被杀，阮籍亦以违礼不孝之名被谗，当陷入生存危机，面临生死抉择之际，阮籍往往能借醉酒躲避灾祸，终得以保全性命、终老天年。《晋书·阮籍传》曰："籍本有济世志，属魏、晋之际，天下多故，名士少有全者，籍由是不与世事，遂酣饮为常。文帝初欲为武帝求婚于籍，籍醉六十日，不得言而止。钟会数以时

---

① 张万起、刘尚慈：《世说新语译注》，中华书局1998年版，第717页。

事问之，欲因其可否而致之罪，皆以酣醉获免。"① 司马昭"爱其通伟"，欲与其结为儿女亲家，钟会想得知阮籍的真实想法，以致其罪，这些都被阮籍以醉酒之名一一化解，酒已经成为他不涉是非、明哲保身的挡箭牌。

若论嗜酒程度之深，刘伶不可不谓代表之一。《世说新语·容止》曰："刘伶身长六尺，貌甚丑悴，而悠悠匆匆，土木形骸。"《晋书·刘伶传》曰："常乘鹿车，携一壶酒，使人荷锸而随之，谓曰：'死便埋我。'其遗形骸如此。"《世说新语》又记载了刘伶病酒的两则逸事：

> 刘伶病酒，渴甚，从妇求酒。妇捐酒毁器，涕泣谏曰："君饮太过，非摄生之道，必宜断之！"伶曰："甚善。我不能自禁，唯当祝鬼神自誓断之耳。便可具酒肉。"妇曰："敬闻命。"供酒肉于神前，请伶祝誓。伶跪而祝曰："天生刘伶，以酒为名，一饮一斛，五斗解酲。妇人之言，慎不可听。"便引酒进肉，隗然已醉矣。②（《任诞》三）

> 刘伶恒纵酒放达，或脱衣裸形在屋中，人见讥之。伶曰："我以天地为栋宇，屋室为裈衣，诸君何为入我裈衣中？"③（《任诞》六）

刘伶借戒酒之名骗酒，已经让人啼笑皆非，而其纵酒放达，脱衣裸裎，于当时可谓惊世骇俗。《孟子·公孙丑上》曰："尔为尔，我为我，虽袒裼裸裎于我侧，尔焉能浼我哉？"孟子早已将裸裎与主体独特的个性体验相联系。汉代刘向《列女传》曰："油油之民，将陷于害，吾能已乎！且彼为彼，我为我，彼虽裸裎，安能污我！"由此可见，刘伶嗜酒后裸裎身体，实是他放达个性的体现，而酒正是这一行动的催化剂。

裸裎，这绝不是个案，而是魏晋风流的另一种极端呈现模式。《德行篇》

---

① 房玄龄：《晋书》，中华书局1996年版，第1360页。
② 张万起、刘尚慈：《世说新语译注》，中华书局1998年版，第718页。
③ 同上书，第720页。

第二十三则云：王子平（澄），胡毋彦国（辅之）诸人，皆以任放为达，或有裸体者。乐广笑曰："明教中自有乐地，何为乃尔也！"乐广对裸体者的批评，表现了当时伦理守卫者的反对态度。又该则刘孝标注引王隐《晋书》云："魏末，阮籍嗜酒荒放，露头散发，裸袒箕踞。其后贵游子弟阮瞻、王澄、谢鲲、胡毋辅之之徒，皆祖述于籍，谓得大道之本。故去巾帻，脱衣服，露丑恶，同禽兽。甚者名之为'通'，次者名之为'达'也。"由此可见，裸体在当时之流行，时人不以为羞，而以之为通达。

除了嗜酒、裸裎，还有一种行为流行于上流社会，这就是服药。这种药是由紫石英、白石英、赤石英、钟乳石、硫黄五种矿石配制而成的，故称五石散。服药后身体发热，宜吃冷食，故又称"寒食散"。

> 何平叔云："服五石散，非唯治病，亦觉神明开朗。"① （《言语》十四）

对于这则条目，刘孝标注引《寒食散论》曰："寒食散之方虽出汉代，而用之者寡，靡有传焉。魏尚书何晏首获神效，由是大行于世，服者相寻也。"基本指明了魏晋人寒食散的来源，以及在魏晋兴起的缘由。五石散是一种五种矿石混合配制而成的药物，药性的刺激确实能给人一种心清神朗的快感，但这种"神明开朗"的代价是非常巨大的。根据皇甫谧的《寒食散论》，五石散具有很强的毒性，服用后会产生内热，药性发作，要穿宽大的衣服，吃冷食，着木屐，披发行散，还要注意多喝热酒，使身体处于"薰薰有酒势"的醉酒状态，这样就能将体内的毒热散出来，如果散发不当，弄不好就会中毒身亡，所以又有"行散"或"行药"的说法。

又如驴鸣：

---

① 张万起、刘尚慈：《世说新语译注》，中华书局1998年版，第60页。

王仲宣好驴鸣。既葬，文帝临其丧，顾语同游曰："王好驴鸣，可各作一声以送之。"赴客皆一作驴鸣。① （《伤逝》一）

孙子荆以有才少所推服，唯雅敬王武子。武子丧时，名士无不至者。子荆后来，临尸恸哭，宾客莫不垂涕。哭毕，向灵床曰："卿常好我作驴鸣，今我为卿作。"体似真声，宾客皆笑。孙举头曰："使君辈存，令此人死！"② （《伤逝》三）

孙楚恃才傲物，很少有他看得起的人，唯独敬重王济。王济去世后，孙楚仿驴鸣悼王济；王粲乃"建安七子"之一，文章才学，名重天下，及其临葬，曹丕率众学驴鸣葬王粲。

仿驴鸣出自汉晋之际一个行为怪诞隐匿不仕的"逸民"戴良（字叔鸾）。余英时在《汉晋之际士之新自觉与新思潮》一文中称"今观叔鸾之不拘礼法及跌荡放言，在若干方面均开汉晋士大夫不拘礼法任诞之先声"。余嘉锡先生在《世说新语笺疏·德行篇》"王戎、和峤同时遭丧"则下按语中引戴良居丧食肉事，有论云："盖魏、晋人一切风气，无不自后汉开之。"在《世说新语笺疏·伤逝篇》"王仲宣好驴鸣"则下又引戴良为母学驴鸣事并加按语："此可见一代风气，有开必先！虽一驴鸣之微，而魏、晋名士之嗜好，亦袭自后汉也。况名教礼法，大于此者乎！"③《后汉书》卷七十三《逸民·戴良传》载："良少诞节，母喜驴鸣，良常学之以娱乐焉。"④ 驴被人认为是丑陋愚蠢的动物，不知戴母为何喜听驴鸣。但戴良以学驴鸣娱乐其母，却是他至孝的真心真情的表现，这对社会上流行的礼法程式具有颠覆性。后世习之，使仿驴鸣成为反礼法诉衷情的放达之举而成为名士风流的标志之一。这些名士绝

---

① 张万起、刘尚慈：《世说新语译注》，中华书局1998年版，第621页。
② 同上书，第622页。
③ 余嘉锡：《世说新语笺疏》（中册），中华书局1983年版，第748页。
④ 范晔：《后汉书》卷七十三《逸民·戴良传》，中华书局2000年点校本，第1873页。

无雕饰，绝无造作，在他们狂傲不拘、潇洒脱俗的外表下面，潜藏着的是对世间万物及他人的那种不加掩饰的极为执着、深沉、真挚、炽热的真性情。

由是观之，在魏晋这一特殊的历史时期，一些颇有名望风度的名士，他们突破了传统礼法的束缚，任达于天地万物之间，以独特的个性特征和行为举止，展现出一种潇洒脱俗的气质，这是一种名士风流，其中透露出来的是一种通脱放达的生命情态和审美境界。

第二节　潇洒玄远的生命境界

崇尚自然是魏晋玄学的基本思想，在尚自然之风的影响下，士人纷纷走向山川林木，直接面对大自然，体悟自然山水的生生之趣。刘勰《文心雕龙·明诗》云："宋初文咏，体有因革，庄老告退，而山水方滋。"在刘勰看来，魏晋玄风过后，山水审美方才兴起。随着老庄道家思想的兴盛，玄风大炽，不断壮大的贵族阶层开始以山水为美，流连于高山深谷，寄情于丘壑林木，追寻和体验山水的质朴与灵趣。当他们以玄学之思观照山水之美时，往往能够体味到自然景物背后蕴含的无限和永恒。从《世说新语》这部充满玄学观念思想的著作中，我们可以看到魏晋士人所具有的超然山水的生命情怀以及玄学与自然契合之关系。

一　玄学之思与山水之美

魏晋士人对于山川风物之美的欣赏，很大程度上源于玄学之思。玄学一语起源于《老子》中的一句话"玄之又玄，众妙之门"，扬雄《太玄·玄摘》："玄者，幽摛万类，不见形者也。"王弼《老子指略》曰："玄，谓之深者也。"玄学乃"玄远之学"，即是研究幽深玄远问题的学说，其以"祖述老庄"、融合儒道立论，魏晋时把《周易》《老子》《庄子》这三本书称作"三玄"，于是研究这三部著作的学术也就称为"玄学"。汤一介说："魏晋玄学是指魏晋时期以老庄思想为骨架，企图调和儒道，会通自然与名教的一种特定的哲学思潮，它所讨论的中心为本末有无问题，即用思辨的方法来讨论有关天地万物存在的根据的问题，也就是说表现为远离世务和事物形而上学本体论问题。"① 为了调整汉末以来被严重异化的"名教"，玄学试图创构出新的理论调和儒道，从而将先秦道家思想发展成为"玄远之学"，形成了当时的一种特定的哲学思潮。

其一，玄学作为当时一种主流哲学思想，为人们认识山水、发现自然之美提供了理论依据。何晏、王弼提出"以无为本"，否定了汉代以来的谶纬神学。王弼是魏晋玄学的主要代表人物及创始人之一，其"以无为本"的本体论哲学，肯定了物性之自然，以及自然规律的客观性。老子所言道生万物，王弼则将其转换成"万物以自然为性"（二十九章注），"因物自然，不设不施"（二十七章注），"物守自然，则神无所加"（六十章注），均强调物性之自然。张湛注《列子》引向秀之语曰："同是形色之物耳，未足以相先也。以相先者，惟自然也。"② 自然，在老庄那里，是无为而无不为、自然而然之意。王弼以自然为物性，也以自然为客观规律性，向秀亦用自然取代道，明确认为有形色者皆为物，无所谓先后，唯有自然先于万物而生，自然决定了物的存在。

与王弼"贵无"不同，郭象"崇有"，郭象注《庄子》，将本体下降至现象界，提出"独化"新说。郭象的"独化"，既承裴頠"崇有"之说，又继王弼"体用"之学，天地万物乃是自生与自性的统一，偶然与必然的统一，构建起一个完整的理论体系。郭象认为，天地间一切事物都是独自生成变化的，自然而然。郭象《庄子·齐物论注》曰："天地万物，变化日新，与时俱

---

① 汤一介：《郭象与魏晋玄学》，北京大学出版社 2000 年版，第 13 页。
② 杨伯峻：《列子集释》，中华书局 2012 年版，第 47 页。

往，何物萌之哉？自然而然耳！"① 一切日新变化，都是由于自然（即其本身自然而然），故万物皆以自然生，皆以自然化。《庄子·庚桑楚注》："夫春秋生气，皆得自然之道，故不为也。"② 春生秋实，夏长冬藏，这些都是事物生长的内在本性，非人为所能致。郭象所论，破"道""无"以生物之旧说，物任由其自生自化、自在自为，自然是偶然性与必然性的统一。于此，天地万物，宇宙洪荒，所有的一切皆自然也。李昌舒说："郭象哲学的意义正在于此：使山水自然摆脱了各种束缚，以其自身的本然状态，不牵涉概念世界，不牵涉道德比附，直接呈现给我们。"③ 郭象玄学的理论意义，就在于使万物具有自在自为的自然本性，人性、人格、山水之"有"乃是忽尔自生、不证自明的存在物，获得了独立的价值和属性，可以成为审美观照的对象。

其二，玄学以其独特的思辨向度，创构出超越世俗世界的审美化心胸。魏晋时期，士人推崇老庄，玄学大行其道，以玄思品味自然山水成为风尚，可以说，继老庄之后，"玄对山水"最能体现魏晋时的山水审美精神。"玄对山水"一语出自《世说新语·容止》二十四"庾太尉在武昌"则，刘孝标注引东晋名士孙绰撰《庾亮碑文》曰："公雅好所在，常在尘垢之外，虽柔心应世，蠖屈其迹，而方寸湛然，固以玄对山水。"④ 对于"玄对山水"的理解，可以结合孙绰之言的上下语境加以分析："方寸湛然，固以玄对山水"，方寸，心也，湛然，清澈透明之状，"方寸湛然"，是强调要保持一种"虚静"澄明审美心境；所谓"以玄对山水"，就是以这种超脱世俗烦扰的"玄思"欣赏山水之美。对此，徐复观说："以玄对山水，即是以超越于世俗之上的虚静之心对山水；此时的山水，乃能以其纯净之姿，进入虚静之心里面，而与人的生命融为一体，因而人与自然，由相化而相忘；这便在第一自然中呈现第二

① 郭象注，成玄英疏：《庄子注疏》，中华书局2011年版，第29页。
② 同上书，第411页。
③ 李昌舒：《郭象哲学与山水自然的发现》，《复旦学报》2006年第2期。
④ 张万起、刘尚慈：《世说新语译注》，中华书局1998年版，第600页。

自然，而成为美的对象。"① 宗白华说："晋人以虚灵的胸襟、玄学的意味体会自然，乃能表里澄澈，一片空明，建立最高的晶莹的美的意境!"② "玄对山水"倡导以"虚静"的审美心胸赏鉴山水，唯有这样才能领略自然山水的"质有趣灵"，当主体摆脱伦理道德的羁绊，而单纯地以虚静之心面对山水，山水亦能愈发空灵澄澈，从而创造出一个由纯粹物象构成的审美意境。

如果说，"玄对山水"塑造出了一个摆脱世俗功利束缚后的空灵澄澈的审美化心胸，魏晋士人得以用审美的眼光打量这自然界的山山水水，那么，当玄学之思与山水之美深度融合之时，又使得魏晋士人面对山川风物充满了感思与智慧。宗白华有一段论述说得非常好：

> 晋宋人欣赏山水，由实入虚，即实即虚，超入玄境。当时画家宗炳云："山水质有而趣灵。"诗人陶渊明的"采菊东篱下，悠然见南山"，"此中有真意，欲辨已忘言"；谢灵运的"溟涨无端倪，虚舟有超越"；以及袁彦伯的"江山辽落，居然有万里之势。"王右军与谢太傅共登冶城，谢悠然远想，有高世之志。荀中郎登北固望海云："虽未睹三山，便自使人有凌云意。"晋宋人欣赏自然，有"目送归鸿，手挥五弦"，超然玄远的意趣。这使中国山水画自始即是一种"意境中的山水"。宗炳画所游山水悬于室中，对之云："抚琴动操，欲令众山皆响!"郭景纯有诗句曰："林无静树，川无停流"，阮孚评之云："泓峥萧瑟，实不可言，每读此文，辄觉神超形越。"这玄远幽深的哲学意味深透在当时人的美感和自然欣赏中。③

魏晋人喜好山水，是受了玄学影响，其目的是体会那玄远之人生意趣。谢灵运将玄理之思与生命之情紧密联系起来，大力创作鲜丽清新、自然可爱

---

① 徐复观：《中国艺术精神》，春风文艺出版社1987年版，第201页。
② 宗白华：《美学散步》，上海人民出版社1981年版，第211页。
③ 同上书，第179页。

的山水诗。《世说新语》记载了以下诸君的言行举止，集中体现了山水背后的玄思。

王右军与谢太傅共登冶城。谢悠然远想，有高世之志。① （《言语》七十）

荀中郎在京口登北固望海云："虽未睹三山，便自使人有凌云意。"② （《言语》七十四）

郭景纯诗云："林无静树，川无停流。"阮孚云："泓峥萧瑟，实不可言。每读此文，辄觉神超形越。"③ （《文学》七十六）

这几段文字都讲了魏晋士人受玄学思维方式的影响，在欣赏美景之时体味到了一种玄远超越的人生境界。王羲之与谢安一道登上冶城，谢安潇洒地凝神遐想，其玄思勃发之际，心中不由涌出有超世脱俗的心意。荀羡从京口远望大海，当他看到层层云雾缭绕的美景，不禁说道："虽然没有看到三座仙山，但是已经让人有飘飘欲仙的感觉了。"郭璞所言"林无静树，川无停流"，意即山上没有静止不动的树，山川里没有停流的水，这句诗充满了对于客观自然界的哲学反思。阮孚每次读到这句诗，就觉得"神超形越"，究其原因，是因为郭璞的诗句以玄理入诗，写出了自然山水所蕴含的宇宙生命的生生不息、永无止境，突破了有限的生命，而追求无限的大化流行，这种对宇宙人生的感悟深深感染了阮孚，引导他突破客观的自然山水，而进入玄远幽深的哲思意境中。

陶渊明的山水田园诗，同样受玄学思想浸濡甚深。渊明"自幼修习儒家

---

① 张万起、刘尚慈：《世说新语译注》，中华书局 1998 年版，第 108 页。
② 同上书，第 112 页。
③ 同上书，第 229 页。

经典，爱闲静，念善事，抱孤念，爱丘山，有猛志，不同流俗"①。他早年曾受过儒家教育，有过"猛志逸四海，骞翮思远翥"（《杂诗》）的志向，而在那个老庄盛行的年代，他也受到了道家思想的熏陶，很早就喜欢自然山水，"少无适俗韵，性本爱丘山"（《归园田居》其一）。在玄学的背景中，陶渊明的诗开始表现一种新的人生观与自然观，这就是反对用对立的态度看待人与自然的关系，而是强调人与自然的一体性，追求人与自然的和谐。《饮酒》其五："结庐在人境，而无车马喧。问君何能尔？心远地自偏。采菊东篱下，悠然见南山。山气日夕佳，飞鸟相与还。此中有真意，欲辨已忘言。"这首诗可谓脍炙人口，当渊明在自己的庭园中随意地采摘菊花，偶然间抬起头来，目光恰与南山相会，人闲逸而自在，山静穆而高远，映入眼帘的是日暮的岚气，若有若无，浮绕于峰际，成群的鸟儿，结伴而飞，归向山林。人与自然山水的融合一体，让渊明体悟到生命的真谛，可是刚要把它说出来，却已经找不到合适的语言。因为，这不是一种语言能够表达的观念，而是融入玄思后的活泼泼的生命体验，只可意会，不可言传。

由是观之，玄学之思带来的思想观念、审美趣味的变化，极大地影响到了魏晋士人对于山水审美的体悟。他们不仅流连于山水，毫不掩饰对于自然山水的向往与热爱，而且在游山玩水中表现自己的真实感受，竞相吟咏山水之美。对此，《言语》有着集中表述：

林公见东阳长山曰："何其坦迤！"②（《言语》八十七）

王司州至吴兴印渚中看，叹曰："非唯使人情开涤，亦觉日月清朗。"③（《言语》八十一）

---

① 袁行霈：《陶渊明集笺注》，中华书局 2003 年版，第 848 页。
② 张万起、刘尚慈：《世说新语译注》，中华书局 1998 年版，第 122 页。
③ 同上书，第 117 页。

王子敬云："从山阴道上行，山川自相映发，使人应接不暇。若秋冬之际，尤难为怀。"①（《言语》九十一）

道壹道人好整饰音辞，从都下还东山，经吴中。已而会雪下，未甚寒，诸道人问在道所经。壹公曰："风霜固所不论，乃先集其惨澹。郊邑正自飘瞥，林岫便已浩然。"②（《言语》九十三）

支遁（314—366 年），字道林，世称支公，也称林公，精通老庄之说，佛学造诣也很深，曾著《圣不辩之论》《道行旨归》《学道戒》等书，在《即色游玄论》中，他提出"即色本空"的思想，创立了般若学即色义，成为当时般若学"六家七宗"中即色宗的代表人物。东阳即今金华市，东阳长山，即是金华北山，《隋书·地理志》金华（县）条目下注："旧曰长山，置金华郡，平陈郡废。"支遁喜好游赏山水，当他看到东阳长山时，不由发出赞赏之惊叹，这是他被壮丽的自然山水感染后的真情流露。顾恺之醉心于会稽山水之美，在他眼中，重山叠岭的风景好像互相比美，许多溪水竞相奔流，草木覆盖于其上，好像天上的云霞一样美丽壮观，他毫不吝惜用美丽辞藻来赞美这秀丽山景。王胡之到吴兴印渚观赏美景，感叹美好的景物不仅可以使人胸襟开阔，情思升华，甚至连天上的日月也变得清净明亮起来，这是以人情入山水，山水显人情，故眼前的景物益加明丽动人。

王献之对于山川之美"尤难为怀"，其言从山阴道上经过，山光水色交相辉映，使人目不暇接，若在秋冬之交经过的话，那一片萧瑟情景，又特别让人难以释怀。山阴道在会稽城（绍兴）西南，是古时候通向诸暨的一条官道，那一带山清水秀、触目皆景。王献之的妙句一出，山阴道从此声名远播，名士吟咏不绝，如明代"公安派"代表人物袁宏道诗云："山阴道上行，如在画

---

① 张万起、刘尚慈：《世说新语译注》，中华书局 1998 年版，第 124 页。
② 同上书，第 125 页。

中游。"

道壹和尚是晋时高僧，在京都讲经说法，为晋简文帝司马昱所推重。这则故事讲了道壹对自然美景的切身感受，大意即：道壹和尚喜欢修饰言辞，他从建康都城回会稽上虞时，经过吴中，没多会儿就下起雪来，却还不是很冷，回到上虞后，和尚们问他途中见闻。道壹说："一路风霜自然是不用说了，天空中先是凝聚起一片暗淡，郊野的村落还只是雪花飘掠，四周的山林就已经白茫茫一片。"东晋名士喜欢清谈，闲聊也好，发议论也好，无不字斟句酌，讲究辞藻和内涵，道壹一句"林岫便已浩然"，气象万千，意境超然，凝聚了自己的真切感受和深刻体悟，绝非一般人所能信手拈来。

总之，魏晋玄风与文人个体价值的觉醒，使审美精神开始向自然山水渗透。魏晋士人的山水情怀常与哲思、美景交融一体，营造出美丽灵动、空明悠远的美的境界。何其坦迤，林岫浩然，山川映发，千岩竞秀，万壑争流，草木蒙笼，云蒸霞蔚，这些语句雅洁修美，所描绘出的境界阔大深邃，澄澈浑融。宗白华说晋人风神潇洒，对外发现了自然，对内发现了深情，正是因为对山水有深情深爱，晋人才会那么用心地去拥抱山水，融入山水，时至今日，依然能够把我们带入那个意境深远、回味无穷的审美境界之中。

二 金谷之会与兰亭修禊

"越名教而任自然"的魏晋士风，深刻影响到士人们的审美观念和生活方式，文人士大夫摆脱了烦琐经学的困扰，以玄学之思体味自然之趣，纵情山水，优游自在，尽享山水风物之美。诸多名士，他们身体放逐于山水，而精神畅游于宇宙。可以说，魏晋士人在走向山水名胜的同时，也在走向自由，走向超越，走向人生的审美之境。

自然山水与现实人世的结合，充满生生之趣，带来的不仅是生活方式的改变，更是审美情趣的转变。名教与自然合一，山水与生活亦合一，将山水搬进家，通过构建园林，畅游于其中，在激赏山水之美的同时，也能享受富贵丰盈的人生，两者统一无间，可谓魏晋士人的一大创造。石崇的金谷宴游，充分体现了这一生活准则，反映的正是世风的变化，《世说新语·品藻》五十七"谢公云'金谷中苏绍最胜'"则，刘孝标注引石崇《金谷诗叙》曰：

> 余以元康六年从太仆卿出为使，持节监青徐诸军事、征虏将军。有别庐在河南县界金谷涧中，或高或下，有清泉茂林，众果、竹柏、药草之属，莫不毕备。又有水碓、鱼池、土窟，其为娱目欢心之物备矣。时征西大将军祭酒王诩当还长安，余与众贤共送往涧中，昼夜游宴，屡迁其坐。或登高临下，或列坐水滨。时琴瑟、笙筑，合载车中，道路并作；及住，令与鼓吹递奏。遂各赋诗以叙中怀，或不能者，罚酒三斗。感性命之不永，惧凋落之无期，故具列时人官号、姓名、年纪，又写诗著后。后之好事者，其览之哉！凡三十人，吴王师、议郎、关中侯、始平武功苏绍，字世嗣，年五十，为首。①

这段话可能是最早关于金谷之会的文字记载。金谷是西晋石崇所建的私家园林，其建造于洛阳郊外，是一座非常豪华的私家园林。其中有清泉、竹林、珍奇的果木和草药，建造有水碓、鱼池、土窟，美不胜收。石崇曾作《思归引》，其自序亦能体现金谷之貌，曰：

> 余少有大志。夸迈流俗。弱冠登朝。历位二十五。年五十以事去官。晚节更乐放逸。笃好林薮。遂肥遁于河阳别业。其制宅也。却阻长堤。前临清渠。柏木几于万株。流水周于舍下。有观阁池沼。多养鱼鸟。家素习技。颇有秦赵之声。出则以游目弋钓为事。入则有琴书之娱。又好服食咽气。志在不朽。傲然有凌云之操。欻复见牵羁。婆娑于九列。困于人间烦黩。常思归而永叹。寻览乐篇有思归引。傥古人之心有同于今。

---

① 张万起、刘尚慈：《世说新语译注》，中华书局1998年版，第507—508页。

故制此曲。此曲有弦无歌。今为作歌辞以述余怀。恨时无知音者。令造新声而播于丝竹也。(《思归引序》)

石崇以豪奢闻名于世,金谷也相当豪华,金谷园中筑"百丈高楼",可"极目南天",其中遍布果竹柏药,奇花异草,珍禽猛兽,这些大自然的奇珍异宝齐聚于此,其目的是"娱目欢心",因此,金谷成为权势、财富和奢侈的象征。石崇《思归引》云:"登云阁,列姬姜,拊丝竹,叩宫商,宴华池,酌玉觞。"游乐欢宴,鼓瑟吹笙,饮酒作诗,可谓乐哉!"造园,汇成了思想、艺术、士人、宇宙等多方面的因素,成了六朝士大夫普遍的生命活动"[1],魏晋士人对山水的热爱,使得园林成为充满自然之趣的审美场所,其作用不仅在于炫富,也成为士人精神居所和文化趣味的表征。石崇又"志在不朽",有"凌云之操",其对于金谷的定位又是出于对美的发现及追求审美的净化与升华作用。

金谷园"穷奢极欲""冠绝时辈",能进入金谷之中亦非等闲之辈。元康六年的金谷之会,石崇邀集苏绍、潘岳等三十位名士,以为文酒之会。苏绍为西晋吴王司马晏之师,他是石崇的姐夫,可谓权倾一时,富甲一方。潘岳是西晋著名的文学家,美姿仪,少时即以才闻名于世,钟嵘云:"陆才如海,潘才如江。"[2] 故两人并称"潘江陆海"。潘岳《金谷集作》诗云:"何以叙离思,携手游郊畿。朝发晋京阳,夕次金谷湄。"[3] 他毫不避讳金谷之游,且乐在其中。其他人如刘琨,《晋书·刘琨传》云:"时征虏将军石崇河南金谷涧中有别庐,冠绝时辈,引致宾客,日以赋诗。琨预其间,文咏颇为当时所许。"[4] 可见他是参与这场文学盛宴的当事人之一。刘琨是西汉中山靖王刘胜的后裔,善文学,通音律,工于诗赋,颇有文名,钟嵘《诗品》将其诗定为

---

① 张法:《中国美学史》,四川人民出版社 2006 年版,第 104 页。
② 曹旭:《诗品集注》,上海古籍出版社 1994 年版,第 141 页。
③ 逯钦立辑校:《先秦汉魏晋南北朝诗》,中华书局 1988 年版,第 632 页。
④ 房玄龄:《晋书》,中华书局 1974 年版,第 1679 页。

中品，评道："其源出于王粲。善为凄戾之词，自有清拔之气。琨既体良才，又罹厄运，故善叙丧乱，多感恨之词。"① 可知，刘琨时为名流，其文学成就被当世人所认可。另有贾谧，他是贾皇后的亲外甥，自然大受宠幸，据《晋书·贾谧传》记载，贾谧其人"负其骄宠，奢侈逾度，室宇崇僭，器服珍丽，歌僮舞女，选极一时"，也赞"谧好学，有才思"，是个不折不扣的文学青年。贾谧组建了一个文学小团体，共二十四人，号为"文章二十四友"，其中包括潘岳、陆机、陆云、左思、刘琨以及金谷园的主人石崇，一时成为美谈。②

然而，再美好的事物，也有走向消亡的时刻。金谷园的命运是坎坷的，其主人也以人生的悲剧收场。据《晋书·石崇传》，崇有宠妓名绿珠，人美艳，善吹笛，崇藏之于"金谷园"，赵王司马伦亲信孙秀垂涎绿珠美色，使人于金谷求之，崇不许，秀忿然，谗言赵王诛杀之。永康元年，金谷园被孙秀大军包围，绿珠遂坠楼而亡，石崇及其母亲、兄弟、妻子、儿女等被害，一时尸骨横陈，血流不止。③ 唐人汪遵以《金谷》为题的七言绝句，以石崇富可敌国，但最终没落的历史典故为题材，慨叹人生际遇的飘忽不定，写出生命的无常和历史的无奈，其诗云：

> 晋臣荣盛更谁过，常向阶前舞翠娥。
>
> 香散艳消如一梦，但留风月伴烟萝。

诗中"晋臣"即指石崇；"常向阶前舞翠娥"一句，写石崇为了炫耀自己的财富，经常在金谷园宴请王公贵族，歌舞升平；末句"但留风月伴烟萝"，指后来石崇没落，金谷园也随之湮没无闻。一场变故，让昔日繁华不再，香消玉殒，生命无常，犹如南柯一梦，实在令人唏嘘感慨。名噪一时的金谷园终成废墟，曾经的文人群集，"日以赋诗""昼夜游宴"的盛大场景，

---

① 曹旭：《诗品集注》，上海古籍出版社1994年版，第241页。
② 房玄龄：《晋书》，中华书局1974年版，第1173页。
③ 同上书，第1008页。

已成为明日黄花，那些参与其中的文人墨客，也一个接一个走向死亡，陆机临刑时叹道："欲闻华亭鹤唳，可复得乎！"（《世说新语·尤悔》），嵇康"顾视日影，索琴弹之"（《晋书·嵇康传》），这是那个时代的悲剧，彰显的却是不屈的意志和独立的人格。

如果说，金谷之会标志着自然山水进入了人们的日常生活，转换为人造园林美景被士人欣赏和接受，他们登高临水，诗酒宴乐，娱目悦心，寄托着他们的精神慰藉和人生理想，体味到的是一种超尘脱俗的高逸情趣。那么，这种诗意栖居的人生只是一种时代风气的开始，50 年后的永和九年，书圣王羲之邀集文人雅士 41 人，在会稽山阴的兰亭"流觞曲水"，畅叙幽情，将这种文人荟萃的雅趣和诗性发挥到了更高层次。对此，《世说新语》有着详细记载：

> 王右军得人以《兰亭集序》方《金谷诗序》，又以己敌石崇，甚有欣色。（《世说新语·企羡》三）刘孝标注引王羲之《临河叙》：永和九年，岁在癸丑，莫春之初，会于会稽山阴之兰亭，修禊事也。群贤毕至，少长咸集。此地有崇山峻岭，茂林修竹，又有清流激湍，映带左右，引以为流觞曲水，列坐其次。是日也，天朗气清，惠风和畅，娱目骋怀，信可乐也。虽无丝竹管弦之盛，一觞一咏，亦足以畅叙幽情矣。故列序时人，录其所述。右将军司马太原孙丞公等二十六人，赋诗如左，前余姚令、会稽谢胜等十五人，不能赋诗，罚酒各三斗。①

当王羲之看到石崇的遗作，面露"欣色"，究其原因，乃是不仅欣喜兰亭能踵金谷的遗踪，而且《兰亭集序》亦能比美《金谷诗序》。作为清流的王羲之，与巨富的石崇，其风格境界当然有着显著差异，对此，苏东坡评论道："金谷之会皆望尘之友也。季伦之于逸少，如鸥鸢之于鸿鹄。"（《书黄鲁直画

---

① 张万起、刘尚慈：《世说新语译注》，中华书局 1998 年版，第 617 页。

跋后三首·右军斫脍图》)①　其以鸥鸢与鸿鹄两相对比，凸显王羲之兰亭修禊的趣味高雅，境界高远，毫不吝啬溢美之词。

修禊是古代汉族的传统民俗，源于周代，即农历三月上旬"巳日"这一天，到水边嬉游，以消除不祥，延续至后世，文人饮酒赋诗的雅集，也被称为"修禊"。王羲之组织的这次修禊，发生在晋穆帝永和九年（公元353年）三月三日，这一天天朗气清，惠风和畅，群贤至于风景优美的兰亭。这里崇山峻岭、茂林修竹、清流激湍，实在是怡情悦性、畅发情志的好地点。王羲之除了邀请友朋，还特地带上子女，王玄之是王羲之长子，擅长书法，其作诗一首：

> 松竹挺岩崖，幽涧激清流。
>
> 消散肆情志，酣畅豁滞忧。

诗中列举大量意象，如"松竹""岩崖""幽涧""清流"，尽写自然景色之美丽迷人；后两句以"肆情""酣畅"等词点明自己轻松愉悦的内心感觉。映入眼帘的松竹、清流，消散了士人们心中的忧愁和不安，他们沐浴在春日温暖的阳光中，欣赏着大自然的美丽风光，吟诗作赋，以文会友，其乐融融。文人之间的游戏体现的是高雅情趣，大家分坐于曲水之旁，借着宛转的溪水，以觞盛酒，让盛满美酒的觞顺流而下，置于水上停于某人之前，他就必须即席赋诗。名士们一边喝酒，一边作诗，即兴发挥，畅谈心中所思、所感、所悟。这次集会，一共有26人作诗，编成了诗集《兰亭集》，推举王羲之为其作序，惊世名作《兰亭集序》就此诞生，其曰：

> 夫人之相与，俯仰一世。或取诸怀抱，悟言一室之内；或因寄所托，放浪形骸之外。虽趣舍万殊，静躁不同，当其欣于所遇，暂得于己，快

---

① 王其和校注：《东坡画论》，山东画报出版社2012年版，第89页。

然自足，不知老之将至；及其所之既倦，情随事迁，感慨系之矣。向之所欣，俯仰之间，已为陈迹，犹不能不以之兴怀，况修短随化，终期于尽！古人云："死生亦大矣。"岂不痛哉！（《兰亭集序》）

王羲之感慨人生的短促。有的人在室内畅谈自己的胸怀抱负；有的人就着自己所爱好的事物，寄托情怀，放纵无羁地生活，他们感受到的是一时的自得自满，却不知道衰老即将到来。故在他看来，一切事物，无论是喜欢的还是讨厌的，转瞬之间就会变成旧迹。"死生亦大矣"一语出自庄子，《庄子·德充符》云："死生亦大矣，而不得与之变，虽天地覆坠，亦将不与之遗。审乎无假而不与物迁，命物之化而守其宗也。"生命无常，生死是一件大事，它们自行遗落毁灭，不受外物变迁的影响。看来，王羲之深受道家哲学的影响，消弭的是生死之间的焦虑。王羲之事奉道教中的一支天师道，他虽任性率真，放浪形骸，然于人生、现实并未失去希望，也未忘情于人世。既然人生苦短，为何不趁着大好春光，享受春日的清朗与和畅，"一觞一咏，亦足以畅叙幽情"（《兰亭集序》），体会宇宙的辽阔与无限，"仰观宇宙之大，俯察品类之盛，所以游目骋怀，足以极视听之娱，信可乐也"（《兰亭集序》）。

在清幽雅致的自然山水中，王羲之对于生生不息的宇宙人生充满了感思。他既肯定了造化的伟大，也强调了自然对人的影响，强调了人在自然中的地位。试看其在兰亭集会时创作的，并被收入《兰亭诗集》的诗作，能够窥见其思想脉络，《兰亭诗六首》其三：

> 三春启群品，寄畅在所因。
>
> 仰望碧天际，俯磐绿水滨。
>
> 寥朗无厓观，寓目理自陈。
>
> 大矣造化功，万殊莫不均。
>
> 群籁虽参差，适我无非新。

此诗描绘的正是兰亭修禊时的情景。三月三日，正是暮春时节，万物都欣欣向荣，生机勃勃。这一天，气候宜人，天朗气清，惠风和畅，诗人们寄情山水，畅叙幽情。抬头仰望，看到的是朗然无滓的万里晴空，低头俯视，映入眼中的是清澈见底的曲水之滨。俯仰之间，诗人的所见，包蕴天地万象，一切都生机盎然，体现的是造化的伟大：造化的功绩，它对天地间的万事万物都是不偏不倚的，它赐给万象以生命；自然界的各种事物虽千差万别，但无一不是新鲜而充满生机的。这就是诗人从中悟出的自然与人生的真谛。

从金谷之会到兰亭修禊，体现了自然山水与生命精神汇通、融合的进程。金谷之会，雅俗集汇，美景与豪侈共存，清流与美色相伴，名川胜景，清泉茂林，士人纵情其中，自然风景与玄思之趣相映成趣。兰亭修禊，玄风大倡，玄言诗盛行，自然山水成为人们关注的中心，士人借助山水的清幽玄远，破除的是"生死亦大"的心中之贼，在体会大化流行的自然之趣中，人世间的种种悬殊与差异得以消除，名教与自然深度贯通，玄言与情思相互共鸣，自然与人生合而为一。

第三节　形超神越的生命之美

魏晋玄学作为当时的主流思想，对于当时审美精神的影响是全面、深刻的。玄学家多强调"无""自然"，崇尚"虚静""无为"，这种具有独特思辨气质的哲学思想，深刻影响了魏晋的审美观念和审美风尚。虚静摒弃了主体的私心和欲念，还原事物的本真状态，呈现为一种空明澄澈、无欲无求的审美境界。魏晋士人强调凝聚精神，去除欲望和杂念，以无欲、无为之态应对纷繁的世界，形成了一种况味彻悟的审美精神，达致一种形超神越的生命之美。

一 超功利的审美人生

魏晋士人超功利的审美人生，正是基于老庄哲学"虚静"观的基础之上。老子对于诸如声色、口腹之乐是持排斥态度的，他认为必须保持内心的虚静状态，无私无欲，"致虚极，守静笃""不自见故明，不自是故彰"，就能"涤除玄览"，遵守常道。《老子》五章曰："天地之间，其犹橐籥乎？虚而不屈，动而愈出。"天地由于其虚空广大，故万物得以容存其中，由于其无私无碍，故万物得以生成其中。《老子》六章曰："谷神不死，是谓玄牝。""谷"形容虚空，意为虚空变化是永不停歇的①，老子以此形容圣人之德"旷兮其若谷""上德若谷"。老子的"虚"既是一种人格精神和生活态度，也是一种人生策略。《老子》三章曰："是以圣人之治，虚其心，实其腹，弱其志，强其骨。"这里老子提倡的认识论方法，就是使自己的内心清静、虚寂，并将这种虚静状态推向极致。老子认为，世间万物复杂纷纭，但循环往复总要回到其本根，归根是回到一切存在的根源，根源之处呈现为虚静的状态，这就是"复命"的思想。从这里可以看出，万物之根本是道，本根之状态乃虚静，虚静方可体道。

在老子那里，体道是最高的人生目的，而要认识这个"道"，必须用内心直观的方法，即老子所谓"涤除玄览"（十章）。河上公注解"玄览"之含义为"心居玄冥之处，览知万物，故谓之玄览也"②，高亨注："'览'读为'鉴'，'鉴'、'览'古今通用……玄者形而上也，鉴者镜也，玄鉴者，内心之光明，为形而上之镜，能照察事物，故谓之玄鉴。"③ 陈鼓应注："玄览，帛书乙本作'玄鉴'，喻心灵深处明澈如镜。"④ 老子的意思是要把人的内心

① 陈鼓应：《老子注译及评介》，中华书局 1984 年版，第 85 页。
② 王卡点校：《老子道德经河上公章句》，中华书局 1993 年版，第 35 页。
③ 高亨：《老子正诂》，清华大学出版社 2004 年版，第 59 页。
④ 陈鼓应：《老子注译及评介》（修订增补本），中华书局 2009 年版，第 95 页。

进行彻底的打扫，擦拭得干干净净，如同一面清澈幽深的镜子，不沾染一丝灰尘，这样万物就能自然地呈现于内心之中。老子试图用"虚静"体验道，用"玄览"来认识道，通过两者的结合实现主客观的统一，即所谓"玄同"。老子的体道方法论，是一种主观直觉法，去除欲望与杂念，心镜澄澈空明。张岱年说："老子不讲'为学'，而讲'为道'，于是创立一种直觉法，不重经验，而主直接冥会宇宙本根。……玄览即一种直觉。"① 冯友兰说："'玄览'即'览玄'，'览玄'即观道。要观道，就要先'涤除'。'涤除'就是把心中的一切欲望都去掉，这就是'日损'。'损之又损'以至于无为，这就可以见道了。见道就是对于道的体验，对于道的体验就是一种最高的精神境界。"② 老子强调排除一切杂念，让心灵虚空，保持内心的宁静和澄明，他希望找到一种更高的认识论法，超越感性认识的局限性和理性认识的相对性。

相比老子"致虚守静""涤除玄览"的体道之法，庄子亦认为，道不可知，但可体验。《庄子·知北游》云："夫体道也，天下之君所系焉。今于道，秋毫之端万分未得处一焉，而犹知藏其狂言而死，又况无体道者乎！视之无形，听之无声，于人之论者，谓之冥冥，所以论道，而非道也。"道是超现实的本体，无法认识和掌握，只能靠神秘直觉去体验。庄子提出"体道"说，也提出"睹道"说，《庄子·则阳》云："睹道之人，不随其所废，不原其所起，此议之所止。"睹道即体道，睹道之人不追随事物的消逝，也不探究事物的起源，而是对道进行直接的体认，这种体认绝对不同于正常的认识论方法。庄子在吸收老子"虚静"思想的基础上，对老子的"虚静"说作了进一步的发展，他指出，要达到"致虚守静"的境界必须做到"心斋""坐忘"，《庄子·人间世》云："唯道集虚，虚者，心斋也。"《庄子·大宗师》云："堕肢体，黜聪明，离形去知，同于大通，此谓坐忘。"在庄子看来，人要达到"虚

---

① 张岱年：《中国哲学大纲》，中国社会科学出版社1982年版，第531页。
② 冯友兰：《中国哲学史新编》（上），人民出版社1998年版，第342页。

静"的境界必须忘了世间万物，忘了自己的存在，远离世俗间利害关系，不受私欲杂念干扰，以无知、无欲、无求的心态去感受"道"，达到物我同一的"物化"状态，只有这样才能真正地体会自然，实现审美的生活方式。

庄子对于人生的"虚静"态度，使其在日常生活中始终保持一种审美的精神状态，《庄子·天下》云："人皆取实，已独取虚。"庄子提倡的不是功利性地占有，而是自由地体验、观照和欣赏，认为只有彻底挣脱了世俗社会的利益纠葛，才会得到一种审美的愉悦和满足。《庄子·德充符》云："死生存亡，穷达贫富，贤与不肖毁誉，饥渴寒暑，是事之变，命之行也。日夜相代乎前，而知不能规乎其始者也。故不足以滑和，不可入于灵府。使之和豫，通而不失于兑；使日夜无却，而与物为春，是接而生时于心者也。"庄子的意思是要保持虚静平和的心态，"死生存亡，穷达贫富，贤与不肖毁誉"等都是人力不能左右的天命，要将这些外在的东西抛开，就能"通而不失于兑"，内心充满喜悦，且"与物为春"。

老庄哲学中的"虚静"原则，对于魏晋世风影响甚大，很多士人以此为生活准则和人生理想。葛洪《抱朴子·道意》云："人能淡默恬愉，不染不移，养其心以无欲，颐其神以粹素，扫涤诱慕，收之以正，除难求之思，遣害真之累，薄喜怒之邪，灭爱恶之端，则不请福而福来，不禳祸而祸去矣。"①"抱朴"是一个道教术语，源见于《老子》的"见素抱朴，少私寡欲"，葛洪所言"淡默恬愉"即指人要淡泊宁静、平静放松而充满快乐，只有无欲无求，养心静神，方能实现养生延年、禳灾却病、羽化登仙之目的。张湛注《列子·天瑞篇》云："夫虚静之理，非心虑之表，形骸之外；求而得之，即我之性。内安诸己，则自然全真矣。故物所以全者，皆由虚静，故得其所安。"②虚静不应体现在"心虑之表，形骸之外"，而应是人的自然本性，循虚静之

---

① 张松辉译注：《抱朴子·内篇》，中华书局 2011 年版，第 288 页。
② 杨伯峻：《列子集释》，中华书局 2012 年版，第 27 页。

道，物与人皆能得其"全真"。

魏晋玄学论者多承继和发扬老庄崇尚虚静的观点。王弼从"本末有无"的玄学本体论出发，主张"虚静"为万物之根本。王弼《老子》十六章注："凡有起于虚，动起于静，故万物虽并动作，卒复归于虚静，是物之极笃也。"[1] 变动不居之万有（现象）源于并复归虚静之无（本体）。圣人依此道理，以"虚静"为感悟人生的主要方法，《老子》三十八章注："是以天地虽广，以无为心；圣王虽大，以虚为主。"[2] 郭象从"独化"论出发，强调因由"虚静"以至"玄冥"之境才是事物的本质和归宿，"虽变化无常，而常深根冥极也"（《庄子·养生主注》），在这种玄学思想的支配下，郭象主张人生本于"静"，《庄子·天道注》："我心常静，则万物之心通矣。""虚静"可通万物之心，可使万物归服，故而他提倡"虚静以应物"，反对用智逐物，扰乱心神之安宁。

嵇康《释私论》云："夫气静神虚者，心不存乎矜尚；体亮心达者，情不系于所欲。矜尚不存乎心，故能越名教而任自然；情不系于所欲，故能审贵贱而通物情。"[3] "气静神虚""体亮心达"，就不会矜尚夸耀，追求物欲；一旦如此便可超越一切名利是非、行为枷锁及道德规范，纯任个体精神的自由舒展，进而由凡俗生活上升至审美境界。《家诫》云："心疲体解，或牵于外物，或累于内欲，若不堪近患、不忍小情，则议于去就；议于去就，则二心交争；二心交争，则向所以见役之情胜矣。"[4] 精神之"虚静"，并不意味着精神空无寂灭、凝然不动，而是要以静制动、以虚制实，让主体精神不为外物所干扰，在役使天地间万物的同时保持独立自足、洒脱主动。

如果说嵇康主要论述了由虚静通向精神自由解放的道路，那么阮籍则阐

---

① 楼宇烈：《王弼集校释》，中华书局1980年版，第36页。
② 同上书，第93页。
③ 戴明扬：《嵇康集校注》，中华书局2015年版，第368页。
④ 同上书，第494页。

述了虚静能够遨游于超时空之域的特征。阮籍不拘名教礼法、寻求自我解脱、注重精神自由，其《大人先生传》直接继承庄子"休心乎均天"的自由逍遥精神，表现了大人先生"超世而绝群，遗欲而独往，登乎太始之前，览乎忽谟之初，虑周流于无外，志浩荡而自舒，飘摇乎四运，翩翱翔乎八隅"，在虚静状态下，主体去除了本能欲望，精神获得了极大的能动性、自由性，超越时空而达至绝对自由的逍遥神游，"飘摇于天地之外，与造化为友"（《大人先生传》）。这种虚静状态下纯粹精神的神游，从本质上讲是一种审美体验的想象活动。以虚静之心观物，主体摆脱了实用功利性目的，成为一种单纯的审美观照，故所谓"澄怀味象"，即所"味"之对象进入审美观照之中，变成美的对象；与此同时，主体精神也与审美对象相融合，身心得以彻底解放，从而享受到审美的愉悦。

老庄哲学中的"虚静"观，塑造了魏晋审美精神的超越维度，也可以说，魏晋士人审美意识勃兴，正是由于他们践行了老庄"虚静"的审美人生观，其以超功利的、审美的人生态度将日常生活作为审美观照的对象，从而把自己从社会伦理规范的束缚中解放出来，达到一种不滞于物、超越生死的自由审美之人生境界：

> 王子猷居山阴，夜大雪，眠觉，开室，命酌酒，四望皎然。因起彷徨，咏左思《招隐诗》。忽忆戴安道。时戴在剡，即便夜乘小船就之。经宿方至，造门不前而返。人问其故，王曰："吾本乘兴而行，兴尽而返，何必见戴？"[1]（《任诞》四十七）

魏晋士人以"虚静"的心胸面对自然与人生，使得他们能够摆脱现实功利的束缚，不断追求精神的自由与超越，呈现出高于常人的人格品质、审美趣味和思想境界。大雪纷飞之夜，景色如此美丽，这让王徽之触景生情、心

---

[1] 张万起、刘尚慈：《世说新语译注》，中华书局1998年版，第753页。

动不已，突然想起远方好友戴安道，即乘小船夜访，经过一夜的长途跋涉，来到戴的门前，却又悄然返回，"乘兴而行，兴尽而返"。王徽之雪夜访戴，没有任何功利性目的，其完全是意兴驱使下的任心之举，其以"虚静"心胸面对自然雪景，发现了自然之美，并在这种心意驱使之下，产生了访友的冲动，这是一种完全超功利的审美体验，正是这种体验让他完全自由和随性，故产生"造门不前而返"的违反常理的举动。从礼法角度来看，似乎有些荒唐，但从当时的审美情境来考察，兴尽而返又是可理解和接受的。

王徽之雪夜访戴又放弃见戴的行为举止，充分体现了魏晋士人潇洒通脱的人生态度，这是一种不带任何功利目的的随性之举，却是最能体现诗意栖居的生活方式，而这种诗性生命精神绝不是个案。据《任诞》三十六则记载："刘尹云：'孙承公狂士，每至一处，赏玩累日，或回至半路却返。'"孙统家于会稽，性好山水，兴起则观赏游玩好几天，或者在归途上又兴来而折返，和王徽之一样，他对于自然美景的观赏也是无功利的，全凭自己的审美兴致。又如，阮籍"登临山水，终日而返"（《晋书·阮籍传》），郭文"每有山林，弥旬忘返"（《晋书·郭文传》），羊祜"乐山水，每风景，必造岘山，置酒言咏，终日不倦"（《晋书·羊祜传》），他们热爱山水自然，全身心投入，无论时间地点，为的是精神畅达之审美享受，而这种审美态度提升了他们对于自然环境和现实生活的感知力，从而能够发现自然山水之美。

"虚静"带来的胸次澄澈，使魏晋士人突破世俗功利的束缚，钱财成为他们眼中的"阿堵之物"，腐臭之极。《世说新语·规箴》九有这么一则故事："王夷甫雅尚玄远，常嫉其妇贪浊，口未尝言'钱'字。妇欲试之，令婢以钱绕床，不得行。夷甫晨起，见钱阂行，呼婢曰：'举却阿堵物。'"（"阿堵"，当时口头语，犹言"这个"。）夷甫口不言钱，的确是一位具有雅量的名士。钱财乃是身外之物，不值一提，何不摒弃世俗功利的诱惑，去追求那份玄静与高雅，以审美的态度直面天地万物和现实人生，而这才是体现生命价值高下的关键所在，试看《世说新语》中的记载：

佛图澄与诸石游，林公曰："澄以石虎为海鸥鸟。"① （《言语》四十五）

王子猷出都，尚在渚下。旧闻桓子野善吹笛，而不相识。遇桓于岸上过，王在船中，客有识之者，云是桓子野。王便令人与相闻，云："闻君善吹笛，试为我一奏。"桓时已贵显，素闻王名，即便回下车，踞胡床，为作三调。弄毕，便上车去。主客不交一言。② （《任诞》四十九）

佛图澄清净无巧诈之心，故在他眼中，石虎这样的杀人魔王也无所可惧，这种心境对人生遭际持一种超然旷达的态度，完全突破了生死界限，是一种大智慧。道壹和尚对自然美景的感受是非常敏锐的，雪花飘洒，美景悦目，完全忽视了天寒地冻的恶劣自然环境。与之相比，桓伊更是不着一语，尽得风流。《晋书·桓伊传》云："伊性谦素，虽有大功，而始终不替。善音乐，尽一时之妙，为江左第一。"③ 桓伊不仅有着文韬武略，而且音乐素养颇为深厚，其最擅长的是吹笛，有"笛圣"之称。王徽之与桓伊都可以说是为艺术而艺术，他们的目的在于艺术并不在于人，为艺术的目的既已达到，所以两个人亦无须交言。他们的行为虽违背了礼教，但却体现了对一种超功利审美趣味的追寻和体悟。

正是由于虚静，魏晋士人倡"圣人体无"，他们"忘情"于天地，不为各种财货利禄、功名宝物所动。当时的名士常常表现出宠辱皆忘、临危不惧的高逸雅量，谢安是其中的一个典型：

谢太傅盘桓东山时，与孙兴公诸人泛海戏。风起浪涌，孙、王诸人

---

① 张万起、刘尚慈：《世说新语译注》，中华书局1998年版，第88页。
② 同上书，第754—755页。
③ 房玄龄：《晋书》，中华书局1974年版，第2118页。

色并遽，便唱使还。太傅神情方王，吟啸不言。舟人以公貌闲意说，犹去不止。既风转急，浪猛，诸人皆喧动不坐。公徐云："如此，将无归！"众人即承响而回。于是审其量，足以镇安朝野。①（《雅量》二十八）

谢安隐居东山之时，与孙绰、王羲之等人泛舟海上，忽而风起浪涌，孙绰、王羲之被吓得大惊失色，生怕船会翻掉，就提出赶快返回。此时，谢安却被海面上大风大浪的壮观景象所吸引，正在引吭高歌，神采飞扬，完全忽视了眼前的危险，更不提返程一事，船夫见其兴致正浓，仍然向前划去。不一会，风浪愈加汹涌，小小游船上下颠簸，仿佛随时都有倾覆的可能，诸君坐立不安，无奈之下，谢公提出返程。对此，朝野上下皆佩服之至。这则故事充分体现了谢安临危不惧的气量，更为难能可贵的是，在这种众人皆惊惧不已的危险环境下，谢安不仅安然自若，而且能够发现与欣赏大自然的崇高壮美。

谢安抛弃现实危险，以虚静的心胸欣赏大自然的美景，能够克服心中的恐惧，进而生成一种崇高感、自由感和超越感，这是他对现世人生保持一段距离后得到的审美快感。这种人生态度贯穿谢安一生。他与人下围棋，收到前方送来的大胜前秦军队的战报，淡淡一句"小儿辈大破贼"（《雅量》三十五），意色举止，不异于常。这种胸怀气度，是以一种超功利的、审美的人生态度，将自己从外物的束缚中彻底解脱出来，绝非俗人所能拥有，也一直为后世所称道。

二　形超神越的生命之美

魏晋士人对于人物美的理想形态，常与山水风物的审美特质相联系。这是一种以类比的手法塑造理想化的人格美情态，如谓李元礼"谡谡如劲松下

---

① 张万起、刘尚慈：《世说新语译注》，中华书局 1998 年版，第 336—337 页。

风"（《言语》），形容其清凛刚直，就像大风吹过劲松；嵇康"肃肃如松下风，高而徐引"（《容止》），形容其风姿潇洒，就像松林中的清风，清高幽雅，舒缓绵长。而在《世说新语》中，较常见的是以"玉"比拟人物之美。

以"玉"喻人，这在先秦时期即已盛行。孔子用"玉"比君子之德，其曰：

> 非为珉之多故贱之也，玉之寡故贵之也。夫昔者，君子比德于玉焉：温润而泽，仁也。缜密以栗，知也。廉而不刿，义也。垂之如队，礼也。叩之，其声清越以长，其终诎然，乐也。瑕不掩瑜、瑜不掩瑕，忠也。孚尹旁达，信也。气如白虹，天也。精神见于山川，地也。圭璋特达，德也。天下莫不贵者，道也。《诗》云："言念君子，温其如玉。"故君子贵之也。①

孔子将仁、义、礼、智、信等与玉的品格相比拟，认为玉的品格符合儒家这些基本的道德规范，赋予了玉高洁的人格特征，从而与君子的美德相等同。孔子指出，玉的质地温厚而又润泽，就好比君子之仁；纹理缜密而又坚实，就好比君子之智；玉有棱角而不伤人，就好比君子之义；玉佩总是垂而下坠，就好比君子之礼；把玩玉器，轻轻一敲，玉声清脆悠扬，停止敲击，声音又戛然而止，就好比君子所喜爱的音乐；玉既不会用它的优点掩盖其缺点，也不用缺点掩盖其优点，就好比君子的忠诚；玉光彩晶莹、表里如一，就好比君子的言而有信；玉吸收了天地之精华，宝玉所在之处，其上有气如白虹，似与天息息相通；玉的精神见之于山川，产玉的地方山川草木津润丰美，又似与地息息相通。孔子提出的"比德"说，他将玉的自然属性与人的道德属性相联系，由此，玉成为君子的道德精神和境界的象征物，玉沾染道德光辉而愈加珍贵，君子佩玉亦受玉之感化，故能得玉之高洁品质，两者相

---

① 郑玄注，孔颖达疏：《礼记正义》，北京大学出版社 1999 年版，第 1670 页。

互联通、相辅相成。

《世说新语》突破了儒家"比德"说的局限，在魏晋士人看来，玉的特点是晶莹剔透，光洁温润，以此比喻一个人的容貌举止风姿俊秀，明净照人，故常用"珠玉"表述之：

> 王大将军称太尉处众人中，似珠玉在瓦石间。[①]（《容止》十七）

> 骠骑王武子是卫玠之舅，俊爽有风姿，见玠辄叹曰："珠玉在侧，觉我形秽！"[②]（《容止》十四）

> 有人诣王太尉，遇安丰、大将军、丞相在坐；往别屋见季胤、平子。还，语人曰："今日之行，触目见琳琅珠玉。"[③]（《容止》十五）

"珠玉"的意思是珍珠美玉，大将军王敦赞赏太尉王衍，他认为王衍处在众人之中，就像珠玉放在瓦砾石块中间，这里以珠玉与瓦石相比较，凸显的是王衍风姿俊逸的神采风韵。史载卫玠风采秀异，见者皆以为玉人，王济是卫玠的舅舅，容貌俊秀，精神清爽，很有风度仪表，可他见到卫玠，不由得感叹说："珠玉在身边，就觉得我自己的形象丑陋了！"这是赞美卫玠风姿秀美，如珠玉一般光彩明丽。同样，有人去拜访太尉王衍，遇到安丰侯王戎、大将军王敦、丞相王导，到另一个房间去，又见到王季胤、王平子，回家后，他告诉别人，今天走这一趟，满眼都是珠宝美玉，这是以"珠玉"之美喻东晋王氏一门诸贤的卓越风姿。

又如"玉树"：

---

① 张万起、刘尚慈：《世说新语译注》，中华书局1998年版，第595页。
② 同上书，第593页。
③ 同上书，第594页。

　　魏明帝使后弟毛曾与夏侯玄共坐，时人谓"蒹葭倚玉树"。① （《容
止》三）

　　庾文康亡，何扬州临葬云："埋玉树箸土中，使人情何能已已！"②
（《伤逝》九）

夏侯玄品端貌美，年轻时即负盛名，毛曾是魏明帝皇后的弟弟，虽达官
贵胄，但相比之下，却是貌丑人贱，当他们两人并排坐在一起，当时的人评
论是芦苇倚靠着玉树，高下立现。庾亮死时，何充去参加葬礼，他哀叹这是
把玉树埋进了泥土之中，让人不胜惋惜，这里用"玉树"比喻庾亮形体美好，
资质特异。

又如"玉山"：

　　时人目夏侯太初"朗朗如日月之入怀"，李安国"颓唐如玉山之将
崩"。③ （《容止》四）

　　裴令公有俊容仪，脱冠冕，粗服乱头皆好，时人以为"玉人"。见者
曰："见裴叔则，如玉山上行，光映照人。"④ （《容止》十二）

夏侯玄，字太初；李丰，字安国，任中书令。颓唐：指精神萎靡不振。
玉山，用玉石堆成的山，用来形容仪容美好。当时的人评论夏侯玄好像怀里
揣着日月一样光彩照人，李丰的精神气度，像玉山将要崩塌一样。山涛评论
嵇康的醉态，就像高大的玉山快要倾倒。这里都是用"玉山"形容人物身形
丰伟，神姿高彻。

_____

① 张万起、刘尚慈：《世说新语译注》，中华书局1998年版，第587页。
② 同上书，第627页。
③ 同上书，第588页。
④ 同上书，第592页。

"玉人"比喻容貌美丽的人，裴楷被称为仪表出众，即使脱下礼帽，穿着粗陋的衣服，头发蓬松，也都很美，被当时的人称为"玉人"。他们认为，看见裴叔则，就像在玉山上行走，感到光彩照人。这里用"玉山""玉人"形容人物的仪容俊美，风姿绰约。

宗白华说："晋人的理想的美，很可注意的，是显著的追慕着光明鲜洁，晶莹发亮的意象。"① 诚然如此。除了以"玉"喻人，魏晋人还常用"日月""朝霞"等美好事物展现人物之美，这些事物的共同特点是光亮耀眼，灿烂夺目，用这些充满生命气息的意象来比喻一个人仪态多姿、神采奕奕、气宇轩昂。如：

> 海西时，诸公每朝，朝堂犹暗，唯会稽王来，轩轩如朝霞举。②（《容止》三十五）

海西公是晋废帝司马奕，东晋期间唯一在位期间被废黜的皇帝，他在位的六年间，司马昱为会稽王，后即位为帝，史称简文帝。司马昱善于清谈，史称"清虚寡欲，尤善玄言"，是个名副其实的清谈皇帝，在他的提倡下，东晋中期前玄学呈现长足发展。这里形容他气宇轩昂，像朝霞高高升起一样，虽然当时的殿堂还很暗，但他的到来使得昏暗的殿堂仿佛一下子明亮了起来。又如前引"夏侯太初朗朗如日月之入怀"，日月光照万物，清澈明朗，这里讲夏侯玄好像怀里揣着日月，是形容其仪态明亮清朗，光彩照人，如同天上的日月一般灿然夺目。

形容一个人的神采气度的超逸不凡，魏晋人又常用"电"，其曰：

> 裴令公目王安丰："眼烂烂如岩下电。"③（《容止》六）

---

① 宗白华：《美学散步》，上海人民出版社 1981 年版，第 180 页。
② 张万起、刘尚慈：《世说新语译注》，中华书局 1998 年版，第 607 页。
③ 同上书，第 589 页。

裴令公有俊容姿。一旦有疾，至困，惠帝使王夷甫往看。裴方向壁卧，闻王使至，强回视之。王出，语人曰："双眸闪闪，若岩下电；精神挺动，体中故小恶。"①（《容止》十）

"眼烂烂"指目光闪闪，"岩下"指山岩之下，是眉棱下的比喻。中书令裴楷评论安丰侯王戎目光灼灼射人，像岩下闪电，神采奕奕。而裴楷本人亦是如此，其容貌俊美，即使生病了也依然双目闪闪，像山岩下的闪电，炯炯有神。

魏晋人还以"春柳""清风"形容人的神采风韵，这些意象的最主要特点是秀美温婉，舒缓飘逸。如：

有人叹王恭形茂者，云："濯濯如春月柳。"②（《容止》三十九）

刘尹云："人想王荆产佳，此想长松下当有清风耳！"③（《言语》六十七）

王恭年轻时就有美誉，据《晋书》记载，其人"少有美誉，清操过人""美姿仪，人多爱悦，或目之云'濯濯如春月柳'"，意思是赞赏他形貌丰满美好，像春天的杨柳一样光鲜夺目。王徽，字幼仁，小名荆产，曾任右军司马，祖父王乂为平北将军，父王澄任荆州刺史，其性放诞不羁。刘惔认为，人们想象王徽人才出众，其实这等于想象高大的松树下定会有清风。"松下""清风"均为时人称颂的美好之物。王澄生性通脱放达，如果以"松"喻之，那作为其子的王徽自然也会优秀，可以"松树""清风"称之。

我们知道，在中国的历史长河中，魏晋士人以其仪态高雅、风神超拔、

---

① 张万起、刘尚慈：《世说新语译注》，中华书局 1998 年版，第 591 页。
② 同上书，第 609 页。
③ 同上书，第 106 页。

人格独立、个性鲜明流芳千古，广为后世所景仰。《世说新语》中还塑造了一些特殊的意象，如"云柯""孤松""野鹤"，突出表现了魏晋士人高雅的风神仪态和独特的个性品质，其曰：

> 王右军道谢万石"在林泽中为自道上"，叹林公"器朗神俊"，道祖士少"风领毛骨，恐没世不复见如此人"，道刘真长"标云柯而不扶疏"。① （《赏誉》八十八）

> 山公曰："嵇叔夜之为人也，岩岩若孤松之独立；其醉也，傀俄若玉山之将崩。"② （《容止》五）

> 有人语王戎曰："嵇延祖卓卓如野鹤之在鸡群。"③ （《容止》十一）

王羲之认为，谢万在游于方外之人中是挺拔向上的。谢万，字万石，陈郡阳夏（今河南太康）人，东晋名士，太常谢裒第四子，太保谢安之弟，谢万年轻时才器出众，虽然器量不及谢安，但擅长展现自我，故颇有声誉。支遁，字道林，世称支公，亦曰林公，东晋高僧。支遁精通老庄之说，佛学造诣亦深，其著《即色游玄论》提出"即色本空"的思想，创立了般若学即色义，成为当时般若学"六家七宗"中即色宗的代表人物。这里王羲之称赞林公（支遁）胸怀宽广，器宇轩昂，实乃世间少见之高人逸士。祖约，字士少，是镇西将军、豫州刺史祖逖之弟，东晋将领。王羲之评价祖约，气度骨相独具，一辈子少见这样的人。王羲之评论刘真长，身居显位而能闲静自守，像树木高耸入云而枝叶却不分散。刘惔，字真长，东晋著名清谈家，晋陵太守刘耽之子，出身世宦家庭，少时便为王导所赏识，时人比之为荀粲，后娶晋

---

① 张万起、刘尚慈：《世说新语译注》，中华书局1998年版，第434页。
② 同上书，第588页。
③ 同上书，第592页。

明帝的女儿庐陵公主为妻。刘惔喜好《老》《庄》，顺应自然，是当时清谈的主力干将，袁宏在《名士传》中称其为"永和名士"。这句话形容大树又高又直，仿佛直入云霄，其以凌云的高枝，比喻刘惔人格的高尚。

嵇康身高七尺八寸，风度姿态秀美出众，山涛评论他的为人，像挺拔的孤松傲然独立。在中国传统文化中，松、竹、梅常被称为"岁寒三友"，象征着人的高洁品质。松树孤傲、正直、质朴，不怕严寒，四季常青，代表的是一种不屈不挠的坚毅精神。以孤松喻人，其崇高人格可见一斑。

鹤是中国传统文化中的吉祥之物，它跟仙道和人的精神品格有密切的关系。在道教中，是长寿的象征，因此有仙鹤的说法；此外，鹤雌雄相随，步行规矩，情笃而不淫，具有很高的德性。古人多用翩翩然有君子之风的白鹤，比喻具有高尚品德的贤能之士，把修身洁行而有时誉的人称为"鹤鸣之士"。嵇绍，字延祖，曹魏中散大夫嵇康的儿子，其人豁达洒脱，品行高洁，不拘小节，当嵇绍站在人群之中，就像鹤立鸡群一样，以此比喻他的品德、仪表和才能在周围一群人里显得很突出。

以物喻人，以物象喻人格，表现人的人格之美，这在支遁身上也有集中体现。作为一名佛教徒，支遁没有闭门于幽深寂静的寺庙之中，反而主动地投入精彩的现实世界中，与上层名士交往十分密切。可以说，他既有高深的佛学修养，研经讲肆，著书撰文，传播佛法，创立新宗，又有豁达的名士风范。他精熟老庄，广交名士，精通书画，作诗写字，养马放鹤，游览山水，既是得道高僧，又是清谈领袖，是东晋那个特定时期，僧、士合一的典型。《世说新语》中对于支道林的描写有四十余处，这里选择两例，以见其精神内涵：

> 支道林常养数匹马。或言道人畜马不韵。支曰："贫道重其神骏。"①

---

① 张万起、刘尚慈：《世说新语译注》，中华书局1998年版，第103页。

（《言语》六十三）

　　　支公好鹤，住剡东峁山。有人遗其双鹤，少时翅长欲飞。支意惜之，乃铩其翮。鹤轩翥不复能飞，乃反顾翅垂头，视之如有懊丧意。林曰："既有凌霄之姿，何肯为人作耳目近玩！"养令翮成，置使飞去。[①]（《言语》七十六）

　　支遁对人生的理解，融合了庄玄意趣与般若智慧。当他来到剡山，优游于林泽之间时，别人送给他一匹骏马，他很喜欢，就把骏马养起来。有人认为，出家人养马，很不得体，支遁说："我只是爱它的神态俊逸超凡才养它的。"后来又有人送给支遁一对仙鹤，不久，鹤翅长好欲飞走，支遁舍不得，就弄伤其翅。鹤举翅不能飞，就扭过头去看翅膀，垂头懊丧。支遁对仙鹤说："既然有凌云冲天的姿态，怎么能给人当观赏的玩物呢！"在他看来，鹤是自由的，属于天空，不应成为人们手中的玩物。于是他养好鹤翅，放飞了仙鹤。支遁畜马养鹤，并非为了驾驭坐骑、为我所用的功利目的，而是欣赏马的"神骏"，鹤的"凌霄之姿"，从中体味出人生的自由意义，这种参悟玄学佛理后的自在洒脱之举，体现出来的却是一种诗性生存的生命情态和高远旷达的人格之美。

　　从以上《世说新语》所载的人和事，我们看到，魏晋人所欣赏的既是人物身体外形的俊美风姿，又是其精神的明净轩亮、不滞于物的光明磊落。又如：

　　　王戎云："太尉神姿高彻，如瑶林琼树，自然是风尘外物。"[②]（《赏誉》十六）

---

① 张万起、刘尚慈：《世说新语译注》，中华书局1998年版，第113页。
② 同上书，第388页。

有问秀才："吴旧姓何如?"答曰："吴府君,圣王之老成,明时之俊乂;朱永长,理物之至德,清选之高望;严仲弼,九皋之鸣鹤,空谷之白驹;顾彦先,八音之琴瑟,五色之龙章;张威伯,岁寒之茂松,幽夜之逸光;陆士衡、士龙,鸿鹄之裴回,悬鼓之待槌。"①(《赏誉》二十)

谢幼舆曰："友人王眉子清通简畅,嵇延祖弘雅劭长,董仲道卓荦有致度。"②(《赏誉》三十六)

王公目太尉："岩岩清峙,壁立千仞。"③(《赏誉》三十七)

时人欲题目高坐而未能,桓廷尉以问周侯,周侯曰："可谓卓朗。"桓公曰："精神渊著。"④(《赏誉》四十八)

时人道阮思旷,骨气不及右军,简秀不如真长,韶润不如仲祖,思致不如渊源,而兼有诸人之美。⑤(《品藻》三十)

抚军问孙兴公："刘真长何如?"曰："清蔚简令。""王仲祖何如?"曰："温润恬和。""桓温何如?"曰："高爽迈出。""谢仁祖何如?"曰："清易令达。""阮思旷何如?"曰："弘润通长。""袁羊何如?"曰："洮洮清便。""殷洪远何如?"曰："远有致思。""卿自谓何如?"曰："下官才能所经,悉不如诸贤;至于斟酌时谊,笼罩当世,亦多所不及。然以不才,时复托怀玄胜,远咏《老》《庄》,萧条高寄,不与时务经怀,自

---

① 张万起、刘尚慈:《世说新语译注》,中华书局 1998 年版,第 393 页。
② 同上书,第 405—406 页。
③ 同上书,第 406 页。
④ 同上书,第 413 页。
⑤ 同上书,第 489 页。

谓此心无所与让也。"①（《品藻》三十六）

王戎说太尉（王衍）神情仪态高雅澄澈，像瑶林琼树一样高洁，自然是超脱世俗之外的人物。

有人问秀才（蔡洪）："吴地原来的望族怎么样呵？"回答说："吴府君（展）是贤王手下德高望重的辅弼，圣明时代俊秀才高的人才；朱永长（诞）是从政治民的有高尚道德之人，清廉要务最有威望的人选；严仲弼（隐）是深泽淤地上鸣叫的仙鹤，山谷中奔驰的白驹；顾彦先（荣）是八种乐器中优雅的琴瑟，各种图案色彩中最显耀的龙章；张威伯（畅）是严寒中茂盛的松柏，黑夜中释放出的光芒；陆士衡（机）、士龙（云）是空中盘旋的大鹏，等待槌击的悬鼓。"

谢幼舆（鲲）说："友人王眉子（玄）清明通脱、简约疏放，嵇延祖（绍）大度儒雅而高尚，董仲道（养）卓绝出色而有高雅的风度。"

王公（导）评太尉（王衍）："高峻挺拔，像巍然挺立的千仞崖壁。"

世人欲品题高坐道人（尸黎密）而未能，桓廷尉（彝）问周侯，周侯说："可以说是卓越明朗。"桓公（温）说："精神渊深。"

当时的人评价阮思旷（裕），风骨气度不如右军（王羲之），简约俊秀不如真长（刘惔），美好温润不如仲祖（王濛），思想意趣不如渊源（殷浩），却兼有诸人之美。

抚军（司马昱）问孙兴公（绰）："刘真长（惔）怎么样？"说："清淳有文采，简约美好。""王仲祖（濛）怎么样？"说："温和仁慈，恬淡闲适。""桓温怎么样？"说："高傲豪爽，超群出众。""谢仁祖（尚）怎么样？"说："高洁平易，美好通达。""阮思旷（裕）怎么样？"说："大度宽和，淹通兼善。""袁羊（乔）怎么样？"说："滔滔不绝善清谈。""殷洪远（融）怎么

---

① 张万起、刘尚慈：《世说新语译注》，中华书局 1998 年版，第 493 页。

样?"说:"旷远有深邃的思想。""你自认为如何?"说:"下官的才能所长,全不如各位贤达;至于斟酌时世事务,把握时局形势,也大多赶不上他们。然而不才时时寄托情怀于玄理,尽情吟诵《老子》《庄子》,超脱世俗有高远的寄托,不以时务萦怀,自认为此种心境是谁也比不了的。"

从以上诸则品评,我们能够看出,魏晋时对人物的欣赏品评已从经学、伦理、道德转向个人的才情、格调、风姿、神韵,由人物的美形而致美神,对这种形超神越的生命之美的品评欣赏是一种况味彻悟的审美。这种审美是将自然和人生审美化,体味其本然的美感滋味,达致超越现实而彻悟个体生命真谛的审美精神。《世说新语》的记载、赏评告诉我们,魏晋的审美精神不仅是以个体生命俊美的身体为美,而且是以其高远旷达的深邃精神为美,还告诉我们,应当如何去体味欣赏这种形超神越的生命之美。

第五章 《世说新语》的美学启示

魏晋在中国悠久的历史之中虽然只是短暂的一个阶段，但是中国美学史的精彩华章。魏晋风流嗜酒任诞的生活方式，魏晋士人遨游山水、谈玄论道、与自然冥同、不滞于物的审美化生存，通过《世说新语》，对于后世士大夫文人，特别是诗人、书家、画家等艺术家，产生了极其深刻的影响。放达潇洒，不拘礼法成为后世士大夫逃避现实的尔虞我诈、权谋争斗而追慕的生活方式，饱览自然景物、玄对山水，亦是净化心灵、提升精神至高远境界的审美之路。遨游山水更是艺术家的审美化生存，以至于从晋宋以降，出现众多的山水画派、山水诗派，佳作累累。

第一节 魏晋风流生活方式的影响

魏晋士人在死亡阴影、政治高压下陷入无穷的忧惧和深重的痛苦，唯有以嗜酒放达、谈玄论道来摆脱现实羁绊和精神苦痛。任诞洒脱的外表下是企图向死而生，不滞于物，活出自我的挣扎和对生命的执着。这给后世士大夫提供了一种在黑暗现实中活得自在通脱（随便）的生活方式，因而佯狂放达、嗜酒任诞的魏晋风流对后世产生了巨大影响，特别是其中的嗜酒、谈玄、作诗，成为后世士大夫不与世俗同流合污的生活方式。

一　潇洒旷达，诗酒人生

东晋时陶渊明遨游山水，躬耕田园。陶渊明曾祖父陶侃是东晋开国元勋，其祖父、父亲都做过太守。因为九岁丧父，孤儿寡母多在外祖父孟嘉家生活，陶渊明因而受名士孟嘉影响很深，其个性、修养颇有外祖遗风。两晋思潮和家庭环境的影响，使其同时培养了"猛志逸四海"和"性本爱丘山"两种不同的志趣。但是从政后因出身庶族而受门阀制度的限制，以及对东晋朝政的黑暗腐朽、残酷争斗不满，最后终于不为五斗米折腰，与上层统治决裂，不与世俗同流合污而解甲归田。他躬耕自给，安贫乐道，固穷守节。但以诗酒自娱，开创了田园诗风。这既是对魏晋名士生活方式的继承，又别开另一境界，故李泽厚先生以为代表魏晋风流者，是陶潜和阮籍，"他们两个人，才真正是魏晋风度的最高优秀代表"。李泽厚认为，与阮籍外表洒脱不凡、轻视世事，内心却执着于人生，常怀无边的忧惧和深重的哀伤，因而非常痛苦不同，陶潜是对出仕曾有过浓厚兴趣却自觉从政治中退了出来，把精神的慰安寄托于农村生活的饮酒、读书、作诗上。某种意义上可以说，这才是真正的洒脱。李泽厚说："陶潜和阮籍在魏晋时代分别创造了两种迥然不同的艺术境界，一超然世外，平淡冲和；一忧愤无端，慷慨任气。它们以深刻的形态表现了魏晋风度。"① 山川草木在陶诗中不仅充满勃勃生机，而且充满诗人的殷殷情意，更有着与自然同一的玄思省悟：

> 结庐在人境，而无车马喧。问君何能尔？心远地自偏。采菊东篱下，悠然见南山。此中有真意，欲辨已忘言。（《饮酒》其五）

---

① 李泽厚：《美学三书·美的历程》，安徽文艺出版社1999年版，第109页。

暧暧远人村，依依墟里烟，狗吠深巷中，鸡鸣桑树颠。户庭无尘杂，虚室有余闲，久在樊笼中，复得返自然。（《归园田居》其一）

审视历史，魏晋风流对后世的影响当以阮籍陶潜为甚，追求个体生命人格独立、个性自由。士大夫文人常常身在朝廷，心向山林，以诗酒自娱，追求个体生命心灵的自由和精神的解放。潇洒旷达，诗酒人生往往是后世士大夫文人，特别是诗人的生活形态。

李白、杜甫一生无法跻身官场，便行万里路，读万卷书，遍游天下名山大川，获得了摆脱世俗羁绊的审美自由，创作出众多优美的名诗佳作。特别是李白，山水之美成就其众多华章，其《望庐山瀑布》《早发白帝城》《送孟浩然之广陵》《望天门山》《独坐敬亭山》《蜀道难》等，雄奇豪放，俊逸清新，脍炙人口。杜甫在遍游天下时除写了大量反映国政时务、百姓疾苦的诗作外，也写了许多山水诗：《绝句》《登高》《登岳阳楼》《望岳》《秋兴八首》等，其诗情景兼具，意境或雄浑开阔，或苍凉凄美，或清丽柔和。尤其是李白，深受《老》《庄》影响，性格奔放，嗜酒成性，其诗突出地表现自我、挥洒个性。李白斗酒诗百篇，其遨游山水，嗜酒成诗，成就了他的众多山水诗雄奇奔放、俊逸清新，是阮籍陶渊明之后，魏晋风流杰出的继承光大者。

而明代末期高举以情反理旗帜的李贽、公安三袁、徐渭、汤显祖等人，更是发扬了魏晋风流潇洒任诞、不拘成法的做派，把魏晋风流的表现自我、任情随性发展到个性解放的新维度。李贽，字卓吾，福建泉州人，著名的思想家、文学家。李贽出生的福建泉州，从宋末元初开始，就是中国通往西洋、南洋、东洋的总港口。李贽出生于世代航海巨商的家庭，生活于泉州这样的涉外港口，对于他狂放不羁思想性格的形成有很大影响。他青年时便对科举、时文不感兴趣，但因父早逝，家道中落，不得已奔波仕途以养家，直待儿女长大成人，成家立业，五十四岁才得以辞官讲学。明代中后期，由于社会生产中资本主义因素萌芽的出现和市民阶层的日益壮大，客观上产生了人的解放的社会要求，并反映到思想文化上来。王阳明（守仁）继承了南宋陆象山的心学，大倡"致良知""知行合一"，其弟子王艮打着王学旗号却修正了王学以心反理的唯心主义，形成了以"百姓日用为道"，以自然天则、不受束缚的人性对抗作伪的程朱理学的泰州学派，成为明代后期人的解放的文学新思潮的哲学基础。李贽曾师事王艮弟子王襞，并与王艮再传弟子罗汝芳有交往。李贽继承和发展了泰州学派的进步思想，公开以"异端"自居，激烈抨击孔孟之道。他以泰州学派的自然人性论为基础，以"童心"（未受封建伦理道德污染的最初一念本心）为旗帜摇旗呐喊，对明代后期的思想文化产生了巨大影响。受泰州学派和李贽影响，公安三袁、徐渭、冯梦龙、汤显祖等人共同掀起了反对封建正统思想束缚、要求人的解放的"以情反理"文学新思潮。

公安三袁即湖北公安人袁宗道、袁宏道、袁中道三兄弟，他们尊崇李贽的"童心说"，主张独抒性灵，不拘格套，自由抒写真情实感，率性而为，即表达自己的个性和真性情，"言人之所欲言，言人之所不能言，言人之所不敢言"（雷思霈《潇碧堂集序》）。他们在现实生活中放浪不羁，追求个性自由，避世而追求闲情逸趣，甚至"为酒肉""为声伎"，率心而行，任性而发，无所忌惮。

徐渭，字文长，浙江绍兴人，是其父晚年纳妾所得之子，在家庭中地位低下，于世态炎凉中形成了既孤傲自赏，又郁郁寡欢的性格。徐渭聪颖异常，文思敏捷，但科举不顺，只中过秀才，多次乡试不中举，一生未能做官，只担任过慕僚、文书等职。时常中夜呼啸，宣泄愤慨。晚年乡居的日子里狷傲愈甚，越发厌恶富贵者与礼法之士，以卖字画度日，贫病交加，也不肯向富贵者乞食。有时豪饮酒肆，有时持斧毁面破头，精神发狂。在广交文友的活动中，徐渭博采众长，文化艺术修养迅速提高，诗、书、画、戏剧兼长。其诗如袁宏道所评："文长既不得志于有司，遂乃放浪于曲蘖，恣情山水……其所见山奔海立，如寡妇之夜泣，羁人之寒起。当其放意，平畴千里；偶而幽峭，鬼语秋愤。"书法，徐渭最擅长气势磅礴的狂草。绘画，徐渭的泼墨写意花鸟画，别开生面自成一家，笔法劲健，水墨淋漓，生动无比。其书画正是他狂放不羁、绝世独立人格的写照。戏曲作品有《四声猿》等，具有反抗思想与革新精神。戏曲理论有《南词叙录》。徐渭身上时有魏晋风流的影子且更为倨傲猖狂。

汤显祖，江西临川人，出身书香门第，早有才名，曾中进士，官至太常寺博士等，因目睹官僚腐败愤而上疏，触怒皇帝被贬为徐闻典史，后调任浙江遂昌知县，一任五年，政绩斐然，却因压制豪强，触怒权贵而招致上司非议和地方势力反对，他不愿与之同流合污，愤而弃官归家。汤显祖为人正直，曾拒绝宰相张居正、张四维、申时行等人的拉拢，洁身自好。汤显祖曾为王艮再传弟子罗汝芳的学生，并十分敬仰李贽，接受了泰州学派和李贽离经叛道的思想，形成了他政治上文学上的反抗性和斗争性，被人称为"狂奴"。有戏剧作品"临川四梦"，其中《牡丹亭》为代表作，诗集有《玉茗堂全集》等。汤显祖反对封建礼教，否定宋明理学，主张以情反理，追求个性自由解放。他说："世总为情，情生诗歌，而行于神。"（《耳伯麻姑游诗序》）"情有者，理必无；理有者，情必无。"（《与达观》）他的戏剧作品《牡丹亭》主人公杜丽娘是一个为了情"生者可以死，死可以生"的有情人。汤显祖所言之"情"，不仅是指爱情。他强调在作品中抒发才情，以情反理，变"有法之天下"为"有情之天下"，就是要求冲破封建道统的束缚，追求个性的自由解放，要求思想的自由施展。

冯梦龙，吴县长洲人（今苏州市），明代通俗文学家。少有才情，博学多识，但青壮年时期却于乡试屡考不中，落魄奔走，曾以坐馆教书为生。为人旷达，治学不拘一格，行动不受名教束缚，出入青楼酒肆，与妓女相交。曾热恋一个叫侯慧卿的妓女，但无钱为其赎身，最后只好任其远嫁富商。冯梦龙酷嗜"李氏（贽）之学，奉为蓍蔡"（许自昌《樗斋漫录》）。受李贽离经叛道思想影响，又长期生活于酒肆青楼社会底层，熟悉市民生活，编撰了大量通俗文学作品，其代表作为"三言"：《喻世明言》《警世通言》《醒世恒言》。在冯梦龙前后，明中叶以来，在人的解放的思潮涌现的时代背景下，礼法松懈，与宋明"存天理，灭人欲"的程朱理学背道而驰，个体感性存在的自然情欲特别是男女之间的性欲突出，人们由争取身体的自由和解放到心灵的自由解放。在创作领域，这种倾向表现得十分鲜明，"例如，明末小说中众多淫秽、贪婪、凶残、欺诈的描绘，津津乐道丑行恶事，追求官能性的挑逗、戏剧性的紧张……等等。"① 冯梦龙以"喻世""警世""醒世"命名其书，其描写中既体现了新兴市民阶层具有个性解放色彩的思想观念，特别是以男女之间的性欲为代表的自然人欲，和以男女个性与人格平等的爱情为基础的婚姻观念，以及为争取婚姻爱情而斗争的精神，还有市民阶层的道德观念"义气"——"出门靠朋友"的互相救助的友谊和信任；又有忠孝节义、封建迷信（宿命论、因果报应）、清官政治等，充满了民主新思潮与封建落后思想的深刻矛盾。但应当说，"三言"的突出特色是充分肯定和描绘了自然人欲，具有强烈的时代色彩。

明中叶以后，从风流浪荡才子唐寅等人到李贽、公安三袁、徐渭、冯梦龙、汤显祖等人，其倡导的"情"虽然是继承魏晋风流，发自个体，但已不仅是对个体的才情、本性的存在与生死存亡的品咂感喟，与自然之道、个体生命本体的探询感受深深联系在一起的"智慧加深情"，而是与个体肉身感性存在紧密联系在一起的个体感情欲求（人欲），情包含着欲，这种情欲继承了魏晋风流的情，高度肯定个体的才情、本性，又扩展至欲，体现着个人的个性解放的要求。因而晚明士人的潇洒旷达、诗酒人生中便多了几分纵情人欲的成分。

二 遨游山水，与道冥同

遨游山水，拥抱大自然，在饱览山川美景时体验大自然的奥妙，与道冥

---

① 李泽厚：《美学三书·华夏美学》，安徽文艺出版社1999年版，第410页。

同，这是自魏晋始中国古代士大夫文人的一种生活方式。甚至，当他们高居庙堂之上时，也身在庙堂，心向山林，借思慕自然山水，慰藉在权谋争斗中疲惫的身心，获得精神上的超越与自由。对于艺术家来说，这更是创作所必需的生活体验。遨游山水之中，与道自然冥同，与天地万物同一，精神荡涤飞升，意趣挥洒自如，创作自由驰骋，硕果累累。后世书家、画家、诗人、作家，无不如此。

对于山水之美的欣赏，最具有代表性的是宗炳。宗炳是南朝宋时著名画家，生性喜好游山玩水，甚至达到了狂热的程度，著有《画山水序》。由于他见识过无数美丽的山川景物，发掘出山水美的真谛，因而画山水时，能够"以形媚道"，畅其神韵。最为引人注目的是，宗炳提出"卧游"说，创造出一种融自然山水与个体生命存在于一体的诗性生活方式。宗炳一生寄情于林壑烟雨之中，安于隐逸遁世的生活，沈约《宋书·宗炳传》曰："好山水，爱远游，西陟荆、巫，南登衡岳，因而结宇衡山，欲怀尚平之志。有疾还江陵，叹曰：'老病俱至，名山恐难遍观。唯当澄怀观道，卧以游之。'凡所游历，皆图之于室，谓人曰：'抚琴动操，欲令众山皆响。'"[1] 宗炳喜好游观山水，不论远近，他都要前往登临，晚年因病居于江陵，不能再涉足山水，常常感叹不已。然而他将平生所游之地用他的笔画出，挂之于室内的墙上，虽然足不出户，却也似置身于山水之间，时而抚琴弹奏一曲，兴趣盎然，不减当年。

宗炳的"卧游"是一种神游。当老病将至，无法再跋山涉水、赏鉴自然美景之时，宗炳画山水图并挂之于壁，虽足不出户，而山水秀色，尽得饱览，何其欢乐！"于是闲居理气，拂觞鸣琴，披图幽对，坐究四荒，不违天励之藂，独应无人之野。"（《画山水序》）闲暇之时，摒除一切杂念，饮酒弹琴，铺展画卷，兀自欣赏，仔细品鉴四方的山水，画面上所描绘的幽远意境，使其仿佛置身于那片纯净寂寥的山林之中。宗炳"卧游"时观赏的审美对象是

---

① 沈约：《宋书》，中华书局1974年版，第2279页。

山水画,所呈现的自然山水并非实有之物,而是在头脑中想象出来的审美意象。通过艺术创造,自然山水升华为艺术山水,又通过精神的畅达神游,艺术山水仿佛又转变成为自然山水,并能够体味到山水画作背后的"自然之道"。"应会感神,神超理得",这种由艺术向自然的回归完全是靠精神之"游"来实现。"游"从庄子"逍遥游"的精神自由升华为人的一种诗性生存状态,以"游"的态度面对生活,亦能于日常生活中品尝到自然山水之"道",这就是"卧游"之真谛。

宗炳"卧游"是为了达到一种绝对自由的审美之境。宗炳徜徉山水、饮溪栖谷三十余年,其《画山水序》曰:"圣贤映于绝代,万趣融其神思。余复何为哉?畅神而已。神之所畅,孰有先焉!"①面对峰峦峻峭,山岫险深的大自然,万千灵趣融汇于神思,故唯有和畅神思,与自然同化,才能建立人与自然的审美联系,实现对自然的自由审美观照。他的"畅神"的核心是寻求精神上的愉悦和超脱,这种精神体验是一种单纯由美的观感所带来的审美体验。

晋宋以后,遨游山水,"外师造化"成风,甚至隐逸山林、栖身乡野成为士大夫文人仕前仕后或半官半隐的一种生活方式,因而成就了诸多山水田园诗人。以王维、孟浩然、韦应物、常建、柳宗元等人为代表的唐代山水田园诗派继承东晋陶渊明山水田园诗诗风,描绘自然山水和田园风光,也继承了晋宋士人玄对山水的淡雅、高远的审美情趣。其诗主要描写隐逸生活的闲情逸趣,表现返璞归真、怡情养性的意趣。其中突出的代表是王维。他半官半隐,学庄明道,信佛参禅,在辋川别墅和终南山遨游山水,体验着大自然的幽静淡远,抒发自己恬静淡泊的心绪。其山水诗写自然景物的清幽秀美,如代表作《山居秋暝》:

---

① 俞剑华:《中国画论类编》,人民美术出版社 1986 年版,第 584 页。

> 空山新雨后，天气晚来秋。
>
> 明月松间照，清泉石上流。
>
> 竹喧归浣女，莲动下渔舟。
>
> 随意春芳歇，王孙自可留。

《山中》：

> 荆溪白石出，天寒红叶稀。
>
> 山路元无雨，空翠湿人衣。

王维不仅拥抱自然，与道冥同，而且在他的诗中还渗进禅意，意境空旷寂寥。如《竹里馆》：

> 独坐幽篁里，弹琴复长啸。
>
> 深林人不知，明月来相照。

《鸟鸣涧》：

> 人闲桂花落，夜静春山空。
>
> 月出惊山鸟，时鸣深涧中。

《辛夷坞》：

> 木末芙蓉花，山中发红萼。
>
> 涧户寂无人。山中开且落。

王维还有许多边塞诗，代表作《送元二使安西》《使至塞上》等笔墨酣畅淋漓，形象鲜明，意境壮阔。

到了宋代，时移世迁，虽然社会早已不是门阀世族当道，政治阴影笼罩，须逃向山水隐匿，遨游山水之风却一直流传下来，只是此时"经由考试出身的大批士大夫常常由野而朝，由农（富农、地主）而仕，由地方而京城，由乡村而城市。这样，丘山溪壑、野店村居倒成了他们的荣华富贵、楼台亭阁的一种心理需要的补充和替换，一种情感上的回忆和追求，从而对这个阶级具有某种普遍的意义"。① 于是，遨游山水并非与自然冥同，诗酒人生也并非洒脱而是沉湎。众多山水诗山水画的出现，体现了这个阶级的意趣与爱好。

至于明清，特别是明代中叶以后，随着商业的兴盛，城市的兴旺发达，城市的世俗生活便成了士大夫的生活中心。

第二节　淡雅幽远审美倾向的形成

山水之游对后世的影响，不仅造就了山水田园诗派，而且形成了中国美学一种淡雅幽远的审美倾向。

一　自然之美，清新淡雅

魏晋士人遨游山水，开创了中国的山水诗体，其鼻祖谢灵运的诗如"初发芙蓉，自然可爱"（《南史·颜延之传》）。如其代表作《登池上楼》：

> 潜虬媚幽姿，飞鸿响远音。
>
> 薄霄愧云浮，栖川怍渊沉。
>
> 进德志所拙，退耕力不任。
>
> 徇禄返穷海，卧疴对空林。
>
> 倾耳聆波澜，举目眺岖嵚。
>
> 初景革绪风，新阳改故阴。

---

① 李泽厚：《美学三书·美的历程》，安徽文艺出版社 1999 年版，第 166 页。

> 池塘生春草，园柳变鸣禽。
>
> 祁祁伤豳歌，萋萋感楚吟。
>
> 索居易永久，离群难处心。
>
> 持操岂独古，无闷征在今。

《石壁精舍还湖中作》：

> 昏旦变气候，山水含清晖。
>
> 清晖能娱人，游子憺忘归。
>
> 出谷日尚早，入舟阳已微。
>
> 林壑敛暝色，云霞收夕霏。
>
> 芰荷迭映蔚，蒲稗相因依。
>
> 披拂趋南径，愉悦偃东扉。
>
> 虑澹物自轻，意惬理无违。
>
> 寄言摄生客，试用此道推。

谢灵运之诗作为新起的五言诗，语言还比较深奥生硬，诗中情与景主要是分叙，未能很好地融合，但其对山水景物的描绘却自然清新，尤其其中一些对句，鲜丽清新，自然可爱，如"初景革绪风，新阳改故阴。池塘生春草，园柳变鸣禽。""林壑敛暝色，云霞收夕霏。芰荷迭映蔚，蒲稗相因依。"传之后世，备受称赞，开山水景物描绘之风。而谢诗之所以鲜丽清新，自然可爱，在于其"为文真于情性，尚于作用，不顾词彩而风流自然"（皎然《诗式》卷一）。

金谷之会和兰亭修禊的山水之游也对山水诗的创作起了推动作用。《金谷诗集》未能流传下来，但赴会之二十四人中多有佳作传世。兰亭修禊则留下了《兰亭诗集》和召集人王羲之光耀千古的《兰亭集序》，序中写道："永和九年，岁在癸丑，暮春之初，会于会稽山阴之兰亭，修禊事也。群贤毕至，少长咸集。此地有崇山峻岭，茂林修竹；又有清流激湍，映带左右，引以为流觞曲水，列坐其次。虽无丝竹管弦之盛，一觞一咏，亦足以畅叙幽情。"《兰亭诗集》全集三十七首诗，其中对山水景物各有所绘，撷取对句如下：

> 碧杯辉杂英，红葩擢新茎。
>
> 翔禽抚翰游，腾鳞跃清冷。
>
> ——谢万诗

> 流风拂枉渚，停云荫九皋。
>
> 莺语吟脩竹，游鳞戏澜涛。
>
> ——孙绰诗

> 松竹挺岩崖，幽涧激清流。
>
> 萧散肆情志，酣畅豁滞忧。
>
> ——王元之

到了陶渊明，描写不再生硬，山水与田园融合，更加清新淡雅，自然可爱：

> 和泽周三春，清凉素秋节。
>
> 露凝无游氛，天高肃景澈。
>
> 陵岑耸逸峰，遥瞻皆奇绝。
>
> 芳菊开林耀，青松冠岩列。
>
> 怀此贞秀姿，卓为霜下杰。
>
> 衔觞念幽人，千载抚尔诀。
>
> 检素不获展，厌厌竟良月。
>
> ——《和郭立簿 其二》

先师有遗训，忧道不忧贫。

瞻望邈难逮，转欲志长勤。

秉耒欢时务，解颜劝农人。

平畴交远风，良苗亦怀新。

虽未量岁功，即事多所欣。

耕种有时息，行者无问津。

日入相与归，壶浆劳新邻。

长吟掩柴门，聊为陇亩民。

——《癸卯岁始春怀古田舍　其二》

宗白华先生认为中国美学史上有两种不同的审美倾向："楚国的图案、楚辞、汉赋、六朝骈文、颜延之的诗、明清的瓷器，一直存到今天的刺绣和京剧的舞台服装，这是一种美，'错采镂金、雕缋满眼'的美。汉代的铜器、陶器，王羲之的书法、顾恺之的画，陶潜的诗、宋代的白瓷，这又是一种美，'初发芙蓉，自然可爱'的美。"①这两种不同的审美倾向虽然古已有之，但后者突出表现，并发扬光大，却是始于晋宋的山水田园诗。所以宗白华先生说："魏晋六朝是一个转变的关键，划分了两个阶段。从这个时候起，中国人的美感走到了一个新的方面，表现出一种新的美的理想。那就是认为'初发芙蓉'比之于'错采镂金'是一种更高的美的境界。在艺术中，要着重表现自己的思想，自己的人格，而不是追求文字的雕琢。陶潜作诗和顾恺之作画，都是突出的例子。王羲之的字，也没有汉隶那么整齐，那么有装饰性，而是一种'自然可爱'的美。这是美学思想上的一个大的解放。诗、书、画开始成为活泼泼的生活的表现，独立的自我表现。"②

晋宋山水田园诗传至唐代，遨游山水，栖身田园成风，不仅以王维、孟

---

① 宗白华：《美学散步》，上海人民出版社1981年版，第29页。

② 同上。

浩然、韦应物、常建、柳宗元等人为代表的唐代山水田园诗派大写山水田园诗，李白杜甫等众多诗人也有诸多优美的山水田园诗问世，蔚为大观。且李白主张"清水出芙蓉，天然去雕饰"。杜甫主张"直取性情真"。司空图也主张"生气远出""妙造自然"的"清水出芙蓉"之美。唐代山水田园诗继承了晋宋山水田园诗清新淡雅的诗风，形成了中国抒情诗的一种清新淡雅的审美倾向。如李白《望庐山瀑布》：

日照香炉生紫烟，遥看瀑布挂前川。

飞流直下三千尺，疑是银河落九天。

《早发白帝城》：

朝辞白帝彩云间，千里江陵一日还。

两岸猿声啼不住，轻舟已过万重山。

《望天门山》：

天门中断楚江开，碧水东流至此回。

两岸青山相对出，孤帆一片日边来。

《下终南山过斛斯山人宿置酒》：

暮从碧山下，山月随人归。

却顾所来径，苍苍横翠微。

相携及田家，童稚开荆扉。

绿竹入幽径，青萝拂行衣。

欢言得所憩，美酒聊共挥。

长歌吟松风，曲尽河星稀。

我醉君复乐，陶然共忘机。

又如杜甫诗《绝句》：

> 两个黄鹂鸣翠柳，一行白鹭上青天。
> 窗含西岭千秋雪，门泊东吴万里船。

《望岳》：

> 岱宗夫如何，齐鲁青未了。
> 造化钟神秀，阴阳割昏晓。
> 荡胸生层云，决眦入归鸟。
> 会当凌绝顶，一览众山小。

《春夜喜雨》：

> 好雨知时节，当春乃发生。
> 随风潜入夜，润物细无声。
> 野径云俱黑，江船火独明。
> 晓看红湿处，花重锦官城。

再如孟浩然诗《春晓》：

> 春眠不觉晓，处处闻啼鸟。
> 夜来风雨声，花落知多少。

《过故人庄》：

> 故人具鸡黍，邀我至田家。
> 绿树村边合，青山郭外斜。
> 开轩面场圃，把酒话桑麻。
> 待到重阳日，还来就菊花。

柳宗元诗《江雪》：

千山鸟飞绝，万径人踪灭。

孤舟蓑笠翁，独钓寒江雪。

《渔翁》：

渔翁夜傍西岩宿，晓汲清湘燃楚竹。

烟销日出不见人，欸乃一声山水绿。

上述山水田园诗，语言自然贴切，形象生动可爱，风格清新淡雅。虽然中国诗歌的风格特色是多样化的，诗人也不专写某种风格的诗。但这种审美倾向延续后世，在中国诗歌史上甚至占据了主导地位，成为中国诗歌的重要特色。例如宋代苏轼虽然其诗词以豪迈奔放为主，也有清新淡雅的诗。如《饮湖上初晴后雨》：

水光潋滟晴方好，山色空濛雨亦奇。

欲把西湖比西子，淡妆浓抹总相宜。

《海棠》：

东风袅袅泛崇光，香雾空蒙月转廊。

只恐夜深花睡去，故烧高烛照红妆。

《惠崇春江晓景 其一》：

竹外桃花三两枝，春江水暖鸭先知。

蒌蒿满地芦芽短，正是河豚欲上时。

又如杨万里的诗，也颇具清新淡雅的特色。如《晓出净慈寺送林子方》：

毕竟西湖六月中，风光不与四时同。

接天莲叶无穷碧，映日荷花别样红。

《小池》：

泉眼无声惜细流，树阴照水爱晴柔。

小荷才露尖尖角，早有蜻蜓立上头。

清新淡雅并非直白枯淡，而是"绚烂之极归于平淡"，看似平淡，实则醇厚，韵味无穷。

二 玄对山水，高远旷达

山水之游与现世生活的结合使魏晋士人在走向山水的同时，其带来的不仅是生活方式的改变，更是思想情怀的提升，审美情趣的转变。《言语》六十一：

简文入华林园，顾谓左右曰："会心处不必在远，翳然林水，便自有濠濮间想也，觉鸟兽禽鱼自来亲人。"

此则记述借简文帝游华林园时联想到庄子游戏濠水之上、垂钓濮水之间所抒发的情怀，油然感到鸟兽禽鱼等造化之物自来与人亲近，意谓萌生了远离尘世、回归自然、与万物同一的向往。

《言语》九十一：

王子敬云："从山阴道上行，山川自相映发，使人应接不暇。若秋冬之际，尤难为怀。"

在山水之游中体验自然景物的生生之趣，在玄对山水时体悟万物生命的生生不息，与道冥同，将人与自然的生命上升到高远的审美境界，走向自由，走向超越，金谷之会如此，兰亭修禊更是如此。王羲之的《兰亭修禊诗·其三》便是这种审美境界的体现：

> 三春启群品，寄畅在所因。
>
> 仰望碧天际，俯瞰渌水滨。
>
> 寥朗无涯观，寓目理自陈。
>
> 大矣造化工，万殊莫不均。
>
> 群籁虽参差，适我无非新。

其他诗人也多有涉及，如：

> 茫茫大造，万化齐轨。罔悟元同，竞异摽旨。平勃运谋，黄绮隐几。凡我仰希，期山期水。
>
> ——孙统诗

> 驰心域表，寥寥远迈。理感则一，冥然元会。
>
> ——颍川庾友诗

> 散毫情志畅，尘缨忽已捐。
>
> 抑咏把遗芳，怡神味重元。
>
> ——王蕴之诗

这种以玄理的情怀去面对山水景物，在山水之游中体悟自然之道，与道冥同，使诗人挣脱现实的羁绊，让心灵飞升到与万物同一的自由境界，从而在观察家国天下时具有宇宙情怀。所以，魏晋时期的诗人诗歌达致高远的境界，具有了慷慨任气的建安风骨。如曹操诗大气磅礴：

> 东临碣石，以观沧海。

水何澹澹，山岛竦峙。

树木丛生，百草丰茂。

秋风萧瑟，洪波涌起。

日月之行，若出其中。

星汉灿烂，若出其里。

幸甚至哉，歌以咏志。

——《步出夏门行·观沧海》

神龟虽寿，犹有竟时。

腾蛇乘雾，终为土灰。

老骥伏枥，志在千里。

烈士暮年，壮心不已。

盈缩之期，不但在天。

养怡之福，可得永年。

——《龟虽寿》

阮籍诗《咏怀八十二首·其三十二》：

朝阳不再盛，白日忽西幽。

去此若俯仰，如何似九秋。

人生若晨露，天道邈悠悠。

齐景升丘山，涕泗纷交流。

孔圣临长川，惜逝忽若浮。

去者余不及，来者吾不留。

愿登太华山，上与松子游。

渔父知世患，乘流泛轻舟。

嵇康诗《赠秀才入军·息徒兰圃》：

> 息徒兰圃，秣马华山。
>
> 流磻平皋，垂纶长川。
>
> 目送归鸿，手挥五弦。
>
> 俯仰自得，游心太玄。
>
> 嘉彼钓翁，得鱼忘筌。
>
> 郢人逝矣，谁与尽言。

陶渊明《读〈山海经〉其一》：

> 孟夏草木长，绕屋树扶疏。
>
> 众鸟欣有托，吾亦爱吾庐。
>
> 既耕亦已种，时还读我书。
>
> 穷巷隔深辙，颇回故人车。
>
> 欢言酌春酒，摘我园中蔬。
>
> 泛览《周王传》，流观《山海图》。
>
> 俯仰终宇宙，不乐复何如。

阮籍、嵇康、陶渊明都以宇宙情怀观察家国世事，所以俯仰自得，其诗也达到高远旷达的境界。

宇宙情怀使得诗人精神解放，心灵自由，不沾滞于具体事务。后世诗人以宇宙情怀抒情写意，横贯天下，纵览古今，使中国古代诗歌更加高远、豪迈、旷达。如唐陈子昂《登幽州台歌》：

> 前不见古人，
>
> 后不见来者，
>
> 念天地之悠悠，
>
> 独怆然而涕下。

王之涣《登鹳雀楼》：

> 白日依山尽，黄河入海流。
>
> 欲穷千里目，更上一层楼。

李白《庐山谣寄卢侍御虚舟》：

> 我本楚狂人，凤歌笑孔丘。
>
> 手持绿玉杖，朝别黄鹤楼。
>
> 五岳寻仙不辞远，一生好入名山游。
>
> 庐山秀出南斗傍，屏风九叠云锦张，影落明湖青黛光。
>
> 金阙前开二峰长，银河倒挂三石梁。
>
> 香炉瀑布遥相望，回崖沓嶂凌苍苍。
>
> 翠影红霞迎朝日，鸟飞不到吴天长。
>
> 登高壮观天地间，大江茫茫去不还。
>
> 黄云万里动风色，白波九道流雪山。
>
> 好为庐山谣，兴因庐山发。
>
> 闲窥石镜清我心，谢公行处苍苔没。
>
> 早服还丹无世情，琴心三叠道初成。
>
> 遥见仙人彩云里，手把芙蓉朝玉京。
>
> 先期汗漫九垓上，愿接卢敖游太清。

苏轼《水调歌头·明月几时有》：

> 明月几时有，把酒问青天。不知天上宫阙，今夕是何年？我欲乘风归去，又恐琼楼玉宇，高处不胜寒。起舞弄清影，何似在人间！
>
> 转朱阁，低绮户，照无眠。不应有恨，何事长向别时圆？人有悲欢离合，月有阴晴圆缺，此事古难全。但愿人长久，千里共婵娟。

第三节　对小说创作的影响

文学作品是以文学文体的方式存在的，当我们谈到中国古代文学的璀璨历史时，总是列举诗经、汉赋、唐诗、宋词、元曲、明清小说戏曲等。而这些文体的萌生、变迁都是在中国文化系统之中发生和进行着，后一种文体承继着之前的文化传统，又由于新的文化场的出现而发生变迁。按照中国传统的观念，文体形态包括体制和语体。小说是民族文学中的重要文体，小说文体形态包括体制（叙事方式）、语体（语言表述方式）等。中国小说文体的建构与西方小说的差异不仅表现在叙事方式，尤其突出地表现在语言体式上。中国古代小说的语言体式呈现为两种语体：文言与白话。中国古代小说的历时形态是文言小说与白话小说双水分流，各成系统。中国古代小说具有浓郁的民族特色，在于其具有不同于西方小说的叙述方式和语言特色。《世说新语》对后世的影响不仅在于对士大夫文人的生活方式和创作审美倾向的影响，还在于对小说这种文体的形成和发展产生了很大影响，尤其是对文言小说的叙述方式和语言表述产生了巨大影响。

一　中国文言小说的发展历程

在中国，"小说"概念的内涵和外延随着历史的进程而发展变化。"小说"的发展和形成经历了神话传说、论辩材料、史传野乘、志人志怪、唐代传奇、宋元话本、明清小说等历史阶段，最后在明清达到成熟和高度繁荣。而且，在不同发展阶段，"小说"概念的内涵和外延均不同。伴随着小说文体的萌生、形成、成熟，"小说"概念由逸闻杂录、稗官野史的非文学的"小说"演变为指作家虚构的、以塑造人物性格为主，包括人物、情节、环境三元素的文学样式。这种非文学性的"小说"向文学性的小说的演变首先和主要是由文言语体承担的。

先秦时期，诸子百家、策士说客为了论辩有力、悦怿于人，从而推行自己的学说、策略，常常引用格言、俗语、寓言、比喻、小故事等。"小说"一词即是为诸子论道和策士说客游说服务的论辩材料，兼有解说和悦怿之意。言其"小"，是与"道"即学说相对而言，指其篇幅的短小，与"道"相对的意义的浅薄。这样的"小说"，范围宽广，既包括记言，又包括记事，其中也就有人物和事件，但描写简略，只提示线索或粗陈梗概，从文体的角度看，只能算是文章片断而已。小说作为论辩材料，各家均可收集储备，也可辑录传世，于是就有了小说书（实际上类似笔记）。① 到了汉代，班固《汉书·艺文志》的《诸子略》中列"小说家"，其中既有先秦传汉的书籍，也有武帝时及其后的新著。内容十分庞杂，范围非常广泛。先秦的或依据古人之言，或记古事。汉代的则为封禅养生，多为方士假托。《艺文志》于书目之后总论小说云："小说家者流，盖出于稗官，街谈巷语，道听途说者之所造也。"班固这种"小说"指的是稗官野史，与先秦之论辩材料不同。《汉书·艺文志》小说家类收录之杂多也一直影响后世将各类笔记杂著归为"小说"。从文体角度看，这些纪实的稗官野史、笔记杂著只是文章或文章片断。

魏晋南北朝时期出现并兴盛的志怪小说、志人小说可以说是古代文言小说文体形态的发端。志怪小说"缀片言于残缺，访行事于故老"②，搜奇集异，"博采异同，遂混虚实"（《晋书·干宝传》），实为野史笔记之余绪和扩张。魏晋时期，士人清谈玄理，举止放达，便成名士风流。人物品鉴之风与承继诸子散文记录人物言行片断的方式相结合便形成志人小说，代表作品是题为刘义庆编撰的《世说新语》，其特点，正如明代胡应麟所说："以玄韵为宗"③，即追求表现人物以玄学义理为精神实质的神韵。然其性质仍以纪实为

① 杨星映：《从〈文心雕龙〉看古代小说观念的演变》，《重庆师范学院学报》1991 年第 2 期。
② 黄霖、韩同：《中国历代小说论著选》（上），江西人民出版社 1982 年版，第 20 页。
③ 胡应麟：《少室山房笔丛》第 886 册，文渊阁四库全书影印本，第 308 页。

尚。片断的言行录成为志人小说文体的基本特征。

鲁迅说:"小说亦如诗,至唐代而一变,虽尚不离于搜奇记逸,然叙述宛转,文辞华艳,与六朝之粗陈梗概者,演进之迹甚明,而尤显者乃在是时则始有意为小说。"① 唐传奇是文人自觉虚构的作品,情节委婉曲折,细节真实具体,人物形象鲜明生动,环境氛围的渲染细腻逼真,形成人物(性格)、情节、环境三元构架的叙事结构。其文辞华美,有的作品还韵散结合或夹叙夹议。唐传奇的出现,标志着文言小说的成形,也标志着作为文学样式的小说文体的形成。

宋元以后在说书的基础上兴起了白话小说,白话小说兴盛而文言小说式微,但因为文言在社会中一直作为书面语使用,文言小说的创作潮流仍然向前奔涌着,出现了以明代瞿佑《剪灯新话》为代表的一系列传奇小说和清代纪昀《阅微草堂笔记》为代表的一系列笔记小说。先秦两汉缀辑论辩材料、琐语逸事的"短书"便是笔记的发端,这种"小说书"魏晋以后分为两个支脉,一是具有故事性的志怪、志人小说,再发展下去则出现唐传奇;二是杂记逸闻逸事,即班固的"稗官野史"、诸子之外的杂著,唐代刘知几所指的"偏记小说":偏记、小录、郡书、家史、别传、地理书、都邑簿之类。唐代以后,志人志怪这一支脉仍保持简约的文字体例,但褪去宗教色彩而偏重记叙故事,与叙事委婉,文辞华美的传奇小说并辔前行,称为笔记小说。但是传奇小说与笔记小说除采用文言这一点相同外,还有不少区别:传奇是虚构,情节曲折,文辞绮丽,场景变换丰富,叙事多样化;而笔记小说重实录又混同虚实,篇幅短小,结构散漫,行文简约,记事写人仅撷取一二言行的片断,重在传达人物神韵。文言短篇小说经历了宋元明几朝的发展,终于在清代出现了蒲松龄的《聊斋志异》,它集传奇小说和笔记小说之所长,登上了文言短篇小说的峰巅。《聊斋志异》是以传奇体志怪而言志抒愤之作,正如蒲氏《自

---

① 鲁迅:《中国小说史略》,人民文学出版社 1963 年版,第 50 页。

志》所言："集腋为裘,妄续幽冥之录;浮白载笔,仅成孤愤之书。"①《聊斋志异》为文言短篇小说集,近五百篇作品,长的数千言,短的不足百字。其中有一小部分是杂录琐记,是记录闻见的残丛短语文字,即笔记。《聊斋志异》的语体兼承笔记小说与传奇小说,简洁典雅、精练隽永又不乏绮丽。

二 《世说新语》对小说发展的影响

《世说新语》作为文言小说的开端,它的叙述方式和语言体式对后世小说,特别是传奇小说和笔记小说的影响主要表现在三个方面:第一,人物刻画的白描;第二,作品的写意性;第三,语言的简约。

白描是中国画的术语,指纯用墨线勾勒,不着颜色,没有背景,使所绘对象轮廓鲜明突出。清代小说评点家金圣叹曾将这个概念引进小说批评,用以评价《水浒传》的景物描写,指用寥寥几笔勾画出场景;用以评价《金瓶梅》的人物描写,指用朴实直白的语言凸显人物的性格和神韵。这是以少胜多,以简胜繁,用少量精粹传神的文字达到更好的艺术效果。正如水墨画,不用背景渲染衬托,只在白纸上勾出轮廓,人物却分外鲜明突出。其实,这种白描手法《世说新语》早已用之。《世说新语》是人物言行的片断记录,但它总能抓住人物性格的典型特征,以精粹的语言表述出来,形象鲜明生动,给人留下极为深刻的印象。如《忿狷》二:

> 王蓝田性急。尝食鸡子,以箸刺之,不得,便大怒,举以掷地。
>
> 鸡子于地圆转未止,仍下地以屐齿碾之,又不得。瞋甚,复于地取内口中,啮破即吐之。王右军闻而大笑曰:"使安期有此性,犹当无一豪可论,况蓝田邪?"

寥寥几笔,便将王蓝田吃鸡蛋所表现出的急躁性情刻画尽致,形象十分

_____

① 张友鹤辑校:《聊斋志异》,上海古籍出版社 1978 年版,第 1 页。

生动。

作品的写意性。传奇小说的渊源还包括诸子散文和志人小说记叙的写意性即讲究意蕴和韵味。[①] 文言的简洁典雅含蓄更增强了小说的蕴藉和言外之意，一些作品还营造出诗情意境，余味无穷。

诸子散文对后世小说的影响在于叙述方式的写意性，即诸子散文中对人物只言片语和某一行为举止的简要记叙，通过精粹的语言，传达一种精神风貌或思想，如著名的《论语·先进》篇中子路、曾皙、冉有、公西华侍坐，孔子师生的对话：

> 子路、曾皙、冉有、公西华侍坐。子曰："以吾一日长乎尔，毋吾以也。居则曰：'不吾知也！'如或知尔，则何以哉？"子路率尔而对曰："千乘之国，摄乎大国之间，加之以师旅，因之以饥馑，由也为之，比及三年，可使有勇，且知方也。"夫子哂之。"求！尔何如？"对曰："方六七十，如五六十，求也为之，比及三年，可使足民。如其礼乐，以俟君子。""赤，尔何如？"对曰："非曰能之，愿学焉。宗庙之事，如会同，端章甫，愿为小相焉。""点，尔何如？"鼓瑟希，铿尔，舍瑟而作，对曰："异乎三子者之撰。"子曰："何伤乎？亦各言其志也。"曰："暮春者，春服既成，冠者五六人，童子六七人，浴乎沂，风乎舞雩，咏而归。"夫子喟然叹曰："吾与点也！"

短短一席对话，师生五人的精神志趣充分显露，尤其是曾皙之言体现了一种审美的意趣，诗意盎然。石昌渝先生曾将这种片断的言行录称为"写意性记叙"，并作了十分精彩的论析。他指出："写意性的记叙在魏晋南北朝的笔记小说中得到继承和发展"，并"通过魏晋南北朝的笔记小说这个中介"对

---

① 杨星映：《中西小说文体形态》，中国社会科学出版社 2005 年版，第 181、229—230 页。

后世小说产生影响①。他说："中国叙事文学传统，从一开始就有写实与写意两种艺术表现方式，形成两种艺术流派，写实注意情节的完整合理以及细节的周到逼真，而写意则表现着一种诗化的倾向，不注重情节，甚至淡化情节，追求意境，追求意趣的隽永。小说走的是写实的路子，但在它发展的途程中不断学习写意的艺术精神，特别是在作家参与小说创作之后，写意的因素便日渐加强，从而产生了《聊斋志异》和《红楼梦》这样饱含着诗意的伟大作品。"②

这种重在寓意的写意性记叙在以《世说新语》为代表的志人小说及后世文言小说中得以弘扬光大。魏晋时期，由汉代选拔官吏的举荐制度首开风气的人物品评，其品鉴的价值取向由外在的儒学、德行、事功转变为内在的气质、才情、格调、风貌，并由于玄佛的影响而形成对个体生命超凡脱俗的精神风貌，即高远、俊逸、优雅、旷达等风度神貌的肯定和欣赏。魏晋志人小说重在表现人物的风度神貌和玄言高论，不重叙事的完整，只是撷取人物在特定情境中的神情举止和只言片语，借以显示人物的内在精神品格。这正是诸子散文写意性记叙的发展。如《世说新语·任诞》中记王子猷雪夜访戴安道，乘了一夜船，到后却"造门不前而返"，人问其故，答曰："吾本乘兴而行，兴尽而返，何必见戴！"在这个故事中，王子猷任情率意、洒脱超凡的精神得以充分呈现。又如《世说新语·言语》三十二：

卫洗马初欲渡江，形神渗悴，语左右云："见此芒芒，不觉百端交集。苟未免有情，亦复谁能遣此！"③

寥寥几句，将卫玠南渡时的忧伤憔悴、百感交集刻画得入木三分。

《言语》五十五：

---

① 石昌渝：《中国小说源流论》，生活·读书·新知三联书店1994年版，第83—85页。
② 同上书，第85—86页。
③ 张万起、刘尚慈：《世说新语译注》，中华书局1998年版，第76页。

桓公北征，经金城，见前为琅琊时种柳，皆已十围，慨然曰："木犹如此，人何以堪！"攀枝执条，泫然流泪。①

岁月沧桑，世事变迁，桓公的兴亡之感于"攀枝执条，泫然流泪"点出，锥人心怀。

《世说新语》突出表现的是人物某种精神、品质、格调，并不详绘人物的各个方面，因而不具有性格的完整性。这种并不详绘人物性格形态，而以人物一二言行举止的精粹描写传达人物内在精神的写法，开后世小说人物描写以形传神之先河。

《世说新语》的语言简约生动、委曲隽永，正如胡应麟所言："读其语言，晋人面目气韵，恍惚生动；而简约玄澹，真致不穷，古今绝唱也。"② 如《言语》三十六：

温峤初为刘琨使来过江。于时，江左营建始尔，纲纪未举。温新至，深有诸虑。既诣王丞相，陈主上幽越、社稷焚灭、山陵夷毁之酷，有黍离之痛。温忠慨深烈，言与泗俱；丞相亦与之对泣。叙情既毕，便深自陈结，丞相亦厚相酬讷。既出，懽然言曰："江左自有管夷吾，此复何忧！"③

虽用文言陈述却语言简约生动，温峤的忠贞慷慨与疑虑重重，丞相王导的深情交接与厚相款待跃然纸上。

又如《文学》三：

郑玄家奴婢皆读书。尝使一婢，不称旨，将挞之，方自陈说，玄怒，

① 张万起、刘尚慈：《世说新语译注》，中华书局 1998 年版，第 96 页。
② 胡应麟：《少室山房笔丛》第 386 册，文渊阁四库全书影印本，第 308 页。
③ 张万起、刘尚慈：《世说新语译注》，中华书局 1998 年版，第 80 页。

使人曳著泥中。须臾，复有一婢来，问曰："胡为乎泥中?"答曰："薄言往愬，逢彼之怒。"①

　　婢女的对话，"泥中"典出《诗经·邶风·式微》，原指地名卫邑，用于此，一语双关；"薄言往愬，逢彼之怒。"典出《诗经·邶风·柏舟》，原是表达诗人的忧愤不满的，这里婢女用其诗句表达自己的愤懑不满，含蓄而又恰到好处。《世说新语》用文言描画出读了书的婢女引经据典的对话，简约而又含意丰富，使有书卷气的婢女形象栩栩如生。

　　这种语体对后世传奇小说、笔记小说等文言小说产生很大影响，成为文言小说主导的叙述语言。例如《聊斋志异》以文言叙事，简约精练，却生动逼真。其艺术形象的刻画兼具"人情物理"，形神兼备，栩栩如生。正如鲁迅所说："明末志怪群书，大抵简略，又多荒怪，诞而不情，《聊斋志异》独于详尽之外，示以平常，使花妖狐魅，多具人情，和易可亲，忘为异类，而又偶见鹘突，知复非人。"②例如卷五《绿衣女》写一绿衣长裙的妙龄女郎夜里与书生于璟幽会，总是战战兢兢，不敢出声，恐人发现，其"偷生鬼子常畏人"的心态活画出封建伦理道德重压之下少女悄悄追求爱情的微妙心理，但对其形貌的描绘却又俱现蜂态。正如但明伦所评："写色写声，写形写神，俱从蜂曲曲绘出"："绿衣长裙，婉妙无比，写蜂形入微。声细如丝，宛转滑烈，写蜂音入微。至绕屋周视，自谓鬼子偷生，则蜂之致毕露矣。身蘸墨走作谢字，婉妙之态依然。"③尤其是用文言写人物对话，本是书面语言，要逼肖人物口吻是很难的，但《聊斋志异》的人物语言却达到了出神入化的地步，简洁的只言片语，却以形传神，人物神韵跃然而出。如卷三《翩翩》篇中女主角翩翩与"花城娘子"的对话：一个说："翩翩小鬼头快活死!"一个回答：

---

①　张万起、刘尚慈：《世说新语译注》，中华书局 1998 年版，第 165 页。
②　鲁迅：《中国小说史略》，人民文学出版社 1963 年版，第 167 页。
③　张友鹤辑校：《聊斋志异会校会注会评本》，上海古籍出版社 1978 年版，第 679 页。

"花城娘子，贵趾久不至，今日西南风紧，吹送来也!"用文言体式却写出了生动风趣的口语。又如卷二《婴宁》篇中王生踏春与婴宁相遇，注目不移，婴宁从王生身边走过时对婢女说:"个儿郎目灼灼似贼!"掷花地上，笑语而去。"个儿郎目灼灼似贼"之语既活画出王生痴态，又暗寓婴宁喜悦之情于其中，表面佯对婢女说，实则告之王生。蒲松龄还在文言中加入方言俚语以增戏谑趣味，活用典故以见讽刺针砭。总之，蒲松龄把文言的表现能力发挥到了极致!《聊斋志异》的语言简洁、精练、清新、隽永、诙谐、生动，它继承了《世说新语》等文言小说的语体，激活了笔记小说的语体，使文言这种古老的渐趋僵化板滞的书面语言形式重新焕发了青春。它运用文言创造的众多艺术形象个性迥异、鲜活如生。《聊斋志异》继承并超越了《世说新语》、唐传奇，集传奇小说与笔记小说之长而以其高度的艺术成就成为文言短篇小说的绝唱。

结　语

在中国美学史的三个重要阶段：先秦、魏晋、明末中，魏晋是承上启下极为重要的一个阶段。其重要性就在于正如宗白华先生所说："奠定了后代文学艺术的根基与趋向。"借一斑而窥全豹，为此，我们选择了体现魏晋美学精神的关键点——《世说新语》进行研究和阐释。我们力图挖掘出产生魏晋生命美学的基础和根源，阐释魏晋生命美学的表现形态和对后世审美意识和文学艺术创作的影响。通过研究，我们认为，由社会动乱造成的生命短暂促成个体生命意识觉醒，这是魏晋以生命为美的审美意识产生的社会根源，魏晋玄学则是生命美学产生的哲学基础，而人物品藻及其评价标准转向则是生命之美意识产生的土壤。题为刘义庆编撰的志人小说《世说新语》用简约精美的语言描绘了魏晋士人追求个体生命的自然美的种种形态及士人的评赞，显示出以个体生命的自然本性为美、以个体生命的才性生命为美的审美意识，对后世审美意识、文艺美学范畴、文艺创作的审美倾向都产生了深刻的影响。

魏晋士人的情感、思想、气质、才性等，最具有审美意味，这集中体现为一种人格之美。于其时，人物品藻盛行于世，这种注重人物审美特征的品评和鉴赏，扭转了汉代以来实用功利的政治性人物品藻之趋向，更多地带有超功利的审美色彩。在汉代礼法统治下，人的思想、情感和个性被束缚，人成为伦理政治的附庸，魏晋士人的"深情"，把人的主体性放在首位，从美的观念出发，重视人物的个性才情，讴歌发自内心的真挚情感，正所谓"情之所钟，正在我辈"。

魏晋人格美的兴起，与魏晋玄学有着不可分割的联系。时人的放旷玄远，正是以玄思为基调的人格气质的展现，是兼具智慧与深情的审美化人格特征。这种人格美实质是从老庄以来一直提倡的超功利的审美人生态度的体现。它表现为魏晋士人崇尚"虚静"，追求个体精神自由，具体表现为魏晋士人在放达闲逸的生存状态下所表现出来的潇洒自如，这是一种全新的生活态度和生活方式。时人纵情山水，归栖田园，以玄思观照自然山水，反思生命的自然本性。这种充满反思性判断力的自由精神，超越时空的局限，在有限的个体生命中追求无限的宇宙本体，从而使得魏晋审美精神具有了宇宙情怀，达致高远的审美境界。

在《世说新语》中，我们常看到魏晋士人不拘于礼，放达形体，甚至于出现裸裎、驴鸣、服药等荒诞之举；我们看到，诸名士流连于山冈、茂林修竹，在曲水流觞之中畅叙幽情，这种闲适、恬淡与雅致，正是基于对人生的反思与彻悟。因而，魏晋时审美意识在人的生命与生活中得到了极大拓展，身体之美、人格之美、山水之美、生活之美及生态之美，尽收魏晋士人之眼底。魏晋时代是美学精神勃发的伟大时代，《世说新语》是集中体现这一历史进程的重要典籍，《世说新语》所包蕴的魏晋生命美学精神，奠定了中华美学的基本逻辑框架，可以说，《世说新语》全方位开拓了中华美学的结构、内容和意蕴，其重要性不容忽视。因此，研究《世说新语》所体现的魏晋这一阶段美学意识的呈现和发展，对于研究中国美学史具有重要意义。

现将我们的初步研究贡献于学界，抛砖引玉，并待方家正之。

参考文献

张万起、刘尚慈：《世说新语译注》，中华书局 1998 年版。

（南朝宋）刘义庆撰，（南朝梁）刘孝标注，刘强会评辑校：《世说新语会评》，凤凰出版传媒集团 2007 年版。

（南朝宋）刘义庆撰，（南朝梁）刘孝标注，杨勇校笺：《世说新语校笺》（修订本），中华书局 2006 年版。

（南朝宋）刘义庆撰，（南朝梁）刘孝标注，余嘉锡笺疏：《世说新语笺疏》（上、中、下），中华书局 2015 年版。

（南朝宋）刘义庆撰，（南朝梁）刘孝标注，徐震堮校笺：《世说新语校笺》，中华书局 1984 年版。

（南朝宋）范晔撰，（唐）李贤等注：《后汉书》，中华书局 2000 年版。

（晋）陈寿撰，（宋）裴松之注：《三国志》，中华书局 2011 年版。

（晋）袁宏著，周天游校注：《后汉纪校注》，天津古籍出版社 1987 年版。

（唐）房玄龄等：《晋书》，中华书局 1974 年版。

（南朝梁）沈约：《宋书》，中华书局 1974 年版。

（南朝梁）萧子显：《南齐书》，中华书局 1972 年版。

（唐）李延寿：《南史》，中华书局 1975 年版。

（唐）姚思廉：《陈书》，中华书局 1972 年版。

（南朝梁）僧佑编撰，刘立夫等译注：《弘明集》，中华书局 2013 年版。

（晋）葛洪著，张松辉等译注：《抱朴子·外篇》，中华书局 2013 年版。

（晋）葛洪著，张松辉译注：《抱朴子·内篇》，中华书局 2011 年版。

（晋）嵇康著，戴明扬校注：《嵇康集校注》，中华书局 2015 年版。

（晋）阮籍著，陈伯君校：《阮籍集校注》，中华书局 2014 年版。

（晋）郭象注，（唐）成玄英疏：《庄子注疏》，中华书局 2011 年版。

（魏）王弼著，楼宇烈校释：《王弼集校释》，中华书局 1980 年版。

司马光撰，胡三省注：《资治通鉴》，中华书局 2013 年版。

杨伯峻译注：《论语译注》，中华书局 1980 年版。

杨伯峻：《列子集释》，中华书局 2012 年版。

（宋）朱熹集注：《孟子》，上海古籍出版社 2013 年版。

陈鼓应：《老子注译及评介》（修订增补本），中华书局 2009 年版。

詹剑峰：《老子其人其书及其道论》，湖北人民出版社 1982 年版。

王卡点校：《老子道德经河上公章句》，中华书局 1993 年版。

方勇、李波译注：《荀子》，中华书局 2015 年版。

高华平、王齐洲、张三夕译注：《韩非子》，中华书局 2015 年版。

宗白华：《美学散步》，上海人民出版社 1981 年版。

李泽厚：《美学三书》，安徽文艺出版社 1999 年版。

李泽厚：《中国古代思想史论》，生活·读书·新知三联书店 2008 年版。

李泽厚、刘纲纪主编：《中国美学史》第二卷上，中国社会科学出版社 1984 年版。

袁济喜：《六朝美学》，北京大学出版社 1989 年版。

朱良志：《中国美学十五讲》，北京大学出版社 2006 年版。

唐君毅：《中国文化之精神价值》，广西师范大学出版社 2005 年版。

许抗生：《魏晋玄学史》，陕西师范大学出版社 1989 年版。

张岱年：《中国哲学大纲》，中国社会科学出版社 1982 年版。

冯友兰：《中国哲学史》，中华书局1947年版。

冯友兰：《中国哲学史新编》，人民出版社1998年版。

胡适：《中国哲学史大纲》，上海古籍出版社1997年版。

刘笑敢：《庄子哲学及其演变》，中国社会科学出版社1993年版。

余敦康：《何晏王弼玄学新探》，方志出版社2007年版。

余敦康：《魏晋玄学史》，北京大学出版社2004年版。

钱穆：《庄老通辨》，生活·读书·新知三联书店2005年版。

钱穆：《国史新论》，生活·读书·新知三联书店2012年版。

钱穆：《中国学术思想史论丛》，安徽教育出版社2004年版。

牟宗三：《才性与玄理》，吉林出版集团有限责任公司2010年版。

牟宗三：《中国哲学十九讲》，上海古籍出版社2005年版。

陈寅恪：《金明馆丛稿初编》，生活·读书·新知三联书店2001年版。

钱锺书：《管锥编》，中华书局1979年版。

贺昌群：《魏晋清谈思想初论》，商务印书馆2000年版。

汤用彤：《儒学·佛学·玄学》，江苏文艺出版社2009年版。

汤用彤：《魏晋玄学论稿》（增订版），生活·读书·新知三联书店2009年版。

汤一介编著：《汤用彤选集》，天津人民出版社1995年版。

汤一介：《郭象与魏晋玄学》（增订本），北京大学出版社2000年版。

鹿群：《人物志译注》，上海三联书店2014年版。

叶朗：《中国美学史大纲》，上海人民出版社1985年版。

葛兆光：《中国思想史》（第一卷），复旦大学出版社2001年版。

周一良：《魏晋南北朝史十二讲》，中华书局2010年版。

余英时：《士与中国文化》，上海人民出版社1987年版。

朱大渭、刘驰、梁满仓等：《魏晋南北朝社会生活史》（修订本），中国社会科学出版社2005年版。

万绳楠：《陈寅恪魏晋南北朝史讲演录》，贵州人民出版社 2007 年版。

万绳楠：《魏晋南北朝文化史》，东方出版中心 2007 年版。

戴燕：《魏晋南北朝文学史研究入门》，复旦大学出版社 2009 年版。

徐复观：《中国艺术精神》，春风文艺出版社 1983 年版。

徐复观：《中国文学精神》，上海书店 2004 年版。

徐复观：《中国艺术精神·石涛之一研究》，九州出版社 2014 年版。

骆玉明：《世说新语精读》，复旦大学出版社 2008 年版。

宁稼雨：《魏晋士人人格精神〈世说新语〉的士人精神史研究》，南开大学出版社 2003 年版。

王能宪：《世说新语研究》，江苏古籍出版社 1992 年版。

蒋凡：《世说新语研究》，学林出版社 1998 年版。

罗宗强：《玄学与魏晋士人心态》，浙江人民出版社 1991 年版。

罗宗强：《魏晋南北朝文学思想史》，中华书局 1996 年版。

马良怀：《魏晋文人讲演录》，广西师范大学出版社 2009 年版。

魏世民：《魏晋南北朝小说史》，安徽大学出版社 2011 年版。

刘蓉：《汉魏名士研究》，中华书局 2009 年版。

唐长孺：《魏晋南北朝史论丛续编·魏晋南北朝史论拾遗》，中华书局 2011 年版。

阎步克：《波峰与波谷：秦汉魏晋南北朝的政治文明》，北京大学出版社 2017 年版。

田余庆：《秦汉魏晋史探微》（重订本），中华书局 2011 年版。

田余庆：《东晋门阀政治》，北京大学出版社 2012 年版。

王仲荦：《魏晋南北朝史》，上海人民出版社 2016 年版。

李卿：《秦汉魏晋南北朝时期宗族关系研究》，上海人民出版社 2005 年版。

唐长孺：《魏晋南北朝史论丛》，中华书局 2011 年版。

唐长孺：《魏晋南北朝隋唐史三论》，武汉大学出版社 2013 年版。

严可均：《全上古三代秦汉三国六朝文》，中华书局 1958 年版。

黄侃：《文心雕龙札记》，上海古籍出版社 2000 年版。

周振甫：《文心雕龙注释》，人民文学出版社 1981 年版。

周振甫：《诗品译注》，中华书局 1998 年版。

逯钦立：《先秦汉魏晋南北朝诗》，中华书局 1983 年版。

任德山、李伯钦主编：《中华成语大词典》，黄山书社 2015 年版。

杨星映：《中西小说文体形态》，中国社会科学出版社 2005 年版。

杨星映、肖锋、邓心强：《中国古代文论元范畴论析——气、象、味的生成与泛化》，上海古籍出版社 2015 年版。

李泽厚：《走自己的路》，生活·读书·新知三联书店 1986 年版。

后　记

终于了却夙愿！

多年前我在给研究生上"中国古代文论"学位课时便萌发了写《世说新语》审美精神的想法，因为学科组一系列别的研究课题要完成，便暂时放下了。但因为我在课堂上的鼓吹，一些研究生写了与《世说新语》相关的论文发表，我的 2005 届研究生江南以此作为毕业论文的选题，虽然我尽心尽力指导她反复修改，其论文获得重庆师范大学该届文艺学优秀学位论文（第一名），但我仍觉意犹未尽，决定以后有空再写。我也曾指导我的 2008 届研究生管才君撰写毕业论文《论魏晋南北朝"气"审美范畴的泛化与成熟》，其论文也获得重庆师范大学该届文艺学优秀学位论文（第一名）。他们都对魏晋南北朝时期的历史文化文论有所研究，也对这个选题感兴趣，所以参与撰写本书。本书章节条目由我拟定，并指导修改及全书统稿。我撰写本书前言、第一章、第二章、第五章、结语，江南硕士（重庆大学）撰写第三章，管才君博士（南京特殊教育师范学院）撰写第四章。伍雪梅硕士（重庆师范大学图书馆）曾参与收集、校对本书有关资料、注释，特此致谢。

胡晓明先生对《世说新语》素有研究，且具"江南才子"之才气文风，当最能把握《世说新语》之审美精神，窃以为请他作序，必针砭中的。胡晓明先生欣然受邀，我们不胜感谢。

　　本书的选题曾申报为重庆师范大学博士基金项目，出版获本校文艺学重点学科资助，感谢重庆师范大学科研处和学位办。本书因我多次脊柱、腰椎摔伤而延宕写作，感谢中国社会科学出版社的大力支持，尤其感谢责任编辑郭晓鸿女士为本书所做的一切努力和帮助。

2018 年 6 月 12 日